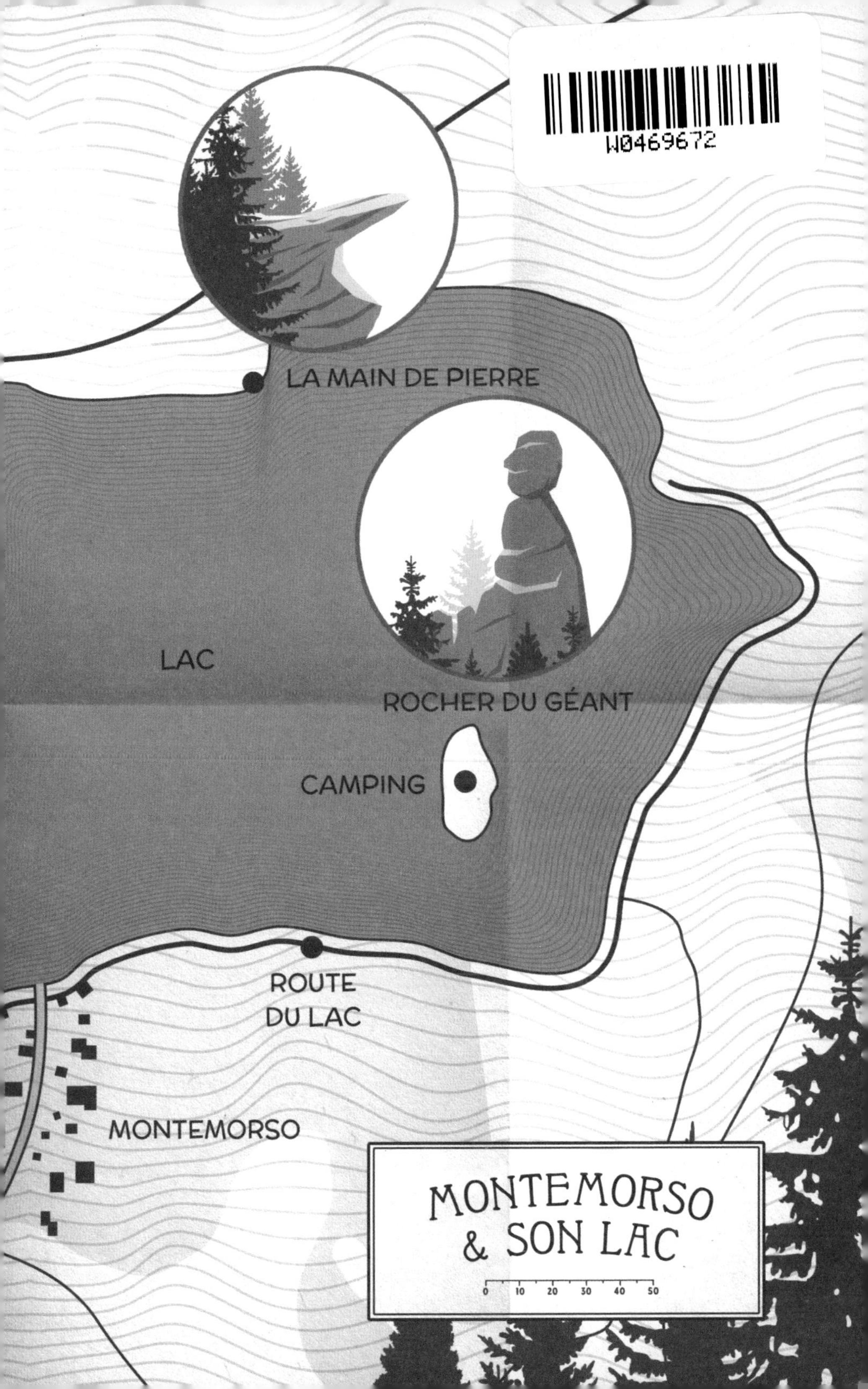
LA MAIN DE PIERRE
LAC
ROCHER DU GÉANT
CAMPING
ROUTE
DU LAC
MONTEMORSO
MONTEMORSO
& SON LAC
0 10 20 30 40 50

Davide Morosinotto

Les Vous

Traduit de l'italien par Marc Lesage

l'école des loisirs
11, rue de Sèvres, Paris 6e

Du même auteur à *l'école des loisirs*

Collection Médium

Le célèbre catalogue Walker & Dawn
L'éblouissante lumière des deux étoiles rouges

Titre de l'édition originale : «Voi»

Loi n° 49.956 du 16 juillet 1949 sur les publications destinées à la jeunesse : avril 2020
Dépôt légal : avril 2020
Imprimé en France par Gibert Clarey Imprimeurs à Chambray-lès-Tours (37)

ISBN 978-2-211-30694-2

Et comment veux-tu qu'il y ait une « dernière » révolution ?
Les révolutions sont en nombre infini,
il n'y en a pas de dernière.

Evgueni Zamiatine, *Nous*
(trad. Hélène Henri, Actes Sud, 2017)

Avant-propos

Les Marines américains ont une méthode infaillible pour s'endormir dans n'importe quelle situation : ils détendent leurs muscles et imaginent qu'ils sont sur un canoë, au centre d'un lac.

Une nuit, j'ai décidé d'essayer moi aussi. Ça a tellement bien marché que j'ai fait un rêve. Je me suis retrouvé sur un canoë, entouré de montagnes. Au loin, la coulée de béton d'un barrage. Soudain, un bruit a retenti et un éclair rouge est apparu dans le ciel. L'embarcation a chaviré, j'ai coulé à pic.

Par chance, quelqu'un a plongé et m'a aidé à nager jusqu'au rivage.

C'était une fille aux yeux si bleus qu'ils éclairaient tout.

Le temps d'atteindre la plage d'une île, nous nous sommes aperçus que nous n'étions pas seuls.

Quelqu'un était là à nos côtés. Quelqu'un que je ne pouvais pas voir. J'avais beau tourner la tête, l'inconnu était toujours hors de mon champ de vision. J'aurais dû avoir peur. Mais non, je sentais que c'était le début d'une grande aventure.

Quand je me suis réveillé, dans mon lit, j'ai pris mon carnet que je garde près de ma lampe de chevet.

Et j'ai compris que j'écrirais cette histoire.

Davide Morosinotto

1
VOIX

Peter Komak se fait écraser comme une crêpe

Voici l'histoire de Blue. Voici comment elle a brisé le cœur de son père. Comment elle a plongé au fond d'un lac avant de s'envoler, alors qu'elle n'a pas d'ailes. Comment elle a conquis une île et perdu sa meilleure amie. Comment elle a changé le monde. Mais, surtout, voici comment Blue a rencontré Luka. Et ce qui est arrivé ensuite.

Pourtant, lorsque M. Peter s'était levé à cinq heures pour aller à la pêche, ce matin-là (on était au début du mois de juillet), il était loin de se douter qu'il se passerait tout ça. Et, accessoirement, qu'il lui restait moins de trois heures à vivre.

Oh, M. Peter connaissait Blue, bien sûr. Il savait qu'elle avait douze ans et que c'était la fille de Tom, le garagiste, et de Luisa, l'infirmière. Ces deux-là avaient divorcé (ça aussi, il le savait). Elle dormait une semaine chez l'un, une semaine chez l'autre. En se creusant un peu les méninges, il aurait pu vous dire si elle était avec son père ou sa mère, car son magasin se trouvait pile au croisement avec la grande route qui menait au collège. Quand Blue venait de la droite, c'était qu'elle avait dormi chez Tom, et, de la gauche, chez Luisa.

M. Peter avait noté ces détails au fur et à mesure, sans s'en apercevoir. C'est fréquent quand on habite un petit village de montagne, à deux heures de route de tout, avec une enfilade de tunnels à traverser.

Alors croyez-moi : ce matin de juillet, M. Peter ne pensait pas à Blue et il n'aurait jamais imaginé qu'il allait mourir. Il ne songeait qu'à son bateau et aux truites qu'il espérait attraper et mettre à griller, dans son jardin, sur le barbecue en pierre qu'il venait de construire derrière sa cabane à outils.

En réalité, M. Peter a quitté cette terre avant même de pouvoir l'étrenner. Lorsque sa maison a été vidée puis vendue, le nouveau propriétaire a abattu le barbecue pour agrandir la cabane et en faire un garage.

– Bon sang de bonsoir.

M. Peter ne parlait pas du sort funeste qui attendait son barbecue, cela va de soi, mais du poids de son matériel. Entre le panier à poissons, le grand sac de rangement et celui, plus petit, qui contenait la grande boîte à hameçons, à plombs, à appâts et à flotteurs, il y en avait pour au moins dix kilos. Sans parler des quatre cannes télescopiques.

C'était vraiment le fin du fin, ce qu'on trouvait de mieux sur le marché. Il faut dire que M. Peter aimait parer à toute éventualité. Et qu'il vendait lui-même des articles de chasse et de pêche.

Dans une petite poche de son gilet qui en comptait une bonne douzaine, on trouvait un couteau suisse avec quarante-neuf fonctions, il faisait même loupe et vilebrequin ! Dans une autre, il avait une pompe à venin, toujours pratique en cas de piqûre de guêpe ou de morsure d'araignée, voire de serpent. Il ne partait jamais sans un kit d'urgence avec cinq fusées de détresse et le pistolet pour les lancer, deux fumigènes, deux fusées à parachute et une corne de brume. Bref, l'équipement idéal pour un yacht prêt à affronter l'océan, alors qu'il sortait sur le lac avec un bateau d'à peine trois mètres. Cela étant, on n'est jamais trop prudent.

Sans cesser de rouspéter et de jurer, il attrapa toutes ses affaires, referma le coffre de son vieux 4x4, puis descendit vers les quais du petit port de plaisance. Il se garait beaucoup plus près d'habitude, mais ce jour-là une Mercedes flambant neuve occupait sa place de parking attitrée !

N'ayant jamais vu cette voiture, M. Peter en conclut que son propriétaire n'était pas d'ici (ils n'avaient qu'à rôtir en enfer, lui et son tank). Il rejoignit le portillon du quai et dut poser son matériel pour retrouver la clé au fond d'une de ses nombreuses poches. Après quoi, afin de gagner du temps, il laissa son barda sur place et se rendit au hangar où était remisé son bateau. Il le sortit et le mit à l'eau avant de l'amarrer. Il revint alors sur ses pas pour faire le plein d'essence. C'est à ce moment seulement qu'il récupéra son équipement pour le charger à bord.

Toute cette opération lui prit un peu plus d'une demi-heure.

M. Peter aurait pu se faciliter la vie en laissant son bateau à quai. Le lac était calme été comme hiver, et à la belle saison il sortait pêcher tous les jours. Mais il n'avait pas confiance. Tout peut arriver. Et prendre des risques, très peu pour lui.

En revanche, il n'était pas pressé, loin de là. À cinquante-quatre ans, il ne s'était jamais marié, il n'avait ni enfants, ni neveux, ni parents proches, hormis une sœur qui vivait en bas, dans la vallée. Presque sur une autre planète.

M. Peter était-il un solitaire ? Plutôt, oui. C'était un homme en paix avec lui-même, qui n'avait pas besoin des autres. Et, à ce compte-là, les autres n'avaient pas besoin de lui. La seule chose qu'il regrettait, certaines fois, c'était de ne pas avoir eu d'enfant. Il l'aurait appelé Anton. Il serait sorti pêcher en sa compagnie, un matin comme celui-là, et lui aurait appris à conduire le bateau, à comprendre les lois éternelles de la nature. Quand le sommet des Deux Crocs était enveloppé par cette brume légère, par exemple, c'était le signe qu'il allait faire chaud, très chaud, même.

Autrefois, c'était différent. Le père de M. Peter (qui avait ouvert le magasin d'articles de chasse et de pêche) parlait souvent de l'époque où la centrale électrique n'existait pas. En ce temps-là, les Deux Crocs n'étaient pas reliés par la coulée de béton du barrage. On aurait vraiment dit deux grosses dents, avec le Pas de l'Ours au milieu. La rivière se jetait dans le lac en contrebas avec un bruit d'enfer. Et comme le vent soufflait toujours très fort dans les gorges, entre les deux montagnes, le brouillard n'avait pas le temps de se former.

Et puis le barrage avait vu le jour et le climat avait changé. C'est ce que M. Peter aurait expliqué à son fils Anton. L'homme commet parfois des erreurs. Quand on construit en dépit du bon sens, il faut assumer jusqu'au bout.

Il était désormais sept heures, M. Peter venait de quitter le ponton. Il resta volontairement loin du barrage, la proue de son bateau tournée de l'autre côté. Il préférait mettre le cap vers le large et contourner la longue passerelle en bois qui reliait la terre ferme à l'île du Géant, où se trouvait le camping abandonné.

Après avoir décrit un grand virage en diagonale, il fila au nord-est. À cet endroit, une falaise pratiquement à pic servait de trait d'union entre la montagne et le lac. Et à une trentaine de mètres du sol, au-dessus de la paroi, on voyait se dresser un imposant éperon rocheux qui dessinait une ombre sur l'eau verte, aussi pointue qu'un aileron de requin. Tout le monde l'appelait la Main de Pierre.

C'était juste en dessous qu'il pêcherait les meilleures truites, grâce à cette ombre qui gardait l'eau bien fraîche. Mais les poissons étaient peut-être attirés par quelque chose au fond du lac, allez savoir. Il coupa le moteur et profita de la force d'inertie pour s'immobiliser sous la roche. Impeccable. Il ouvrit ses sacs puis installa ses cannes.

Personne ne sait vraiment ce qui s'est passé ensuite.

Peut-être que M. Peter a fait un malaise. Que le malheureux a attrapé son pistolet de détresse qui ne le quittait jamais (il avait beau être prévoyant, il n'avait pas de portable car la technologie lui donnait des boutons). Et que, après l'avoir armé, il a tiré vers le ciel. Malheureusement, la fusée a frappé la Main de Pierre, qui a tremblé avec un grondement de bête féroce. Et puis l'éperon rocheux s'est détaché. Il a glissé le long du flanc de la montagne et plongé dans le lac en entraînant le bateau.

Mais c'est peut-être la roche qui a d'abord tremblé, à la suite d'une secousse sismique, par exemple. M. Peter a compris qu'il était trop tard pour l'éviter. Avec beaucoup de sang-froid, et par esprit de sacrifice, il a essayé de lancer une fusée de détresse, pour prévenir les gens du village. Au bout du compte, c'est cette seconde hypothèse qu'ont retenue les autorités.

Pour le reste, on sait que les trois choses suivantes se sont produites, et pas forcément dans cet ordre. La première : la Main de Pierre s'est décrochée de la paroi rocheuse à laquelle elle était soudée depuis des milliers d'années et a soulevé une vague de six mètres qui a touché l'île, le village et même la centrale électrique.

La deuxième : une fusée de détresse a été tirée vers le ciel. Une fusée que Blue et son ami Abel ont aperçue depuis la berge, sans comprendre de quoi il retournait.

La troisième : M. Peter est mort.

Ce dernier événement n'a pas été déterminant pour la suite de cette histoire.

Mais pour le pauvre M. Peter, si.

Blue affronte un géant

– Salut, ma puce. Oh, tiens, salut, Tilly.

– Salut, papa.

– Bonjour, monsieur Neri, croassa la voix de Tilly à travers le haut-parleur.

Blue reposa son smartphone sur la table, en équilibre entre sa tasse et la brique de lait, et montra la cuisine à son amie qu'elle appelait en FaceTime. Puis elle attrapa la bouteille de jus de fruits dans le frigo.

Son père, Tom, en short, se grattait le derrière tout en préparant le café.

– Papa !

– Oh, pardon, ma puce. Et pardon aussi, Tilly.

– Pas de souci.

Tilly leva son bras droit plâtré. Non, vraiment, il n'y avait aucun problème.

– Tiens, tu t'es fait mal ?

– Elle est tombée en vélo, papa, je te l'ai déjà dit ! C'était il y a deux semaines.

– Ah oui, c'est vrai.

– Pas de souci.

Sur l'écran, derrière le visage souriant de son amie, Blue vit passer la mère de Tilly en minishort et débardeur, pieds nus. Elle avait des jambes interminables.

Tom ne perdit pas une miette de ce spectacle qui le laissa bouche bée. Mais il se retourna et se passa rapidement la main sous la gorge. Traduction : « Raccroche. »

– Je te rappelle, Tilly, marmonna Blue. Je prends mon petit déj, là, et mon père est ultra-pénible, désolée…

– Pas de sou…

Blue appuya sur le bouton rouge, fin de l'appel.

Tom versa le contenu de la cafetière dans une tasse.

– Tu sais que je n'aime pas ces appels en FaceTime dès l'heure du petit déjeuner. J'ai l'impression d'avoir des tas de gens dans ma cuisine alors que je suis encore en pyjama. Ou pas.

Et il baissa les yeux vers son short.

– Ta mère te laisse faire ça ?

– Toujours, répondit Blue.

Ce qui était faux.

– Et puis, tu n'es pas content de prendre le petit déjeuner avec la maman de Tilly ?

– Ce qu'il ne faut pas entendre…

Il avait tout de même ricané.

– Allez, papa, j'ai vu comment tu la regard…

– Ça suffit, grenouillette ! la coupa-t-il en ébouriffant ses cheveux courts. Depuis quand est-ce que tu es insolente comme ça ?

Blue éclata de rire à son tour et plongea un biscuit dans une tasse remplie d'un mélange de lait et de jus de fruits.

– Quelle horreur… fit son père d'un air dégoûté.

– Mais non, c'est super bon.

– Mouais. Et comment ça se fait que tu te sois levée aux aurores, tiens ?

– Abel m'attend.

Tom pencha la tête sur le côté.

– À six heures et demie ? Ce n'est pas un peu tôt pour voir son petit copain ?

– Papaaa… Arrête avec ça, on est juste amis.

– Toi, tu es juste son amie. Lui, j'ai des doutes. Tu n'as que douze ans, Blue, pas vingt-deux. Tu ne peux pas sortir quand ça te chante. Ta mère ne te laisserait jamais faire ça, c'est certain. Et puis, s'il t'arrive quelque chose, je risque d'être poursuivi pour abandon d'enfant…

– C'est bon, soupira-t-elle, on n'ira pas en forêt. On va sûrement rester chez lui, dans le studio du sous-sol, et jouer à la PS4. Il y aura toujours un adulte dans les parages et je ne dirai rien à maman. Promis.

– OK.

Blue déposa une bise sonore sur la joue de son père et grommela. Il fallait qu'il se rase, il piquait trop ! Elle récupéra son portable et se précipita dehors.

La maison de Tom Neri se trouvait au centre de Montemorso, près de la place de l'église. À cette heure, les petites rues pavées étaient encore vides. Blue ne croisa personne en dévalant ces ruelles si étroites que les voitures avaient du mal à passer.

Elle rappela Tilly. Le visage de son amie s'afficha.

– Tout va bien ? Ton père ne se doute de rien ?

– De rien du tout.

– Pff. J'aimerais tellement être avec vous. J'ai toujours rêvé de faire ça, tu sais.

– Attends, tu convaincras peut-être ta mère de revenir quelques jours en août. Vous n'auriez qu'à dormir chez maman. Et, d'ici là, on t'aura retiré ton plâtre. Tu pourras nous accompagner, comme ça.

– Tu parles ! rétorqua son amie. Elle veut aller au bord de la mer, cette année.

– Qui te dit qu'elle ne changera pas d'avis ?

Entre-temps, Blue était arrivée à destination.

Perché sur son vélo, Abel l'attendait au centre de la place, où se dressaient le supermarché (le seul de Montemorso, géré par ses parents), la petite église en pierre du père Bomben, un magasin de vêtements et le Foxy. En été, avec la chaleur, le bar osait envahir une partie de l'espace avec quelques tables en plastique et deux parasols Coca-Cola.

Il rougit en la voyant et Blue pensa que c'était à cause du soleil (oh non, loin de là). Il était aussi grand et fin qu'un lampadaire, avec des cheveux d'un blond pâle qui lui arrivaient jusqu'aux épaules. Il portait le sac avec leur matériel en bandoulière.

– Salut, Blue.

– Salut, Abel !

Il tourna machinalement la tête en direction du portable et aperçut Tilly.

– Oh, salut, dit-il.

Et il releva la tête.

– Ben… et ton vélo, alors ?

Blue haussa les épaules.

– Il est chez ma mère, j'ai dormi chez mon père, cette nuit. Tant pis.

– C'est bon, tu n'as qu'à monter avec moi, mais... on devrait laisser tomber, non ? Si on se fait pincer...

– Tu as fini de te plaindre, Abel ? intervint Tilly.

– Elle a raison. En route, on n'a pas toute la journée.

Blue s'assit sur le cadre et attrapa le guidon du vélo tout en tenant son smartphone entre le pouce et l'index. Sur l'écran, on voyait danser le visage de Tilly. Elle ne s'arrêtait plus, une vraie mitraillette :

– Vous faites quoi à Montemorso ? Ici, c'est l'horreur. Franchement, vous n'imaginez pas à quel point je déteste cet endroit... Si j'avais su, j'aurais refusé de déménager.

– Eh oui, je sais. C'est vraiment nul.

Abel appuyait déjà sur les pédales.

– Blue, regarde devant toi ou on va s'étaler par terre !

– Tu as fini de te plaindre ? répéta-t-elle en imitant leur amie.

Au niveau de la rivière, ils s'engagèrent sur la pente qui menait au lac et prirent de la vitesse.

Ils passèrent près du 4x4 de M. Peter (sans savoir qu'il s'agissait du 4x4 de M. Peter) et de la luxueuse Mercedes garée un peu plus loin (eux non plus ne l'avaient jamais vue auparavant), puis empruntèrent le sentier qui faisait le tour du lac, vers la droite.

À sept heures et quart, ils ne croisèrent que Giulia, la jeune caissière du supermarché, qui trottinait en survêtement rose fluo. Ils la saluèrent et elle leur répondit d'un geste de la main.

Le sentier suivait la forêt et la berge du lac sur deux kilomètres avant de s'ouvrir sur un terre-plein qui donnait sur la départementale. Un panneau annonçait : CAMPING DU GÉANT – PARKING NON SURVEILLÉ.

Blue se dirigea de l'autre côté, vers le rivage, là où commençait la longue passerelle qui enjambait les flots pour déboucher sur l'île. Elle s'engagea dessus à toute allure. Le vélo tressauta sur les planches irrégulières. Elle éclata de rire et Abel poussa un cri strident.

Ils abandonnèrent le vélo sur la plage, contre la clôture du camping. Le vieux portail était renforcé avec des bouts de grillage maintenus par une chaîne et on voyait des écriteaux décolorés par le temps. FERMETURE DÉFINITIVE. PROPRIÉTÉ PRIVÉE. ENTRÉE INTERDITE. ATTENTION BÂTIMENTS DANGEREUX.

– Tu as vu ? geignit Abel. On est en train de violer une propriété privée, c'est puni par la loi. Et...

– Mais boucle-la, Abel !

Ils s'enfoncèrent au milieu des arbres et s'arrêtèrent à un endroit du grillage où l'on avait découpé un trou suffisamment grand pour passer.

Tilly les mit en garde.

– Attention à ces gros bouts de ferraille, ça donne le tétanos.

– Oh, là, là, qu'est-ce que vous avez tous les deux, aujourd'hui ? Vous paniquez pour un rien, on dirait ma mère ! s'exclama Blue.

Après s'être faufilée dans le trou, elle prit la direction de la pinède, son smartphone dans une main. Abel traînait les pieds derrière elle.

Une petite allée goudronnée apparut devant eux. *Chemin de l'Aube*, était-il écrit sur le panneau à moitié rouillé. Ils le suivirent jusqu'à un croisement et tournèrent à gauche, en passant au milieu des emplacements réservés aux tentes, tous envahis par la végétation. On apercevait des bungalows abandonnés. Des maisonnettes en bois avec un toit pentu qui devaient être jolies comme tout, à l'époque. Mais là, elles étaient franchement sinistres.

– Il y a des fantômes, ici, vous croyez ?

– Des fantômes, n'importe quoi, Abel !

Mouais, Tilly pouvait parler, derrière son écran ! Blue était là pour de vrai et elle ne se sentait pas vraiment rassurée.

À peu près au centre de l'île, une petite place de forme irrégulière abritait les principaux bâtiments du camping : les bureaux de la direction, l'édifice abritant les douches et les toilettes, une supérette et un chalet-restaurant en bois sombre, avec une véranda à moitié écroulée sur le devant.

Au milieu trônait le Géant qui donnait son nom à l'île. Vu de loin, on aurait dit un homme debout, le nez pointé vers le ciel. En réalité, c'était un gros rocher d'environ douze mètres de haut. Histoire d'accentuer la ressemblance, les propriétaires avaient peint ce gros caillou en lui dessinant un pantalon à bretelles, une chemise, deux yeux et une bouche. Par chance, la pluie et la neige avaient tout effacé. Le Géant avait enfin retrouvé sa couleur d'origine : un splendide gris rocher.

Blue se plaça juste en dessous et l'étudia longuement.

– La voie la plus simple commence ici. C'est de quelle difficulté, d'après vous ?

– 6c, répondit Tilly.

– Tu plaisantes ? s'écria Abel. C'est au moins du 7a.

– Hum... Ça n'a pas l'air évident, j'avoue. Tu as envie d'essayer, Blue, tu es sûre ?

Abel et Tilly (à travers l'écran) la regardèrent.

Blue hocha la tête.

– On est venus pour ça.

Abel posa son sac d'escalade par terre, déroula le long rabat en tissu, comme un tapis, et renversa leur équipement dessus : les harnais, les mousquetons, les cordes, les casques, le petit sachet de magnésie. Et les chaussures d'escalade de Blue, qu'elle lui avait confiées la dernière fois.

À travers le haut-parleur, on entendit :

– Elles sont minuscules ! Quelle taille tu fais ?

– Du trente-huit, mais ça, c'est du trente-cinq.

– Et… tu arrives à les mettre ? insista Tilly.

– Les doigts dans le nez, dit-elle.

Mais c'était faux.

Blue s'assit par terre et retira ses baskets. Il fallait se tordre les pieds pour les glisser dans ces chaussures microscopiques.

De son côté, Abel avait enfilé son harnais et préparait la corde, prêt à lui servir de parade.

– Quelqu'un a laissé des pitons. Ça va tenir, tu penses ?

Blue haussa les épaules. Les jeunes plus âgés qu'eux grimpaient toujours ici, c'est pour ça qu'ils étaient venus à sept heures. Sans quoi, la place aurait été prise et ils auraient dû faire demi-tour, pas de doute.

– Ça ira très bien, répondit-elle simplement.

– Utilise bien les dégaines, surtout.

– T'inquiète.

– Et mets ton casque.

Une fois chaussée, Blue retira son pull et son pantalon pour être en débardeur et en leggings. Et maintenant, son harnais et son casque. Elle passa son portable à Abel.

– Excuse-moi, Tilly, il faut que je raccroche…

Le visage de leur amie se contracta. Raccrocher? Et puis quoi, encore?

– N'essaie même pas, Abel. Pose ce téléphone par terre, que je puisse voir!

Blue s'était retournée vers le Géant. Le rocher était haut, c'est sûr. Et tout lisse. Mais il ne fallait pas l'appréhender d'un seul bloc. L'important, c'était de se concentrer sur chaque mouvement, l'un après l'autre.

Elle se dégourdit les épaules, puis sautilla sur place quelques secondes.

– Prête?

Le début était facile, il suffisait de faire attention car la roche était humide et ça glissait un peu. Elle couvrit ses mains de magnésie, glissa le pied sur une saillie confortable, et chercha des doigts une fente dans la paroi. Ah, voilà. Elle se hissa, puis chercha un point d'appui pour l'autre pied. Ses chaussons trop étroits lui faisaient super mal, mais waouh, c'était comme si elle collait au rocher!

– Tout va bien?

– Oui, chef! Je me lance.

Blue entama son ascension. Elle faisait de l'escalade depuis sa plus tendre enfance, et cet été-là elle s'était entraînée comme une folle avant d'affronter le Géant. C'était tout sauf une partie de plaisir. Au village, des tas de jeunes plus expérimentés avaient du mal à grimper jusqu'au sommet, alors qu'ils avaient des jambes et des bras deux fois plus grands que les siens. Mais elle était petite et légère, avec un excellent rapport poids-puissance. Et elle était en pleine forme.

En poussant sur ses jambes, et en se servant de ses doigts comme de piolets pour s'agripper aux fentes, elle prit de la hauteur.

Elle fixa une dégaine au premier piton, c'est-à-dire deux mousquetons reliés ensemble. Elle tira un coup sec pour s'assurer qu'elle était bien accrochée et fit passer la corde qui la retenait dans la dégaine. La suite, maintenant.

Elle venait de dépasser le toit du chalet quand le soleil levant déversa sa lumière sur elle. Cette journée était déjà incroyable. Et ce n'était pas fini. Une voie tortueuse serpentait sur le côté gauche du Géant. Tous ceux qui étaient passés par là avant elle avaient laissé des traces de magnésie, il suffisait de les suivre. Elle s'arrêta pour observer les eaux scintillantes du lac, derrière la cime des arbres.

Alors, plus ou moins au même moment, il se produisit deux choses.

La première (à moins que ce ne soit la seconde) fut une lumière rouge, intense, aussi puissante que les flammes de l'enfer.

La seconde (à moins que ce ne soit la première) fut un grondement d'ours qui se serait réveillé après des siècles d'hibernation. Mais était-ce vraiment un son ? Non, c'était plutôt une vibration, une secousse de tremblement de terre qui percuta même le Rocher du Géant.

Blue perdit prise.

Elle chuta à une vitesse folle. Mais la dernière dégaine qu'elle avait laissée derrière elle la retint. La corde se tendit et elle se retrouva à pendouiller dans le vide, accrochée au mousqueton.

D'en bas, Abel lui cria :

– Ça va ?

– Oui, oui. Tu as vu ? Le piton a tenu.

– Qu'est-ce qui s'est passé ? C'est cette lumière rouge qui t'a déconcentrée ?

– Oui. Et la secousse aussi. Tu l'as sentie ?

– J'ai entendu le bruit, surtout...

– Ça a fait trembler la roche et j'ai lâché prise. Aide-moi à descendre, vite. Il faut qu'on aille sur la plage.

Blue eut un instant d'hésitation. Et ajouta :

– Il s'est passé quelque chose sur le lac.

Cameron boit la tasse

Les parents de Cameron s'étaient bien fichus de lui.

Ils l'avaient attiré dans leur piège au fur et à mesure, pas à pas. Et il était tombé dedans à pieds joints.

– *Et si on s'installait en Italie ? Ce serait génial !**

Voilà ce qu'ils lui avaient dit, comme ça, subitement (et en anglais, bien entendu).

– *On mange tellement bien là-bas… Pizza tous les soirs !*

– *C'est l'un des plus beaux pays au monde.*

– *Et les Italiennes, oh, là, là, les Italiennes…* avait ajouté son père.

Et sa mère avait fait semblant d'être choquée.

– *Tu vas apprendre l'italien, c'est une langue magnifique… Quand on rentrera en Amérique, tes amis seront jaloux.*

Son père était revenu à la charge :

– *L'italien, il n'y a pas mieux pour faire craquer les filles.*

Et, une fois de plus, sa mère avait pris un air outré.

– *C'est vrai qu'on mange bien là-bas… Spaghettis tous les soirs !*

– *Les montagnes, les Alpes ! Le lac !*

* Toutes les répliques en italique sont en anglais. [N.d.T]

– Tu pourras continuer de faire du kayak. Et du snowboard en hiver ! Tu auras de nouveaux copains…

– Et de nouvelles copines…

– C'est bon, Tyrone, je crois qu'on a compris.

Tout doucement, Cameron s'était fait à l'idée. L'Italie… Il avait regardé où ça se trouvait sur Google Maps. Cherché des photos. Pendant trois mois, une dame d'origine italienne (embauchée par sa mère) était venue chez eux, tous les après-midi après ses entraînements de kayak, et lui avait appris quelques mots : « Je v*u*dra*y* des spaghe*dd*is avec du p*o*rme*sanne*, s*i* v*u* pla*y*. »

L'Italie… L'autre bout du monde, en gros. Il ne risquait pas de croiser de jeunes Afro-Américains, dans les Alpes. Mais bon, est-ce qu'il y en avait beaucoup dans son collège du Colorado ? Pas tellement, non.

De toute façon, la décision ne leur appartenait pas. Et son père n'avait pas manqué de le lui rappeler. C'était un soir, ils buvaient du Pepsi Cherry, seuls sur le porche devant chez eux. C'étaient les employeurs de sa mère qui l'envoyaient à tel ou tel endroit, à eux de s'adapter. Elle, bien sûr, mais surtout lui et son père, qui écrivait des articles pour la rubrique culture de plusieurs magazines et sites Internet : il pouvait travailler n'importe où. Pas elle. Elle allait là où on avait besoin de ses services.

Les parents de Cameron s'étaient installés à Denver quand il avait dix ans, car la centrale électrique de Dillon avait besoin d'être modernisée. C'était ça, le métier de Tasha Woods : elle rénovait les centrales. Depuis, trois ans s'étaient écoulés, sa mission dans le Colorado avait pris fin et voilà qu'une autre l'attendait en Italie. Mais ça ne durerait pas éternellement, lui avait promis Tyrone. Un an ou deux, pas plus, donc.

Cameron s'était laissé convaincre, ils avaient tous grimpé dans un avion…

Et le piège s'était refermé.

Car Montemorso ne ressemblait pas à ce qu'il avait imaginé, mais alors, vraiment pas. C'était une petite ville de rien du tout, où personne ne parlait anglais. Par contre, outre l'italien, on pratiquait une langue appelée le « frioulan » et une autre, le « slovène ». Résultat : il ne comprenait jamais rien à ce qu'on lui disait, ou presque.

En plus, personne ne mangeait de spaghe*dd*is avec du p*o*rme*sanne*, dans le coin. Le seul supermarché du village ne vendait ni Cheetos, ni Reese's Pieces, ni canettes de Dr Pepper ou de Mello Yello, ni même de burritos à réchauffer au micro-ondes. Et il n'y avait aucun terrain de basket, nulle part. Mais il avait compté quatre terrains de football. Oui, quatre !

L'horreur absolue.

À une exception près, la seule : il y avait un lac, c'est vrai, et il pouvait faire du kayak.

Cameron avait toujours vécu dans les environs d'un plan d'eau à cause du travail de sa mère, il avait grandi dans un kayak, en un sens. Et il était très fort. Un jour, il serait membre de l'équipe olympique, spécialité 1 000 mètres (enfin, à condition qu'on le laisse revenir aux États-Unis).

Entre-temps, il ne lui restait qu'une chose à faire : s'entraîner. Voilà pourquoi il était sorti à sept heures et demie, ce matin-là. Ses parents avaient loué un appartement qui était à la fois au centre du village et au bord du lac. C'était bien la preuve que cet endroit était minuscule ! Même chose pour leur appart, qu'il trouvait riquiqui. Il n'y avait ni jardin ni véranda devant l'entrée.

Sa mère lui avait promis que c'était provisoire. S'ils restaient là, c'était en attendant de trouver mieux.

Le soleil était déjà haut et les habitants du village commençaient à envahir les rues. Des petites vieilles marchaient cahin-caha, coiffées de leurs fichus et armées de leurs sacs à provisions ; on aurait dit les figurantes d'un film. Et elles le regardaient. Cameron fit mine de ne pas s'en apercevoir, elles n'avaient sans doute jamais croisé d'Afro-Américains.

Il suivit la route un bon moment, puis passa devant un 4x4 (celui de M. Peter, qui était encore en vie, mais plus pour longtemps) et la Mercedes de location de ses parents. Il franchit le portillon du quai (il avait la clé, lui aussi) et le referma juste après. Dans le hangar où les gens du coin laissaient leurs petits bateaux à moteur et un tas d'autres trucs, ses parents avaient loué un râtelier.

Cameron se mit en maillot de bain, attrapa une pagaie double et tira son K1 d'un peu plus de cinq mètres de long. De retour dehors, il le mit à flot. Pas un mouvement sur l'eau.

Devant lui, plus ou moins face au village, on voyait deux montagnes pointues, comme sur les cartes postales, reliées au milieu par la bande de béton du barrage. Et plus bas, la centrale.

À droite, le lac s'allongeait pour prendre une forme de haricot. Ça lui rappelait la piscine des parents de Jenny, dans le Colorado, en beaucoup plus grand. La partie orientale était délimitée par une paroi rocheuse toute lisse et, sur le côté, une petite île était reliée à la terre ferme par une passerelle en bois.

Cameron pagaya dans cette direction, lentement, pour décontracter ses épaules, sans trop s'éloigner du rivage. Le périmètre du lac était de cinq *miles* et demi. Neuf kilomètres, disait la carte italienne : il avait fait la conversion. Il comptait faire un tour complet, ce serait sa séance d'entraînement.

Il vit un oiseau noir prendre son envol et une jeune femme en survêtement rose qui courait sur la berge. Puis il se concentra sur ses mouvements, sur ses abdominaux, sur ses pieds tendus… En Amérique, son entraîneur lui rappelait toujours qu'il fallait se servir de ses jambes, c'était elles qui permettaient d'avancer. Et ça, les amateurs ne s'en doutaient même pas !

Il longea l'île. Pas un chat à l'horizon. Des plages privées occupaient l'ouest et le nord (il y avait un hôtel à l'époque, s'il avait bien compris). Celle à l'est, la plus éloignée du village, était publique. Les gens du coin allaient souvent se dorer au soleil là-bas. Mais pas à cette heure-ci.

Cameron vira au large, sans lâcher des yeux la côte, ce qui l'empêcha de remarquer une lumière rouge. Celle d'une fusée de détresse. En revanche, il entendit un bruit sourd et grave.

Un grondement.

L'instant d'après, il se retrouva projeté dans les airs, sur plusieurs mètres, et atterrit au fond de l'eau.

Tout se passa en une fraction de seconde. Jusque-là, le lac était aussi lisse qu'un miroir. Et puis, soudain, cette vague d'une force et d'une violence incroyables s'était emparée de son kayak, qui avait tourné sur lui-même comme un tire-bouchon et chaviré.

Cameron but la tasse, le souffle coupé par la panique. Un bourdonnement sourd et profond résonnait dans ses oreilles. Il cria, avec ce son de tuyauterie que la voix humaine produit sous l'eau, et agita les bras. La pagaie rebondit sur le côté de son embarcation et repartit dans l'autre sens, en lui cognant le bras.

Bizarrement, c'est la douleur qui lui remit les idées en place.

Il pouvait se redresser grâce à un « esquimautage », un geste technique qu'il maîtrisait à la perfection. Il avait été pris au dépourvu, c'est tout. Pas d'affolement.

Il se carra sur le côté de son bateau, la pagaie parallèle à la coque, et effectua un grand mouvement circulaire. Le kayak répondit au doigt et à l'œil et pointa à nouveau vers le soleil.

À ce moment seulement, Cameron remplit ses poumons d'air. Il toussa et se frotta les yeux. Il n'était pas au bout de ses peines et une question lui brûlait les lèvres : qu'est-ce qui l'attendait, maintenant ?

Du côté de la montagne, un panache de fumée montait vers le ciel. C'était quoi, ce truc ? Il n'eut même pas le temps de se le demander, le reflux de la vague s'abattit sur lui et le renversa à nouveau. Mais il avait vu le danger arriver. Hop, il remit son embarcation d'aplomb en un clin d'œil.

Il n'avait jamais vécu ça, jamais. Des creux pareils sur un lac aussi calme, ça n'avait aucun sens.

Sauf si… Il n'alla pas au bout de sa pensée et reporta son regard sur la rive nord-est, sur la paroi rocheuse, sur le nuage de fumée. Juste en dessous, l'eau se couvrait d'un manteau d'écume, comme si un bout de la montagne s'était écroulé. Une minute, cette vibration… C'était peut-être un tremblement de terre !

La première réaction de Cameron fut de faire demi-tour pour regagner le port, et vite. Il fila comme une flèche. Mais l'eau se gonfla et souleva le K1. Encore un peu et il chavirait pour la troisième fois.

Il fit de son mieux pour garder l'équilibre, sans cesser de pagayer.

Soudain, une vague venue de nulle part le renvoya en arrière.

Le bateau se dressa sur sa pointe arrière, se souleva à la verticale et finit par se renverser. Et vlan !

Franchement, il y avait de quoi rire. Un kayak qui se cabrait comme une moto... On nageait en plein délire !

Cameron tenta un nouvel esquimautage, mais cette fois, l'embarcation ne bougea pas d'un poil. Elle pesait des tonnes. Et ce n'était pas normal du tout.

Allez, on réessaie.

Quelque chose le frappa à la tête.

Il but encore la tasse et le stress prit le dessus. Ce coup-ci, c'était la fin. Il allait mourir ici, au milieu de ce lac paumé au fond des Alpes. Merci, l'Italie. Merci, les spaghe*dd*is avec du por*mesanne, si vu* pla*y*.

Non, il lui restait une dernière chance.

Il lâcha sa pagaie, retira les jambes et s'écarta en poussant très fort. Il remonta à la surface et reprit enfin son souffle (ça fait tellement de bien, un peu d'air, quand on a frôlé la mort). Et maintenant, son bateau. Il fallait qu'il le redresse. Il y parvint, mais, dès qu'il voulut grimper à bord, il chavira pour la énième fois.

– Hé, tu as besoin d'un coup de main ? Ça va ?

Quelqu'un appelait Cameron depuis la plage de l'île. En italien. Et il n'avait pas saisi grand-chose. Il agita la main. C'est bon, pas de panique, il s'en sortait ! Mais c'était comme si son embarcation avait pris vie. Oui, elle était comme possédée. C'était le kayak diabolique du lac de Montemorso !

La voix insista :

– Ho, ça va ?

Juste après, on entendit :

– Blue… Blue ! Qu'est-ce que tu fais ?

En se retournant, Cameron vit un garçon aux cheveux courts nager vers lui, même s'il semblait à la peine. Il risquait d'être emporté par l'un de ces courants invraisemblables – ce qui se passait sur ce lac était complètement dingue.

Cameron choisit alors de se diriger vers l'île. Tant pis pour son bateau !

– *Sors de l'eau !* cria-t-il. *Sors de l'eau tout de suite, c'est dangereux !*

– Quoi ?

Le garçon qui nageait dans sa direction n'avait pas compris. L'anglais n'était peut-être pas son fort…

– Je *né* porle pas l'ital*yenne… Sors de l'eau, vite !*

L'autre sentit qu'il fallait faire demi-tour, c'était déjà ça.

Cameron le rejoignit en deux brasses et ils regagnèrent le rivage, côte à côte. Ils s'allongèrent sur les galets et reprirent leur souffle. Pfiou, ils avaient tout donné.

– Ça va ?

Cameron se releva.

– Je *né* porle pas l'ital*yenne*, répéta-t-il.

L'autre garçon (celui qui était resté sur la berge) était grand, avec des cheveux blonds et un nez busqué. Seulement, à y regarder de plus près, celui qui s'était jeté à l'eau pour le sauver avait tout l'air… d'être une fille !

Cameron s'était laissé tromper par ses cheveux courts, mais entre ce débardeur et ce legging mouillé… Pas de doute, c'était une fille, à cent pour cent.

Leurs regards se croisèrent, et elle planta deux yeux d'un bleu incroyable au fond des siens. Il n'aurait jamais cru qu'un être humain puisse avoir des yeux d'une couleur aussi intense.

– *Salut*, dit-elle en anglais (mais avec un accent pas possible). *Je m'appeler Blue.*

Elle indiqua ses yeux.

– *Et lui... s'appeler Abel.*

Elle souriait. Son ami, non. Il le fixait d'un air mauvais. Réprobateur, même.

– *Nous savoir... tu d'Amérique... tu nouveau ici.*

– *Exact. Moi, c'est Cameron.*

Blue désigna le lac, puis fit un geste qui signifiait plus ou moins : « Hé, c'était quoi, ce truc de fou, à ton avis ? »

– M*ountanié* des*çondre* des*çondre*, répondit-il en s'efforçant de rassembler le peu d'italien qu'il connaissait. M*ountanié splash.*

– La montagne s'est écroulée ?

– C'est vrai, intervint Abel. La Main de Pierre. Tu as vu ça, Blue ? Le rocher n'est plus là ! La vache... Comment c'est arrivé ? Et puis cette vague, oh, là, là ! Quelqu'un aurait pu y rester.

Cameron n'avait strictement rien compris, rien. Il resta là à se sécher au soleil, le nez levé vers le ciel. Il était tellement soulagé de s'en être tiré !

Parce que, au fond de lui, tout au fond, il savait.

Il savait que quelque chose de grave venait de se produire.

Et qu'il était passé à *ça* de la catastrophe.

Le Vieux fume une cigarette

Il semblerait que pas mal d'habitants de Montemorso et de la région se soient levés tôt, ce jour-là : M. Peter pour aller à la pêche, Cameron pour faire du kayak, Blue et Abel pour escalader le Géant. Tilly, qui habitait dans la vallée, pour assister en direct à ce challenge. Mais aussi Tom, le père de Blue, et sa mère, Luisa, que nous n'avons pas encore croisée, pour aller au travail.

Et puis il y en avait qui n'avaient pas fermé l'œil. Le Vieux, par exemple.

C'était le surnom qu'on lui donnait ; il s'appelait en réalité Agenore Novak et il avait soixante ans. Ce qui n'est pas si vieux. L'important, c'est l'âge qu'on a dans sa tête, pas vrai ? Et quand il se regardait dans la glace, elle lui renvoyait l'image d'un vieil homme aux longs cheveux gris et à la barbe jaunie par la fumée de cigarette, la peau semblable à une écorce d'arbre, creusée de rides profondes.

Il était le Gardien, le Protecteur. L'Homme sur le Mur. La Sentinelle. Et c'était pour cette raison (peut-être) qu'il avait le même âge que ces arbres et ces montagnes. Mais ça, les gens du coin ne le comprenaient pas. Pour eux, il n'était que le gardien du barrage. Un débris à moitié cinglé qui habitait là-haut dans la montagne, coupé du reste du monde quand il était de service, toujours pour une période de deux semaines.

Si ça n'avait tenu qu'à lui, il serait resté là toute l'année. Au village, le Vieux avait la sensation d'étouffer, il tuait le temps accoudé au comptoir du Foxy, en écoutant les histoires d'une bande de crétins dont il se fichait éperdument.

Et c'est pour cette raison qu'il n'avait pas dormi. Son tour de garde était terminé et ça l'avait empêché de dormir. À midi, il serait remplacé par l'autre, son binôme, Trevisan. À l'idée de passer quinze jours interminables dans un appartement, il avait la gorge serrée dans un étau. Il avait donc passé la nuit entière sur le canapé, à regarder les aiguilles de sa montre et à bouquiner.

Il aimait ça, les livres, surtout ceux qui disaient des vérités que les autres, les gens normaux, n'avaient pas le courage d'écouter. Ceux qui révélaient des secrets. La façon dont les gouvernements contrôlaient l'esprit des peuples ou les expériences perverses que des scientifiques menaient sur des malheureux qui n'avaient rien demandé, par exemple. Le Vieux lisait et il réfléchissait. Il n'avait pas peur, mais il sentait une colère terrible s'emparer de lui, oh oui. Tôt ou tard, il faudrait ramener un peu de justice dans ce monde de tarés. En attendant, la vie continuait. Avec un tour de garde tous les quinze jours.

En sortant de la maisonnette qu'il occupait en haut du barrage, à huit heures moins le quart du matin, le Vieux sentit son dos craquer avec un bruit sinistre. Bon sang, il n'avait plus l'âge pour ces bêtises. Il observa le sommet des Deux Crocs, avec leurs pointes acérées. Une ombre trouble se dessinait sur le bassin du Pas de l'Ours, le cours d'eau qui coulait au milieu des montagnes, telle une langue de dragon.

Celui-ci s'interrompait un peu plus loin, à l'emplacement de la cascade qui avait disparu depuis un bail pour laisser place au grand mur en béton du barrage. Derrière, le soleil pointait enfin le bout de son nez et, tout en bas, dans le lointain, on voyait le lac de Montemorso, l'île et le village avec ses toits noirs et ses petites rues pavées.

Le ciel était dégagé, sans un nuage. Pas de danger qu'il pleuve. Le Vieux rejoignit sa cabane à outils qui se dressait à l'orée du bois, à proximité du petit abri météo.

Il ouvrit le battant et contrôla le thermographe (qui avait enregistré les variations de température des dernières vingt-quatre heures) ainsi que le pluviographe (il n'était même pas tombé trois gouttes).

Il releva la température de l'air et de l'eau, consigna les valeurs dans un registre, puis vérifia le niveau du bassin et celui du lac en contrebas.

Là, il s'arrêta net.

Avec le capuchon de son stylo, il se gratta le front.

Ça n'avait aucun sens.

Le niveau du lac était parfaitement stable, dans la norme, mais ses instruments de mesure indiquaient une brusque augmentation. Comme s'il y avait eu un raz-de-marée. Avec une vague d'environ deux mètres. Elle s'était abattue au pied du barrage, avant de refluer aussitôt.

Ce qui était rigoureusement impossible. Le niveau du lac pouvait varier, mais c'était de son fait. Enfin, du fait du barrage. L'ensemble des autres valeurs n'avaient rien d'aberrant, il n'y avait pas eu de pertes d'eau anormales, aucune alarme ne s'était déclenchée, rien de rien.

Il n'empêche, le lac n'était plus à la même hauteur. À cause d'une seule et même vague.

Une seconde. Il avait entendu un bruit, plus tôt. Un bruit étouffé, dans le lointain, enfin, c'est l'impression qu'il avait eue. Il y avait peut-être eu un éboulement sur le Gorelli. Hum… Étrange, vu la saison. De quoi s'agissait-il, alors ?

Le Vieux regagna la maisonnette et prit ses jumelles, son paquet de cigarettes et son briquet. De retour dehors, au lieu de se diriger vers la cabane, il partit de l'autre côté, en direction du barrage. Il alluma une cigarette et s'approcha de la balustrade. On sentait la force de l'eau qui poussait pour s'échapper, écrasée contre l'épaisse paroi dont il était le gardien.

Cette sensation de pouvoir était indescriptible.

Encore une chose que ceux d'en bas ne comprendraient jamais.

Tout en fumant, il scruta le gouffre de plus de cent mètres de haut à l'aide de ses jumelles. *A priori*, pas de problème sur la paroi extérieure du barrage (les instruments l'auraient signalé). Mais tout au bout, juste au-dessus de la surface du lac, la couleur du béton avait changé. Elle était plus sombre. Oh, c'était peut-être un jeu d'ombres, difficile d'en avoir le cœur net, à une distance pareille. En revanche, le béton était bel et bien humide, le niveau du lac avait grimpé.

– Bon sang de…

Le Vieux était fatigué et cette histoire risquait de lui pourrir sa journée. Il se décala de plusieurs dizaines de mètres et braqua les jumelles sur sa droite, le long du flanc de la montagne, là où était construite la maisonnette qu'il occupait.

C'était de ce côté, cachés par la roche, que couraient les

tunnels de service, les puits, les monte-charges, et surtout les immenses tuyaux des conduites qui acheminaient l'eau du bassin jusqu'au bord du lac, où se trouvait la centrale hydroélectrique, avec ses turbines.

Il observa le parking désert (en dehors de son 4x4 Panda garé depuis exactement quinze jours). Rien d'anormal. La centrale était entièrement automatisée. Un type venait tondre la pelouse et exécuter quelques travaux d'entretien tous les deux mois. À part lui, il n'y avait que les nouveaux ingénieurs, chargés d'étudier la modernisation des installations, sous les ordres d'une Américaine – il ne la connaissait pas. Quoi qu'il en soit, elle n'était pas encore arrivée, vu l'heure.

Le Vieux continua d'observer les environs, une cigarette au coin de la bouche. Il passa au crible le bâtiment principal de la centrale, les entrepôts, les petites constructions tout en longueur où se trouvaient jadis les logements du personnel, avant que tout soit vidé.

Non, rien qui sorte de l'ordinaire.

Bah, les instruments de mesure avaient dû se tromper. Cette drôle d'ombre au bout du barrage n'avait pas été créée par une grosse vague qui serait venue du lac (on ne sait comment, d'ailleurs).

Il écrasa sa cigarette sous sa botte. Mais alors qu'il allait abaisser ses jumelles, elles se posèrent sur le grillage qui entourait la centrale, au bord du lac.

– Oh mer... souffla-t-il.

Quelqu'un, ou quelque chose, avait défoncé le grillage. Les mailles étaient tordues vers l'intérieur, le métal s'entortillait. Le trou n'avait pas été fait avec des pinces, non, on avait l'impression que le grillage avait explosé, de l'extérieur (le lac) vers l'intérieur (la centrale).

Et là, tout autour ! Les graviers étaient constellés de trous bizarres. Oui, bizarres, exactement, il ne trouvait pas d'autre mot pour les décrire. Bizarres de chez bizarre, même. On aurait dit des empreintes, mais elles étaient trop grandes. C'était à n'y rien comprendre.

Entre la berge et le petit bâtiment, le Vieux compta une bonne trentaine de traces, il y en avait partout. Et, surtout, elles étaient récentes, c'était sûr et certain.

Il fallait prendre une décision, et vite.

Cinq minutes plus tard, le Vieux était de nouveau sur le barrage, sans ses jumelles, mais avec la carabine Winchester qu'il prenait pour chasser le chevreuil. La lunette de précision était encore montée dessus (il aurait aussi pu prendre le fusil de chasse de Trevisan, son binôme, mais n'exagérons pas, la Winchester lui suffisait amplement).

À l'endroit où le barrage se soudait à la roche, une grande dalle en béton était entourée par des arbres et une bâtisse se collait au flanc de la montagne. La porte métallique était fermée à clé et verrouillée par une barre de fer glissée dans deux gros anneaux. Le Vieux l'ouvrit et abaissa l'interrupteur sur le mur en entrant.

Une grande pièce circulaire, creusée à même la roche, s'éclaira. Le mur était percé de plusieurs portes, toutes fermées. Au centre, une cage métallique qui ressemblait à une énorme volière. C'était un grand monte-charge. Le tableau de commande, qui pendait au bout d'un câble électrique, ne comptait que deux boutons.

– C'est parti, marmonna-t-il dans sa barbe. Allons voir ça.

Tout en sifflotant, son fusil toujours en bandoulière, le Vieux pénétra dans le monte-charge et appuya sur le bouton pour descendre. Le mécanisme se mit en marche avec une secousse et il plongea dans les profondeurs d'une véritable cheminée taillée dans la roche, le long de laquelle couraient des filins en acier. L'engin était assez puissant pour transporter une pelleteuse et des containers. Petit inconvénient : il bougeait à une lenteur pachydermique. Chaque trajet prenait vingt minutes. Au bas mot. Étant claustrophobe, le Vieux n'était jamais très rassuré. À vrai dire, il préférait emprunter le sentier qui partait du barrage pour grimper jusqu'au refuge du Gorelli. De là, on pouvait redescendre jusqu'au village. Une jolie trotte.

Sauf que, ce matin-là, il était pressé de découvrir ce qui se tramait. Très pressé, même.

L'ascenseur toucha terre avec un bruit retentissant. Le Vieux entra dans un entrepôt bas de plafond, mais très grand, et encombré de caisses et d'outils. Une porte coulissante donnait sur la berge du lac. L'impatience lui rongeait l'estomac.

À peine sorti, il traversa les graviers et approcha prudemment de l'une de ces traces mystérieuses qu'il avait remarquées d'en haut.

Impressionnant.

À y regarder de plus près, ça ressemblait presque à une empreinte. Le Vieux s'interrogea. Que devait-il faire ? Donner l'alerte ou se carapater, et vite ?

Quelque chose ne tournait pas rond, il valait mieux appeler des renforts. En même temps, il n'était pas du genre à se défiler devant le danger. Il irait jusqu'au bout. C'était lui, le Gardien, oui ou non ?

Voilà comment, une minute plus tard, M. Agenore Novak, *alias* le Vieux, soixante ans, a été l'auteur de la plus grande découverte de l'histoire de l'humanité tout entière.

Et savez-vous ce qu'il a fait juste après ?

Il a empoigné son fusil.

Bien évidemment.

Blue va à l'hôpital

Tandis que le Vieux se préparait à entrer dans les livres d'histoire (enfin, c'est ce qu'il pensait), au bord du lac, Abel était en proie à une petite crise de jalousie.

– Je ne le sens pas, l'autre, là. Et je n'aime pas la façon dont il te regarde.

– Pourquoi tu dis ça ? demanda Blue.

– Oh, je me comprends, je me comprends…

– Eh, j'ai quand même essayé de lui sauver la vie. Et ne parle pas si fort, il t'entend…

Ça n'avait pas l'air de déranger Abel.

– Il ne comprend pas un mot d'italien, de toute façon.

– Si on va par là, toi, tu ne comprends pas un mot d'anglais.

– Et alors ? On est en Italie, pas en Amérique.

En entendant ce mot, *Amérique*, Cameron se retourna. Il marchait devant eux, pieds nus. Il portait son maillot de bain encore trempé et le T-shirt de rechange qu'Abel lui avait prêté – mais uniquement parce que Blue l'avait forcé.

– *Effectivement, je viens d'Amérique*, dit-il. *De Denver, dans le Colorado.*

Il ajouta quelque chose, mais comme Blue n'était pas très forte en anglais…

– Hein ?

– Dans les M*ountaniés* R*ochusses*.

Cameron parut hésiter puis déclara :

– Ma mère...

En indiquant le barrage.

– Mais oui ! s'exclama Abel. Sa mère est sûrement cette ingénieure qu'ils ont fait venir à la centrale... Mon père en parlait hier soir, à table. Ça l'a mis en rogne.

Si on allait par là, M. Kurt, le père d'Abel, était toujours en rogne. Toute sa carrière avait eu pour seul moteur la colère. La sienne et celle des autres. Voilà pourquoi, en plus de gérer le supermarché du village, il était maire de Montemorso depuis sept ans.

– Il pense que c'est du grand n'importe quoi, les gens de la centrale auraient dû choisir quelqu'un d'ici, une personne de la région. Pas une Américaine qui ne connaît rien à la façon dont on vit...

– Mais peut-être qu'elle s'y connaît pas mal en centrales...

Le smartphone de Blue émit un petit bruit. C'était un SMS de Tilly.

Hé, tu me rappelles ? Qu'est-ce qui se passe ?

Blue se dépêcha d'écrire :

Je t'expliquerai plus tard. Il y a du nouveau.

C'est-à-dire ?

Blue leva son téléphone et prit une photo du dos de Cameron, qui avait repris sa route sans s'occuper d'eux. La réponse de Tilly ne se fit pas attendre.

Waouh! C'est qui?

Le fils de quelqu'un qui travaille à la centrale.

Il vient du Colorado.

Truc de ouuuuuf! Appelle-moi tout de suite!

Mais Blue l'ignora. De son côté, Abel poursuivait:

– Le fils d'une ingénieure américaine… Il doit être super riche. Tu as vu ce kayak? C'est un modèle de compétition, je parie qu'il est en fibre de carbone. Ça doit coûter un bras… Et il l'a abandonné comme ça, hop!

Lorsque Cameron et Blue étaient sortis de l'eau, le kayak était resté au milieu du lac avant de s'éloigner, tout seul. Il avait zigzagué au milieu des vagues puis s'était coincé entre les rochers de la plage. Tout en restant renversé. Invraisemblable.

– Eau biz*o*rre, avait commenté Cameron.

– Il faut récupérer ton bateau, avait suggéré Blue.

Avec des gestes plus qu'avec des mots.

Il avait haussé les épaules.

– Ne t'inquiéter pas. Moi et m*onn* père, voit*uoure*.

– Le mien ne ferait jamais une chose pareille, marmonna Abel. Et si quelqu'un en profitait pour voler son kayak?

Cameron semblait s'en moquer comme de sa première

chaussette. Si ça se trouve, il est encore sous le choc, se dit Blue. Il avait dû passer un sale quart d'heure, le pauvre. Abel et elle étaient arrivés sur la plage de l'île au moment où il se faisait ballotter à droite, à gauche, un vrai pantin. Subitement, l'embarcation s'était redressée à la verticale, comme suspendue au bout d'un fil, et avait replongé en piquant du nez. Il avait été incapable de la redresser.

Blue avait bien cru qu'il allait y passer, c'est pour ça qu'elle s'était jetée à l'eau. Et même si elle avait eu une peur bleue (sans mauvais jeu de mots), elle ne l'aurait jamais laissé se noyer !

– Lac... dit Cameron d'un air soucieux. D*o*nger. Pas normal.

– C'est vrai, convint-elle. Décidément, rien n'est normal, depuis ce matin.

Il imita le mouvement des vagues avec la main puis indiqua la surface de l'eau qui était redevenue aussi lisse qu'un miroir.

– Oui. D'habitude, le lac est calme. Très calme.

– Qu'est-ce qui... ?

– Je ne sais pas, avoua-t-elle. Aucune idée.

Ils venaient de regagner le village. Blue put alors constater qu'il y régnait une certaine agitation. Plusieurs voitures étaient garées en travers de la route et les sirènes d'une ambulance résonnaient plus loin.

Abel tendit le doigt.

– Hé... Ce n'est pas ta mère, Blue ?

Luisa était un petit bout de femme, les cheveux coupés court (mais pas autant que ceux de sa fille). Elle était en tenue de travail, avec de grosses chaussures, un pantalon couvert de bandes réfléchissantes et une blouse fluo sur laquelle on pouvait lire INFIRMIÈRE écrit en majuscules, dans son dos.

Elle et une femme vêtue d'une blouse de médecin (enfin, de MÉDECIN) étaient accroupies auprès d'une vieille dame qui avait les cheveux teints en rose (les goûts et les couleurs, ça ne se discute pas).

– Maman !

– Blue, qu'est-ce que tu fais là ?

En une fraction de seconde, sa mère avait tout scanné : ses vêtements mouillés, Abel et Cameron, le vélo, le sac qui laissait entrevoir un mousqueton et un bout de corde.

Luisa se dirigea vers sa fille au pas de charge.

– Où est ton père ? Tu sais bien que tu n'as pas le droit de sortir quand ça te chante. Surtout pour faire de l'escalade. C'est dangereux. Tu pourrais te blesser, te casser une vertèbre et finir paralysée. J'ai déjà assez de travail à l'hôpital, si je dois aussi m'inquiéter pour une gamine qui risque de se retrouver handicapée à vie, tout ça parce que...

C'est bon, n'exagère pas !

Voilà ce que Blue aurait voulu répondre. Est-ce qu'elle s'était cassé quelque chose ? Non, alors stop.

Cela dit, si elle voulait savoir ce qui s'était passé, elle avait intérêt à se taire. L'ouvrir était la meilleure façon d'aggraver les choses.

Elle attendit la fin de ce long sermon et murmura :

– Désolée.

– Tu parles ! Allez, je t'emmène avec moi à l'hôpital... Puisque ton père n'est pas capable de te tenir à l'œil, hors de question que tu passes la journée toute seule chez lui. Tu t'installeras dans la salle d'attente des urgences et tu y resteras jusqu'à la fin de mon service.

– Mais maman…

– Et sans smartphone. Sinon tu vas chatter des heures avec Tilly. Je vous connais, toutes les deux.

– Pff…

– Estime-toi heureuse, tu t'en tires bien. Il faudra que j'aie une petite discussion avec ton père, d'ailleurs. On marche sur la tête, là ! Avec tout ce qui aurait pu t'arriver…

C'était maintenant ou jamais. Blue pointa le doigt vers le lac et lança :

– Oui. Qu'est-ce qui s'est passé ?

– Il semblerait que la Main de Pierre soit tombée, là-bas, de l'autre côté du lac, lui expliqua sa mère. On ne sait pas encore pourquoi… Les agents de la protection civile sont sur place avec les carabiniers. Le rocher s'est effondré, ça a soulevé une vague énorme. Une chance, il n'y a pas eu de dégâts au village… hormis quelques chutes parce que la route était glissante. C'est ce qui est arrivé à Mme Moras.

Et elle indiqua la petite vieille aux cheveux roses.

Blue en profita pour dire :

– Maman, je ne suis pas sûre, mais… voilà, ce matin, on est partis se promener avec Abel. On était presque au niveau de la plage du Géant quand j'ai vu ce nuage de poussière sur la montagne. On a eu peur. Pareil pour Cameron, qui faisait du kayak. Mais bref… Il y avait peut-être quelqu'un sur le lac. J'ai vu une fusée rouge, tu sais, comme sur les bateaux.

– Une fusée de détresse ? Tirée par qui ? Personne n'a ce genre de matériel, dans le coin.

– N'empêche…

– D'accord, soupira sa mère. Je vais prévenir les carabiniers, au cas où. Espérons que tu te trompes, sans quoi cette personne a dû se faire écraser comme une crêpe.

C'est par cette triste épitaphe que Luisa rendit hommage à M. Peter.

Entre-temps, la femme MÉDECIN s'était relevée. Blue la reconnut : c'était le Dr Nardini.

– Luisa, l'état de ce pied ne me plaît pas. À mon avis, il est cassé. On amène Mme Moras à l'hôpital.

– Bien sûr… Écoute, ma fille a cru voir quelque chose. Elle était partie se balader avec ses amis. Et, à peu près au moment où le rocher est tombé, quelqu'un aurait lancé une fusée de détresse.

– Une fusée ? Sur le lac ?

En voyant sa mère hausser les épaules, Blue intervint :

– Oui, j'en suis sûre.

– D'accord, on préviendra les carabiniers. Bon, en route, ne perdons pas de temps.

Luisa se tourna vers sa fille et ajouta :

– Tu n'as pas le droit de monter dans l'ambulance avec nous, Blue, il faudra que tu marches jusqu'à l'hôpital. Mais, d'abord, passe te changer à la maison, inutile que tu attrapes la crève. Et fais attention quand tu traverseras la route, attends bien que le feu soit vert…

– Maman…

– On ne discute pas. Si je ne te vois pas aux urgences dans une demi-heure, tu auras affaire à moi. Je demanderai à Giacomo de m'avertir.

Giacomo était l'infirmier qui accueillait les patients à l'entrée du service.

– D'accord…

– Et il sera chargé de te confisquer ton portable.

Peu après, la mère de Blue et la doctoresse aidèrent Mme Moras à grimper dans l'ambulance. Le véhicule s'éloigna, sirènes éteintes (ce n'était qu'un pied cassé, ses jours n'étaient pas en danger).

– Ça ne s'est pas super bien passé, hein ? demanda Abel.

Avec Cameron, ils avaient observé la scène d'assez loin pour éviter l'orage, par prudence. Ils avaient tout de même saisi l'essentiel.

– Bof, comme d'hab, soupira-t-elle. Je suis obligée de passer la journée à l'hôpital. Sans mon portable.

Abel fit une grimace.

– Mince, désolé…

– La bibliothèque est sur mon chemin, je n'aurai qu'à prendre un bouquin. Je t'appelle en sortant.

– OK.

– Salut, Cameron. À bientôt, j'espère.

– Oui, répondit-il. *À un de ces quatre, bye.*

Cameron et Abel échangèrent un regard et se saluèrent vite fait, bien fait.

Chacun repartit de son côté : Cameron rentra chez lui (c'était juste à deux pas) ; Abel monta sur son vélo et disparut vers la vieille ville ; quant à Blue, elle prit la route qui longeait la rivière.

Elle avait une demi-heure à tuer, alors pourquoi se presser ? Elle fit un saut chez sa mère pour se changer et s'arrêta à la bibliothèque. Un drôle de livre attira son attention. L'histoire d'un criminel qui détournait un avion de ligne avant de sauter en parachute avec les milliers de dollars qu'il avait volés.

– C'est sympa ? demanda-t-elle à Mlle Tea qui était en train de ranger des bouquins.

– Assez, oui.

– Alors je ne prends que celui-là.

Blue lui remit sa carte. Une minute plus tard, elle repartait avec son livre sous le bras.

– Ferme la porte en sortant, lui lança la bibliothécaire. Ça ne sert à rien de mettre la clim, sinon.

Tiens, Blue avait l'impression de l'avoir fait en entrant. Mais, effectivement, la porte était ouverte. Elle avait dû se tromper…

Elle arriva à l'hôpital de Montemorso vingt-six minutes exactement après avoir vu sa mère au port de plaisance.

Le vaste bâtiment avait connu des jours meilleurs. À l'époque, on imaginait que ce petit village au milieu des montagnes deviendrait une grande ville. Mais ce n'était jamais arrivé et tous les services importants avaient été rapatriés dans la vallée. L'hôpital était donc presque vide, à l'exception des urgences, qui étaient toujours là.

Blue tomba aussitôt sur Giacomo. Il l'attendait, la main tendue, avec un de ces petits sourires dont il avait le secret.

Elle lui remit son smartphone en faisant une tête de condamnée à perpétuité.

La salle d'attente était déserte. Elle choisit une chaise dans le coin le plus à l'écart, au fond, près de la machine à café, et plongea le nez dans son roman.

Quelques minutes plus tard, la porte des urgences s'ouvrit à toute volée.

Elle resta immobile un instant, puis se referma toute seule.

Personne ne le remarqua. Ni Blue ni Giacomo.

Plusieurs choses sans importance

Tandis que Blue essayait de tuer le temps, adossée à la machine à café de la salle d'attente, le nez dans son bouquin, Montemorso fut le théâtre d'événements insolites auxquels personne ne fit tellement attention.

Le premier concerna Mme Moras, la petite vieille aux cheveux roses que nous venons de croiser.

Ce matin-là, elle était sortie tôt pour faire ses courses. À son retour, elle était restée un bout de temps sur le pas de sa porte, à batailler avec la serrure, qui n'était plus toute jeune, elle non plus. Un bon coup de graisse dans les rouages s'imposait.

Et puis il y avait eu ce bruit qui avait attiré son attention. Celui d'une grosse vague bordée d'écume qui fonçait sur elle à toute vitesse ! Mme Moras était née à Montemorso et, depuis quarante ans, elle vivait dans cette maison de trois étages qui donnait directement sur la route du lac. Mais elle n'avait jamais vu ça. Même pas pendant la terrible inondation de 86.

L'espace d'un instant, la vieille dame s'était crue dans un film, oui, un de ces films catastrophe qu'elle regardait à la télé, les soirs où elle était incapable de fermer l'œil. On aurait dit que le lac était devenu fou. Ce n'était plus des vagues, mais les griffes d'une bête féroce !

Elle avait eu le temps de songer que ce n'était pas normal. Une seconde plus tard, l'eau avait déferlé sur la chaussée, puis jusqu'à la porte de chez elle, par ricochet. Ce qui l'avait trempée de la tête aux pieds. Et elle avait glissé. Il y avait eu un *crac*, la douleur avait fait le reste et elle n'avait plus pensé à rien.

Eh oui, Mme Moras avait le pied cassé. Elle l'avait compris tout de suite, le médecin qui l'avait auscultée aussi. Même chose pour le manipulateur en radiologie de l'hôpital qui l'aida à s'installer sur la banquette et bloqua sa jambe sous l'appareil.

– Ça va faire mal ? demanda-t-elle d'un ton inquiet.

– Mais non, n'ayez pas peur.

L'homme sourit et sortit pour activer la machine.

Il mit un peu plus de temps que prévu, car, au même moment, le téléphone sonna. C'était un appel du service de cardiologie, oui, bien sûr qu'il pouvait effectuer une radio en urgence, aucun problème.

Il venait de raccrocher quand un grand cri retentit à l'intérieur de la salle. C'était Mme Moras.

– Bon sang, grogna-t-il dans sa barbe.

Il fit demi-tour. La petite vieille était tombée de la banquette, ses cheveux roses tout ébouriffés. Il se précipita pour l'aider.

– Mais… qu'est-ce que vous fabriquez par terre ? Que s'est-il passé, enfin ?

– Alfredo ! répondit la dame, les yeux écarquillés. On aurait dit… oui, c'était lui, c'était Alfredo.

– Quelqu'un vous a téléphoné ? Je vous avais demandé de me confier votre portable avant qu'on lance la radio.

– Mon portable ? Je ne l'ai même pas sur moi ! C'était Alfredo, j'en suis sûre… c'était sa voix…

L'employé de l'hôpital l'aida à se relever et réussit à la faire s'asseoir sur la banquette.

– Vous vous sentez bien, madame ?

– Alfredo. C'était lui.

Elle n'en démordait pas.

– C'est votre mari ?

– Oui, il est mort il y a vingt ans…

Mme Moras fondit en larmes. L'homme resta planté devant elle, l'air gêné. On en voyait des vertes et des pas mûres, à l'hôpital, mais une mamie qui pétait un câble de cette façon, et aussi brusquement, on battait des records ! Il fallait qu'il prévienne quelqu'un. En sortant, il tomba sur Luisa, la mère de Blue.

– Excuse-moi, je suis avec Mme Moras, ça t'ennuierait de me donner un coup de main ?

– Il y a un problème avec son pied cassé ?

– Non, non, c'est juste que… elle a l'air confuse. On dirait que… qu'elle a perdu la boule.

Luisa plissa le front.

– Elle était normale, ce matin.

– Ah bon ? Parce qu'elle déraille, là…

Ils firent demi-tour. La vieille dame parlait toute seule, le nez en l'air et les yeux remplis de larmes.

– Alfredo ? Tu es là, mon chéri ? Réponds-moi…

En plus de se casser le pied, elle avait dû prendre un coup sur la tête en tombant, songea Luisa.

– J'appelle Nardini, décida-t-elle. Elle lui donnera un sédatif.

Et voilà comment Mme Moras finit avec un calmant administré en intraveineuse. Au bout de quelques minutes, elle s'endormit sur la banquette et le manipulateur put effectuer la radio.

Pas de doute, elle s'était bien cassé le pied !

À son réveil, elle ne se souvenait plus qu'elle avait parlé de son mari, au grand soulagement de l'employé de l'hôpital. Elle avait sûrement rêvé. Ou c'était le contrecoup de sa chute.

En réalité, Mme Moras avait préféré mentir. Elle avait entendu la voix de son mari, ce n'était pas des blagues. Mais, à un certain âge, on a intérêt à garder certains secrets pour soi. On risquait de la prendre pour une folle. Et de l'hospitaliser, voire pire. Ça pouvait aller très vite.

Alors non, non, autant faire comme si de rien n'était.

Minimiser.

Et prétendre qu'elle avait été un peu déboussolée, voilà tout ; elle n'avait plus les idées aussi claires qu'avant, c'est sûr, mais ça y est, tout était rentré dans l'ordre.

Le deuxième événement de la journée eut lieu environ une heure plus tard, avec dans le rôle principal M. Kurt, père d'Abel et maire de Montemorso.

Il était là, perché comme un hibou près du rayon lessive. La mine sévère, il observait M. Guglielmo prendre du pain et du lait. Le client s'approcha de la caisse.

– Besoin d'autre chose ? demanda Giulia en lançant un coup d'œil en direction de son patron.

L'air de dire : « Voilà, je suis vos instructions, comme vous me l'avez demandé. Vous êtes content ? »

– Non, merci. Ce sera tout.

– Très bien.

M. Guglielmo paya, rangea ses emplettes dans le sac en tissu qu'il avait sur lui et sortit. La clochette au-dessus de la porte émit un faible tintement métallique.

Et M. Kurt explosa :

– Regarde-moi ça, il en a eu pour trois euros d'achats ! Et la semaine dernière, il n'est même pas venu.

– Peut-être que ses placards sont pleins, objecta timidement la caissière.

– Évidemment qu'ils sont pleins ! Mais pas de produits du magasin.

M. Kurt accompagna ses propos d'un grand coup de poing qui fit tressauter le rayonnage.

– Tu veux que je te dise ? S'il vient ici, c'est parce qu'il a besoin de lait, de sel ou d'autres bricoles sans importance… Pour ses grosses courses, il va au centre commercial, là-bas, dans la vallée. Cette andouille !

Et *bam !* Encore un grand coup.

– Il perd deux heures et vingt euros d'essence, tout ça pour économiser quinze centimes. Parce que, au centre commercial, ils vendent le lait à un euro cinq, tu le savais, ça ? Tu peux me croire, j'ai vérifié !

– Effectivement, souffla Giulia, c'est… c'est bête.

– Ces crétins ne savent pas faire leurs comptes. Et à cause d'eux, je vais mettre la clé sous la porte !

– Chéri…

Anna, la femme de M. Kurt, venait de l'appeler depuis le stand des fromages. Il la foudroya du regard et elle se recroquevilla entre deux tommes de montagne. Même après vingt-deux ans de mariage, il l'impressionnait autant qu'à l'époque de leur rencontre.

– Quoi encore ? Je parle, là !

– Euh, oui mais… ton téléphone sonne.

Et elle indiqua timidement le portable de son mari qui vibrait au milieu des bidons d'adoucissant.

– Non mais je rêve ! Tu ne pouvais pas le dire plus tôt ?

Il attrapa son portable, vit le nom affiché sur l'écran (Emilia Santarossa) et fit une grimace dégoûtée. Santarossa faisait partie de l'opposition au conseil municipal. Avec cette bonne femme, il y avait toujours des ennuis en perspective. Il appuya sur le bouton vert pour décrocher.

– Quoi ?

Il écouta attentivement. Puis dit :

– D'accord.

Fin de la conversation. Il retira son tablier.

– Tu sors ? Tu… tu rentres quand ?

M. Kurt ne prit même pas la peine de répondre.

Une fois dehors, il traversa la place de l'église (fermée aux voitures), traversa la via del Corso et déboucha sur la grand-place (qui servait essentiellement de parking). Il grimpa dans la camionnette du supermarché et traversa le centre-ville pied au plancher, en direction de la rivière.

Encore un peu et il renversait un gamin à vélo ! Il tapa du poing sur le klaxon. Mais l'autre leva la main pour le saluer, le visage éclairé par un grand sourire. C'était son fils Abel.

Bon sang, il est bien comme sa mère, celui-là, songea M. Kurt avec un certain agacement.

Il appuya à fond sur l'accélérateur et franchit le pont. Au téléphone, Santarossa lui avait demandé de se rendre sur le chantier, mais il avait un doute. De quel chantier parlait-elle ? De celui situé près des barres d'immeubles au bord de la départementale ou de celui plus à l'écart, vers le lac ?

Plongé dans ses réflexions, il contourna l'hôpital et s'arrêta à un feu rouge. En toute logique, il s'agissait du chantier sur la départementale.

Feu vert. Il redémarra.

Le bruit sourd le prit par surprise.

On avait donné un grand coup sur le capot de sa camionnette. Et puis un autre, encore plus fort. Sur le toit, cette fois.

Il pila, en laissant une longue trace de pneus sur le bitume.

– Mais qu'est-ce que…

M. Kurt descendit de son véhicule et constata les dégâts. Il y avait une belle bosse sur la carrosserie, non, deux, une sur le capot, l'autre sur le toit. La tôle était pliée vers l'intérieur comme si on l'avait frappée avec un marteau.

C'était quoi, de la grêle ? Il leva le nez vers le ciel : pas un nuage à l'horizon.

Il fit alors une drôle de pirouette et remarqua trois jeunes qui s'éloignaient d'un pas pressé, l'air hilare. Ils avaient fait le coup, forcément. Tiens, là, ce n'était pas celui qu'on surnommait Croco, avec sa mèche ridicule ? L'autre devait s'appelait Hans, ou quelque chose dans ce goût-là. Et puis il y avait Mathias, le fils de Santarossa, un voyou de première. Bref, trois crétins désœuvrés qui ne fichaient rien de leurs journées à part embêter les honnêtes gens.

– Bande d'abrutis ! cria le maire en agitant le poing. J'ai failli avoir un accident à cause de vous.

Croco se retourna pour lui adresser un geste, clair mais pas très courtois. Ni une, ni deux, M. Kurt remonta dans sa fourgonnette pour les rattraper. Il roula à leur hauteur et baissa sa vitre.

– Hé, vous trois !

Le premier le salua :

– Bonjour, monsieur le maire.

Mais son acolyte Croco lança immédiatement :

– Pourquoi vous nous saoulez, là ?

– Continue de me parler sur ce ton et je te casse la figure, répliqua M. Kurt. Vous avez ruiné ma camionnette, n'espérez pas vous en tirer comme ça.

Les trois jeunes s'esclaffèrent.

– Eh, arrêtez, c'est pas nous, répondirent-ils en chœur.

Pour la première fois de leur vie, ils disaient la vérité. Ils passaient dans le secteur par hasard. Ils discutaient entre eux, en l'occurrence d'une fille (Elise, Croco pensait qu'elle était raide dingue de lui), quand M. Kurt s'en était pris à eux. Mais il ne pouvait pas le savoir. Et, de toute façon, il n'aurait jamais gobé ça.

– Ah oui ? continua-t-il, les mains serrées sur le volant. N'empêche que ma camionnette est toute cabossée. Qui va payer le garagiste ?

– Pas nous.

– Carrément.

– C'est sûrement une tuile qui est tombée d'un toit.

– De toute façon, on n'a rien à voir dans tout ça, alors foutez-nous la paix.

Sur ces mots, Croco tourna la tête et pressa le pas.

Cette fois, M. Kurt vit rouge. Attends un peu que je descende et que je t'en colle une, petit idiot, ça t'apprendra à être poli. Non, une seconde, et s'il téléphonait au brigadier Di Paolo, plutôt ? Appeler les carabiniers et porter plainte contre le fils de Santarossa, voilà qui lui aurait fait bien plaisir ! Sauf qu'en effet rien ne prouvait que ces trois-là avaient abîmé sa camionnette, dommage. C'était sa parole contre la leur. Et il avait déjà assez de soucis.

Alors il secoua la tête et aboya :

– Méfiez-vous ! On se retrouvera.

Il écrasa l'accélérateur et fila tout droit vers le chantier où on l'attendait, en oubliant cette histoire.

Le troisième et dernier événement de la journée passa inaperçu, pour une raison très simple : il n'y eut personne pour en être témoin, cet après-midi-là.

À l'ouest de Montemorso, c'est-à-dire à l'opposé de l'île du Géant, des pâturages et des étables étaient traversés par la « route des camions », une grande langue de bitume qui longeait le lac jusqu'à la centrale électrique.

Plus on se rapprochait de la centrale et plus le paysage devenait sauvage. La chaussée était presque collée à la montagne et des chemins de terre circulaient au milieu des bois.

Ça grimpait fort et il suffisait d'un rien pour se perdre. Il était même arrivé que des campeurs de l'île manquent à l'appel, une fois la nuit tombée. Les secours avaient donc construit une cahute au pied du Gorelli, à un endroit stratégique de l'itinéraire qui menait jusqu'au refuge et au sommet du premier des Deux Crocs. Et puis le camping avait fermé, les touristes s'étaient faits rares et la cahute avait été laissée à l'abandon.

Voilà pourquoi personne n'a remarqué les drôles de trous qui se formaient dans les cailloux, à droite, à gauche. Pourquoi personne n'a entendu que quelque chose cognait contre la porte en la faisant trembler sur ses gonds. Ça bougeait, ça grinçait.

Au bout de longues minutes, elle finit par tomber avec un bruit sourd, comme si une force mystérieuse l'avait arrachée.

Un instant plus tard, et ce fut le plus étrange de tout, la porte se redressa et se replaça sur ses gonds.

À l'intérieur de la cahute, un bruit se fit entendre : celui d'une radio à piles qu'on allumait et qu'on branchait sur différentes fréquences.

Mais, vu qu'il n'y avait personne, personne ne l'entendit.

Lea frôle le pire

Lea n'aimait pas trop les gens, voilà.

De manière générale.

Car il y avait des gens qu'elle aimait (sa mère et son père, par exemple) et d'autres qu'elle ne pouvait pas supporter (comme son frère aîné Mathias).

Quitte à choisir, elle préférait rester seule. Elle s'enfermait dans sa chambre pour ranger sa collection de feuilles ou les photos qu'elle prenait, toujours en noir et blanc, avec un vieil appareil Olympus argentique que son père utilisait déjà alors qu'elle n'était même pas née.

Elle adorait ce vieil Olympus, avec ces rouleaux de pellicule qu'il fallait acheter, puis faire développer. Par contre, elle détestait les appareils numériques et, par-dessus tout, les personnes qui prenaient des photos avec un smartphone. Un clic, et l'image était envoyée à des milliers de personnes. Sans poésie. Enfin, ça, elle n'allait certainement pas le crier sur tous les toits. Déjà que ses camarades de classe la prenaient pour une folle, parce qu'elle n'avait pas de portable, entre autres choses !

– Tu es prête ?

Sa mère l'appelait, à l'étage en dessous.

– Presque, répondit-elle.

Elle noua son foulard autour de son cou et se regarda dans le miroir. Puis sourit.

Lea avait beau ne pas aimer les gens, elle était scout. Mais ce n'était pas pareil. Elle pouvait prendre des photos et ramasser des feuilles pour son herbier. En plus, le père Bomben confisquait les smartphones avant chaque randonnée. Elle était donc à égalité avec les autres. Et quand elle avait son uniforme, ses camarades la traitaient différemment. Comme si elle était normale, en un sens. Un peu bizarre, d'accord, mais pas tant que ça.

La voix de sa mère la fit sursauter.

– Lea…

– J'arrive !

Il était huit heures du matin, le deuxième jour (c'est-à-dire le lendemain de la mort du pauvre M. Peter, à un détail près : Lea ne savait pas que c'était le deuxième jour). Elle attrapa son sac à dos et se précipita au rez-de-chaussée. Sa mère était déjà sortie. Mathias, lui, la fixait depuis la cuisine.

Encore en pyjama, il mâchait mollement ses céréales.

– Tu vas où, la naine ? lui lança-t-il en poussant un de ces ricanements qui l'agaçaient profondément.

Lea lui tourna le dos et remit d'aplomb son foulard.

– Faire une randonnée avec mon groupe de scouts.

– Attention. Hier, un rocher est tombé dans le lac. Quelqu'un l'a pris sur le crâne, à ce qu'il paraît.

– Qui ça ?

– Oh, le type du magasin d'articles de pêche.

– M. Peter ?

Lea jeta un regard en direction de son frère. Elle connaissait bien M. Peter, sa boutique était au bout de la grande route qui passait devant le collège. En plus des hameçons, des canifs et d'autres objets en tout genre, il vendait aussi des pellicules photo. C'était toujours chez lui qu'elle faisait le plein de bobines pour son appareil.

Elle battit des paupières. M. Peter était mort ? Non, impossible.

– Tu dis n'importe quoi.

En la voyant peinée, son frère se mit à rire, cette espèce de…

– Eh si, je t'assure, une pierre s'est détachée de la montagne et s'est écrasée sur son bateau. *Bam !* Fini. Hé, attends, il y aura peut-être un autre accident pendant ta rando. Tu iras lui tenir compagnie, comme ça. Et je ne verrai plus ta tronche.

– Va te faire voir.

Mathias s'esclaffa bruyamment.

Lea sortit en courant et monta dans la voiture où l'attendait sa mère (Emilia Santarossa, élue d'opposition au conseil municipal, que nous avons déjà croisée indirectement). Le moteur tournait.

– Qu'est-ce qui se passe, ma chérie ? Pourquoi tu fais cette tête ?

– Mathias… il dit que M. Peter est mort hier.

– C'est vrai, malheureusement… J'attendais que tu reviennes de ton excursion pour te l'annoncer.

Lea sentit ses yeux se remplir de larmes. C'était bête, elle était trop grande pour pleurer. M. Peter était gentil, bien sûr, mais il lui vendait des pellicules sans jamais poser de questions, point.

– Mathias aimerait qu'il y ait un autre accident, pour que je me fasse tuer.

– Ton frère traverse une période compliquée, expliqua sa mère en s'engageant sur la départementale. Oublie-le, d'accord ? C'est l'âge, ça lui passera.

Lea n'était pas de cet avis. Quand on a un mauvais fond, on le garde, il ne disparaît pas, au contraire. Il fallait que ses parents fichent Mathias à la porte, et vite. Il était majeur, non ? Il pouvait gagner sa vie en travaillant, par exemple, puisqu'il n'avait aucune envie de faire des études. Ou carrément quitter Montemorso avec ses amis Croco et Hans, les deux voyous avec qui il traînait toujours. Sa mère, son père et elle seraient bien tranquilles, sans lui. Malheureusement, cela ne risquait pas d'arriver. Autant être lucide.

Elles bifurquèrent sur la route des camions, jusqu'à un terre-plein déjà rempli de voitures, où elles s'arrêtèrent. Partout, on voyait des scouts, leur foulard autour du cou et leur sac sur le dos. Le père Bomben dirigeait les opérations en agitant les bras comme un moulin. Lui aussi était en tenue de randonnée. Son short en toile flottait sur ses petites jambes osseuses.

– Amuse-toi bien, ma chérie !

Sa mère se pencha pour l'embrasser mais Lea était déjà descendue.

Elle rejoignit sa patrouille réunie à l'entrée du sentier. Francesca était là, Lorenzo, Edi et Denis aussi. Ce n'était pas ses amis, attention. Jusqu'à l'année dernière, elle ne connaissait pas leurs prénoms. Et puis ils avaient fait un jeu où chaque membre d'une patrouille devait appeler les autres à tour de rôle. Elle en avait profité pour les apprendre. Ils se soutenaient, ils s'entraidaient quand c'était nécessaire et, le reste du temps, ils la laissaient tranquille. Difficile de demander mieux.

Au bout d'une demi-heure, le temps que les derniers retardataires les rejoignent, le père Bomben donna trois coups de sifflet.

– Bien, claironna-t-il, nous allons nous diriger vers le Gorelli. Nous l'escaladerons et nous installerons notre camp près du refuge, au niveau du col au sud du premier des Deux Crocs. Ce sera assez sportif, alors évitez de traîner. Et quand nous serons sur le pierrier, suivez les instructions de votre chef de patrouille, ça peut être dangereux. Compris ?

– Compris ! répondirent-ils en chœur.

Même Lea.

Ils se mirent en marche, sa patrouille devant toutes les autres. Elle regardait la pointe de ses grosses chaussures en pensant au pauvre M. Peter.

Ce n'était pas juste, de mourir aussi brutalement, à cause d'un gros caillou. Et si elle avait été à sa place ? Elle se demandait souvent à quoi ça ressemblait, la mort. En général, les scouts sont des gens assez croyants, mais est-ce qu'il y a forcément quelque chose *après* ? Les hommes sont comme des ordinateurs. Quand ils s'éteignent, c'est fini, ils deviennent des boîtes inutiles et le monde continue de tourner sans eux.

Dans ces conditions, elle préférait éviter de mourir. Enfin, pas tout de suite.

– Tout va bien, Lea ?

Francesca s'était arrêtée pour l'attendre (c'était la chef de patrouille, l'une de ses missions consistait à garder le groupe soudé).

– Oui, répondit-elle en la rejoignant. Je pensais à M. Peter.

– À qui ?

– Le propriétaire du magasin d'articles de pêche… Tu sais, celui au bout de la grande route du collège…

– Ah.

– Il est mort. Hier. Une pierre se serait détachée de la montagne et elle serait tombée sur son bateau.

– L'accident sur le lac ! La Main de Pierre… Tout le village en a parlé. C'était lui, la victime ? C'est triste… Je veux dire, on passait devant sa boutique tous les jours… Il avait l'air d'être quelqu'un de bien.

Lea hocha la tête.

– C'était le cas.

Francesca l'observa en douce, sans cesser de marcher.

– Tu le connaissais ?

– Je lui achetais de la pellicule pour mon appareil photo.

La chef de patrouille sourit. Tout le monde était au courant que Lea avait cette marotte et ils ne perdaient jamais une occasion de se moquer d'elle (de toute évidence, on ne comprend strictement rien à la photo, chez les scouts).

– Ça a été un sacré truc. Plein de gens se sont rendus sur place : les secouristes, la protection civile et les carabiniers… Ils ne savent pas pourquoi un si gros rocher s'est détaché. Et puis cette vague, oh, là, là… Elle aurait vraiment pu faire des dégâts dans le village si elle avait été plus forte.

Le groupe atteignit la cahute abandonnée au pied d'une immense étendue rocailleuse. Le pierrier. Face à eux, les pentes du Gorelli s'élevaient entre deux murs noirs, aussi raides et glissantes que le dos d'un monstre. Le flanc du Premier Croc les gardait plongées dans l'ombre et Lea eut un frisson en observant ces deux, trois cents mètres de dénivelé qui la séparaient du sommet. Elle avait déjà escaladé le Gorelli une fois, il fallait faire très attention : les chaussures de randonnée s'enfonçaient dans les cailloux, on dérapait, il suffisait d'un rien pour perdre l'équilibre.

Francesca reprit son rôle de chef de patrouille.

– Quelqu'un a besoin de faire pipi ? Non ? Alors c'est parti. Mais vous me suivez, OK ? En file indienne.

En se retournant, Lea nota que le reste de leur troupe n'était pas encore là, les autres avaient dû avoir un contretemps, ou alors c'étaient eux qui avaient marché trop vite. Ils auraient pu ralentir l'allure, mais Francesca tenait à ce qu'ils arrivent en premier au camp de base. Ils entamèrent leur ascension (d'abord la chef de patrouille, puis Lorenzo, Edi, Denis, et Lea en queue de file). Il fallait traverser le pierrier dans un sens, puis dans l'autre, en prenant des virages serrés. Au bout d'une demi-heure, ils avaient déjà parcouru un bon bout de chemin. En contrebas, la cabane des secours semblait minuscule, tout comme leurs camarades de l'autre groupe. Ça y est, on les apercevait.

À la hauteur d'un embranchement, Lea reprit son souffle. Un morceau de roche jaillissait de la montagne comme la lame d'un poignard, fendant la pente pour former deux couloirs distincts, l'un à droite, l'autre à gauche.

– De ce côté, ordonna Francesca.

NE FAIS PAS ÇA.

Lea s'arrêta.

Battit des paupières.

Francesca s'était retournée et avait déjà repris l'ascension, suivie par les autres.

Lea s'apprêtait à les imiter, mais elle entendit :

NON !

Elle s'arrêta à nouveau.

C'était bizarre, très bizarre. Cette voix qui lui avait dit non avec tant de conviction, c'était celle de son frère Mathias ! Qui n'était pas là, pourtant. Il avait caché un téléphone portable dans son sac à dos pour lui faire une blague, ou quoi ?

Elle reprit son chemin.

NON, ARRÊTE-TOI. JE T'EN PRIE. C'EST DANGEREUX.

– Pourquoi ? demanda-t-elle.

Denis, qui était un peu plus loin, se retourna pour la dévisager.

– Hein ?

– Rien, je…

IL FAUT QUE TU LES ARRÊTES. IL Y A DES TROUS CACHÉS DANS LE SOL. ATTENTION.

Lea toussota nerveusement.

Oui, c'était Mathias, elle en aurait mis sa main au feu. Elle connaissait son frère !

En même temps, cette voix était différente.

Primo, parce qu'elle lui parlait gentiment.

Deuzio, parce que ce son résonnait dans sa tête, il n'était pas entré par ses oreilles. Enfin, pas seulement. Elle avait l'impression d'entendre le vent. Le vent qui se serait transformé en voix une fois dans son crâne. (Incroyable, hein ? Elle n'aurait pas su mieux décrire cette drôle d'impression, pourtant.)

ARRÊTE-LES TOUT DE SUITE, C'EST DANGEREUX !

Lea hésita, vraiment, mais finit par prendre son courage à deux mains.

– Euh… excusez-moi ! balbutia-t-elle. Les amis, excusez-moi, est-ce que… on pourrait s'arrêter une seconde, s'il vous plaît ? Je me disais… et si on prenait l'autre chemin, là, à droite ? Ce serait peut-être mieux…

Francesca, qui était déjà dix mètres plus loin, lui lança un regard noir.

– Depuis quand tu es une experte en montagne ? C'est moi, la chef de patrouille.

– Oui, oui, je sais, c'est juste que… j'ai comme un pressentiment.

Francesca poussa un soupir excédé, Lorenzo, Edi et Denis esquissèrent un sourire. Lea savait exactement ce qu'ils pensaient : et voilà, elle nous refait son numéro, ce qu'elle est chelou, cette fille.

Mais elle insista :

– Je vous assure, on ne pourrait pas passer par là, juste pour cette fois ?

Francesca haussa les épaules puis reprit son ascension, suivie des autres.

NON !

Encore cette voix. Lea était vraiment désemparée.

– Bon, moi, je monte de l'autre côté, bredouilla-t-elle. Je vous jure, je le sens mal. Vous venez ? On n'a pas intérêt à se séparer.

– Justement, bougonna Lorenzo. Alors dépêche.

NON ! ARRÊTEZ !

Subitement, les autres s'immobilisèrent, raides comme des piquets. Est-ce qu'ils avaient entendu la voix ?

Francesca fit volte-face, son pied se déroba et elle bascula. Il y avait bien des trous cachés dans le sol. Si son sac à dos n'avait pas été aussi lourd, elle aurait peut-être retrouvé l'équilibre.

Malheureusement, celui-ci pesait une tonne entre son duvet, le petit matelas gonflable, les casseroles, les provisions, les trois gourdes remplies d'eau et le reste de son attirail. Résultat : Francesca plongea la tête la première sur Lorenzo (qui lui tournait le dos puisqu'il regardait Lea) et l'entraîna dans sa chute. Lorenzo atterrit pile sur Edi (qui poussa un grand cri). Et Edi attrapa Denis par le bras en essayant de s'écarter.

Les quatre scouts dévalèrent la pente rocailleuse. Une véritable avalanche de corps, de sacs, de blousons et de chaussures de marche.

Lea les vit filer comme des missiles et rebondir sur les rochers. Leurs cris résonnèrent jusqu'à ses oreilles. Elle se mit à hurler, les yeux braqués sur le passage encaissé. Il s'en était fallu de peu. Les cailloux étaient creusés par un sillon rouge. Du sang, c'était du sang ! Un tourbillon de pensées envahit son esprit : une chance que j'aie échappé à ça, une chance que je ne sois pas tombée, oh mon Dieu, ils sont morts, ce n'est pas vrai, ils sont morts, non, si, ils sont morts, non, si.

Elle se laissa gagner par la panique, et puis par autre chose. De la colère, peut-être. Elle leva le nez vers le ciel tout bleu (oh oui, d'un bleu incroyable) et cria :

– Pourquoi est-ce que tu ne les as pas sauvés ? Hé, la voix, je te parle ! Pourquoi tu n'as rien fait ?

Personne ne lui répondit.

Blue se fait poursuivre

Blue s'aperçut qu'on la suivait.

C'était à peu près six heures après l'accident sur le Gorelli, dans l'après-midi, donc, le deuxième jour (mais ça, elle l'ignorait, comme Lea).

Ce devait être un après-midi comme les autres. Elle allait le passer à la maison car sa mère était au travail. Et Mme Robida, la voisine qui s'habillait comme une gardienne de prison, n'avait pas envie de sortir.

– Tu n'as qu'à rester avec moi, on regardera la télé, lui avait-elle dit.

Mme Robida adorait la télé, surtout ces émissions qui duraient des heures, pleines d'interviews de gens qui pleuraient, de numéros de danse, de jeux avec des trucs à gagner, d'autres interviews de gens qui pleuraient.

Blue avait aussitôt filé dans sa chambre, elle avait déjà vu assez de larmes pour les trente jours à venir, au bas mot.

Chez son père, Tom, elle avait une toute petite chambre, avec une fenêtre qui donnait sur une ruelle. Il faisait toujours toujours très sombre. Les murs étaient peints en bleu et couverts de photos de varappeurs, des mousquetons étaient accrochés aux appliques et des dégaines pendaient aux poignées de l'armoire.

Elle avait aussi un bureau microscopique avec un écran d'ordinateur et une vieille PlayStation posés dessus.

Chez sa mère, Luisa, la chambre était grande et lumineuse, avec des murs jaunes. En plus du lit et du bureau, de deux mètres de long, il y avait même un petit canapé et une bibliothèque bien remplie. En revanche, aucun écran ni aucun objet d'escalade. Trop dangereux, prétendait sa mère.

Est-ce que Blue avait une chambre préférée ? Non, elle aimait les deux. Chacune montrait différentes facettes de sa personnalité, en un sens.

Ses parents étaient séparés depuis longtemps, elle ne se rappelait pas comment c'était de vivre avec les deux en même temps, ensemble. L'horreur, sûrement. Tom et Luisa étaient comme chien et chat, ils se parlaient le moins possible. Au bout du compte, certaines fois, Blue se sentait partagée. Coupée en deux au fond de son cœur.

Ce jour-là, par exemple, elle était clairement Blue-côté-Tom : elle avait envie de sortir, de courir, de faire de l'escalade. Problème : elle était obligée de rester enfermée.

Une chance, il lui restait son portable et son amie Tilly.

– Regarde ça.

L'écran afficha la main potelée de son amie, celle qui n'était pas plâtrée. Tilly s'était peint les ongles de toutes les couleurs. Blue rêvait de faire pareil, mais sa mère n'était pas d'accord. De toute façon, elle abîmerait son vernis en faisant de l'escalade. Alors tant pis.

– Trop bien, dit-elle.

Tilly soupira :

– Mais non, on s'en fiche de mes ongles. Regarde.

Elle tendit un saladier rempli à ras bord d'une pâte bleue et visqueuse, parsemée de paillettes.

– Génial ! s'exclama Blue avec davantage d'enthousiasme. C'est ton nouveau slime ?

– Exact. Maintenant, attention.

Les doigts de Tilly plongèrent dans le saladier et ses ongles déchirèrent la surface brillante. Le slime résista puis se fendit. L'intérieur était aussi blanc et soyeux que de la crème fraîche.

– Waouh, comment tu as fait ?

Le visage de Tilly réapparut, tout sourire.

– J'ai trouvé un tuto sur Internet, mais c'est super dur ! Surtout avec un bras dans le plâtre… Bref, l'intérieur, c'est du fluffy slime, ça se prépare avec de la colle et de la mousse à raser. Tout autour, c'est un gummy slime classique, à base de colle et de talc…

Tilly plongeait les doigts dans le saladier de slime tout en parlant. Elle adorait ce truc. Et, pour être honnête, Blue aussi : c'était joli et planter ses mains dedans l'amusait, mais bon, c'était plutôt pour les enfants. Seulement, la fois où elle avait essayé de l'expliquer à Tilly, elles avaient failli se disputer. Blue lui avait demandé pardon et elles étaient passées à autre chose. Au fond, chacun a le droit de s'amuser comme il veut, non ?

Tilly parlait encore quand Blue reçut un appel vidéo. Abel. Elle l'ajouta à la conversation.

– Hé, on vous a raconté ce qui s'est passé dans la montagne ?

Il avait le visage tout rouge, la voix presque étranglée.

Blue secoua la tête.

– Non, quoi ?

– Il y a eu un accident. Les scouts. Ils étaient partis en randonnée… Tu sais, pour camper, jouer, allumer des feux de camp, leurs trucs à eux, quoi…

Abel fit la grimace.

Il n'aimait pas beaucoup les scouts. Peut-être parce qu'il aurait souhaité s'inscrire quand il était encore à l'école primaire, mais cela n'avait pas été possible car M. Kurt s'était fâché avec le père Bomben.

– Et donc ?

Le visage de son ami se rembrunit.

– Ils escaladaient le Gorelli et il y a eu un accident. Certains ont fait une chute.

– Oh, là, là… qui ? demanda Tilly dans l'autre fenêtre de l'appel vidéo.

– Deux personnes de ton ancienne classe, je ne sais pas qui, répondit Abel. Dans la nôtre, il y avait Denis. Et puis Lea, mais elle n'a rien.

– Quelle Lea ? La folle ? répliqua aussitôt Tilly.

Il acquiesça.

– C'est grave ? demanda Blue.

Abel déglutit difficilement.

– Une fille du groupe est dans le coma.

Ce dernier mot flotta entre eux. (Dans le coma ? Comment ça, dans le coma ?)

Abel avait pâli, tout d'un coup.

– C'est Francesca, elle a un an de plus que nous. Elle était devant parce qu'elle est la chef de patrouille. Elle est tombée en entraînant les autres. Ils ont fait une chute terrible, d'au moins vingt mètres, il paraît… et sa tête a cogné contre un rocher.

Dans le coma, pensa Blue en frissonnant.

– Denis est mal en point, lui aussi, il est à l'hôpital. J'y vais. Tu veux venir, Blue ?

– Pour quoi faire ? intervint Tilly. S'ils vont mal, on ne te laissera jamais entrer dans leurs chambres.

– Bien sûr, mais tout le monde sera là-bas... Tu n'as pas vu le groupe WhatsApp de la classe ?

(Abel avait parfois cette manie de ne parler qu'à Blue, même s'ils n'étaient pas seuls.)

– J'ai désactivé les notifications, répondit-elle.

– Eh bien ils seront sur place. Moi aussi. Bon, tu me dis.

Abel mit fin à l'appel et Blue se releva.

– Tu fais quoi ? lui lança Tilly.

La voix qui s'échappait du haut-parleur était plus stridente que d'habitude.

– J'y vais aussi. À plus tard.

Blue réfléchit. Et maintenant, comment échapper à la surveillance de Mme Robida. Elle aurait pu se glisser par la fenêtre, mais ils vivaient au premier étage et ses affaires de varappe étaient chez son père. Et si elle inventait un mensonge ? Non, mauvaise idée : sa mère serait furieuse. Il valait mieux jouer la carte de l'honnêteté.

Elle lui envoya donc un texto :

On m'a dit pour l'accident. Denis est dans ma classe.

Je pars pour l'hôpital.

Elle enfila ses chaussures et se précipita dans le salon.

– Il faut que j'y aille, Mme Robida, désolée !

– Ah bon ? Tu vas où ?

Elle lui raconta ce qui était arrivé à Francesca et Denis en lui montrant le message sur son portable.

– J'ai demandé la permission à ma mère. Je la retrouverai à l'hôpital, ne vous inquiétez pas.

Elle fila avant que la voisine ne l'arrête.

La maison de Blue se trouvait dans un quartier récent de Montemorso, à cinq minutes à pied de l'hôpital. À son arrivée sur place, le parking était plein à craquer. Il y avait un minibus avec le logo des scouts sur la carrosserie et de nombreux enfants encore en uniforme, des voitures, une ambulance. En revanche, aucune trace de sa mère.

Blue reconnut sa camarade de classe, Lea, assise sur un banc. Elle avait une couverture sur les épaules (et tant pis si on était en juillet !), une tasse de thé serrée entre ses mains. Près d'elle se tenaient une femme très mignonne (sûrement sa mère) et un docteur en blouse blanche. Il parlait et elle faisait oui de la tête.

– Hé !

Abel fondit droit sur Blue et freina juste avant de lui rentrer dedans. Il gara son vélo, qu'il protégea avec une grosse chaîne, puis ils firent le tour du parking. Quelques personnes les saluèrent et ils finirent par errer sans but précis.

Autour d'eux, les enfants discutaient tout bas avec des mines de conspirateurs.

– Francesca est dans le coma parce que quelqu'un a crié ! Ça lui a fait peur et elle a perdu l'équilibre.

C'était une petite rousse avec son foulard de scout de travers qui avait parlé.

– Tu es sûre ?

– Oui. J'ai entendu Lea expliquer ça à Marco…

– Lea ? Elle est folle.

– C'est aussi ce qu'a raconté Denis, avant de partir pour l'hôpital en hélicoptère. Il criait de douleur et il répétait que c'était la faute du fantôme.

– En hélicoptère ?

– Chhh. On s'en fiche, de l'hélicoptère. Quel fantôme ?

– Celui qui a effrayé Francesca. Ben oui, il n'y avait personne à part eux.

– Ah bon, qu'est-ce que tu en sais ?

– J'étais là ! Avec ma patrouille, on grimpait et on a tout vu… À un moment donné, Lea s'est arrêtée, ils ont tous discuté, Francesca est repartie… et puis voilà, elle est tombée.

– Mais le cri du fantôme, tu l'as entendu ?

La petite rousse soupira et déclara :

– Non. On s'en fiche, peut-être qu'ils étaient les seuls à l'entendre.

Blue fit la grimace.

– Pff, n'importe quoi.

Elle s'éloigna du groupe, avec Abel sur les talons.

– Tu en penses quoi ? murmura-t-il près de son oreille.

– Abel, je ne devrais même pas te le rappeler, mais… les fantômes, ça n'existe pas. Tu es au courant ?

– Bien sûr, répondit-il d'un ton outré. Seulement, tu as vu ce qui s'est passé hier ? Le kayak de l'Américain qui s'est redressé tout seul. Ce monsieur qui est mort, cette pierre qui s'est décrochée… Et s'il y avait une malédiction ?

Blue se retint de ricaner.

– Ben voyons ! La malédiction de Montemorso. Abel, ça n'a rien de drôle, une fille du collège risque d'y passer.

– Tu ne la connais même pas, rétorqua-t-il, vexé.

– Et alors ? On la croise presque tous les jours. Moi, je trouve ça… terrible.

Surgit alors un break rouge métallisé, relativement neuf et récemment lavé. Sur la lunette arrière, Blue aperçut un autocollant, avec trois silhouettes qui se tenaient par la main et l'inscription « Papa – Maman – Francesca ».

Les gens s'écartèrent pour laisser passer le véhicule, qui s'immobilisa devant l'entrée des urgences. Deux personnes en sortirent, elles avaient l'air… pff, Blue n'avait pas les mots pour les décrire… Détruites, peut-être.

Le père de Francesca avait les yeux rougis et sa mère avançait mécaniquement, un vrai robot.

Le Dr Nardini courut à leur rencontre tandis que la foule se massait près des portes. Elle fit non de la tête et referma les battants pour tenir les curieux à distance.

Une immense tristesse s'abattit sur Blue, accompagnée d'une sensation plus insidieuse. De l'écœurement. Une jeune fille était entre la vie et la mort, et des gens étaient venus se rincer l'œil. Elle aussi, au fond. Cette idée la troubla encore plus.

– Je m'en vais, dit-elle à Abel.

– Ah bon, pourquoi ?

– Reste si tu veux. Moi, je rentre.

Elle envoya un texto à sa mère pour la prévenir, un autre à Tilly, et retourna chez elle (en empruntant la route où M. Kurt avait eu cette curieuse mésaventure avec sa fourgonnette, la veille).

Blue s'aperçut alors qu'on la suivait.

Au début, ce ne fut qu'une sensation. Une espèce de picotement dans la nuque.

Elle tâcha de l'ignorer, mais ça ne la lâchait pas.

Elle se retourna.

Personne.

Rien que la route, les réverbères encore éteints et un monsieur à vélo (mais qui regardait de l'autre côté). Blue reprit son chemin, attrapa son portable et activa l'appareil photo. Elle leva le bras comme pour prendre un selfie et…

Non, il n'y avait vraiment personne derrière elle.

Soudain, sans trop savoir pourquoi, elle bifurqua dans une rue à droite, s'arrêta contre la porte d'un immeuble et compta dans sa tête (un, deux, trois…). Complètement ridicule. On ne la suivait pas, elle avait vérifié deux fois. C'était bien son quartier, c'était bien Montemorso. Et c'était bien elle, Blue Neri, qui se faisait des films, pour changer (trente, trente et un, trente-deux…). Pourquoi avait-il fallu qu'Abel lui mette ces histoires de fantôme dans la tête ? Des fantômes… N'importe quoi. Si elle était aussi agitée, c'était parce qu'une fille du collège était dans le coma, la pauvre (quarante-huit, quarante-neuf).

Allez, stop. Blue reprit sa route… mais la sensation de tout à l'heure refit son apparition. Elle se retourna et cria :

– Hé, ça suffit !

La rue vide s'ouvrait devant Blue, qui se sentit encore plus ridicule.

C'est quand même étonnant, la peur. Au départ, elle n'est pas là. Et subitement, elle vous saute dessus, de toutes ses forces. Vous avez des doutes plein la tête et la moindre idée saugrenue paraît vraie, d'un coup. Voilà pourquoi Blue fonça droit devant elle, tête baissée, les bras bien en rythme.

Dans un seul but : se carapater le plus vite possible.

Alors elle sentit cette présence.

Dans son dos.

Le bruit de ses pas était recouvert par ceux de quelqu'un, sans doute plus grand et plus lourd qu'elle.

Elle accéléra encore.

ATTENDS !

Elle faillit s'étaler par terre. Elle connaissait cette voix, c'était celle de son père, Tom !

Elle tourna la tête.

– Papa ?

La rue était toujours déserte. Mais le bruit de ces pas mystérieux se rapprochait.

Blue ravala la boule qui lui nouait la gorge et se concentra sur sa course. Elle fonça jusqu'à ce que ses jambes soient dures comme du béton, jusqu'à ce que les battements de son cœur qui cognait dans sa poitrine effacent tout le reste.

Pas question d'attendre.

Elle s'enfuit à toute vitesse.

Sans se retourner.

Le Vieux fait ses courses

Le Vieux entra dans le supermarché et la clochette au-dessus de la porte tinta faiblement. Il attrapa un chariot qu'il poussa au milieu des cagettes du rayon fruits et légumes. Il observa d'un œil perplexe les pyramides de courgettes et de carottes. Sous cette lumière artificielle, tout était un peu triste et, surtout, trop cher.

Les autres rayonnages étaient dégarnis. C'était une supérette de village, sans rien d'extraordinaire. Il faut dire qu'en la matière, le Vieux avait eu son compte pour la journée.

Mais il avait un plan. D'où sa présence ici.

Il prit des haricots et des lentilles (c'était bon et pas cher), des pâtes et de la farine à polenta, du café, du beurre et du jus d'orange. Pour finir, il dégota un cubi de vin et une bouteille de grappa. Les plus économiques, dans les deux cas.

Le règlement de la compagnie d'électricité lui interdisait formellement de consommer de l'alcool pendant le service, mais là-haut, sur le barrage, personne ne venait jamais contrôler.

En temps normal, le Vieux serait directement passé à la caisse. Giulia, assise derrière un présentoir rempli de chewing-gums, lui adressa d'ailleurs un sourire. Mais il fit demi-tour, en direction du rayon boucherie. Il observa la viande et les affichettes indiquant les prix plantées dedans (bon sang, ça coûtait un bras, ces trucs).

M. Kurt en personne fit son apparition, vêtu d'un tablier taché de sang.

– Bonsoir… Oh, monsieur Novak, vous avez fini votre service ? Tout va bien au barrage ?

– Oui, dit le Vieux.

Ce qui lui permit de répondre aux deux questions d'un seul coup.

– Bien, bien. On risque de vous voir plus souvent, alors. En tout cas…

Il indiqua le chariot d'un petit coup de menton.

– C'est un sacré caddie que vous avez là.

Lorsqu'il vivait au village, le Vieux se rendait au supermarché tous les deux, trois jours, et il lui suffisait d'un panier. Il ne prenait un chariot que s'il faisait un gros ravitaillement, avant de retourner dans les montagnes.

Il haussa les épaules.

– Eh ouais.

Il n'avait jamais pu s'encadrer M. Kurt. Et il n'avait pas voté pour lui aux élections municipales. Plutôt crever, tiens !

– Qu'est-ce qu'il vous faudrait ?

– Des os, répondit-il.

– Des os ? Qu'est-ce que vous allez en faire ?

Ça me regarde, aurait-il aimé répondre. Mais non. Inutile d'éveiller les soupçons.

– C'est pour le chien, dit-il.

– Ah oui, vous avez un chien ? Depuis quand ?

Occupe-toi de tes oignons, abruti, songea-t-il en resserrant les doigts sur la poignée du chariot.

– C'est tout récent.

– Tant mieux pour vous, monsieur Novak. Le rayon animaux est juste là, près des barquettes en plastique. Il y a une promo sur les croquettes.

– Je voulais lui donner des os.

– Dommage, je n'en ai pas !

Mouais. Il y en avait sûrement des kilos entiers dans l'arrière-boutique, mais, de toute évidence, cet imbécile n'avait pas l'intention de les lui donner. Pas gratuitement, du moins.

Un autre jour que celui-ci, le Vieux aurait insisté et piqué une colère mémorable. Mais ce n'était pas le moment. Le plan avant tout.

– Ah oui, c'est dommage, répondit-il. L'ennui, c'est que mon chien n'aime pas les croquettes. Je vais prendre de la viande, alors. C'est quoi, le moins cher ?

– Les ailes de poulet. Trois euros quatre-vingts le kilo.

Le Vieux observa le plateau derrière la vitre, couvert de vieux morceaux rachitiques. Pas appétissant du tout.

– Trois quatre-vingts, ce n'est pas donné, commenta-t-il.

– Ce n'est pas hors de prix non plus. Si vous voulez, j'en ai d'autres moins chères. Elles sont par là. Deux euros le kilo, ça vous irait ?

Le sourire de Kurt s'élargit encore plus. Ces trucs devaient traîner là depuis la nuit des temps. Bah, quelle importance ? Il n'était pas censé les manger.

– Marché conclu, dit le Vieux.

– Je vous en mets combien ?

– Cinq kilos.

Kurt s'en décrocha la mâchoire.

– Votre chien n'est pas un petit modèle, monsieur Novak…

– Il a bon appétit, oui, acquiesça-t-il.

Le gérant de la supérette disparut dans l'arrière-boutique et revint avec un paquet déjà emballé. Un 10 était écrit au stylo sur le papier.

Le Vieux aurait préféré que la viande soit pesée devant lui. En temps normal, c'est ce qu'il aurait demandé, et sans sourciller. Il avait assez traîné ici, cependant. Allez hop, aux caisses.

Quelques minutes plus tard, il était dehors, ses gros sacs au bout des bras. Ces courses l'avaient rincé. Il aperçut alors les tables du Foxy. Un petit remontant serait le bienvenu.

Vu l'extérieur, on aurait dit l'un de ces bars à la mode, mais l'illusion prenait fin dès qu'on franchissait la porte : sol en tomettes, comptoir en simili noyer avec un coin tabac et machines à sous collées dans un renfoncement creusé dans le mur.

Le Vieux entra et vit trois jeunes qui jouaient, enfin, un jeune qui jouait et les deux autres qui le regardaient en buvant de la bière. Il ne connaissait pas leurs noms (c'était Croco, Hans et Mathias). Ça lui aurait fait une belle jambe, de toute façon.

– Grappa ? demanda Andrea, le barman.

Le Vieux s'appuya au comptoir et lui fit signe d'attraper un verre qu'il remplit à ras bord.

– La vache, tu as dévalisé la supérette, commenta le serveur en observant ses sacs. Je croyais que tu avais fini ton service…

– Occupe-toi un peu de tes oignons.

Les gens s'étaient mis d'accord pour lui casser les pieds, ou quoi ? Comme s'ils se doutaient de quelque chose…

– Tu as entendu ce qui s'est passé là-haut, tout à l'heure ?

Andrea avait vite changé de sujet. Il avait pas mal de clients caractériels. Et le Vieux n'était pas le dernier…

– Des scouts qui faisaient une randonnée ont eu un accident… Ils ont glissé sur le pierrier du Gorelli.

L'un des garçons qui jouaient aux machines leva la tête.

– Eh, je crois que ma sœur était avec eux.

Andrea prit un air navré.

– Une… une jeune fille est dans le coma, je crois.

– Elle s'appelle comment ?

Le barman hésita un instant et répondit :

– Francesca.

– Ah non, ce n'est pas elle, alors, dit l'ado en haussant les épaules.

Et il se tourna de nouveau vers les machines.

Ce geste mit le Vieux dans une rage folle. Il le fixa sans bouger, les yeux comme deux fentes, mais il bouillait de l'intérieur.

– Sois poli, tu veux ? Il y a une gosse à l'hôpital, quand même.

L'un de ses deux potes (Croco) le regarda. C'était le plus petit, les cheveux entièrement rasés mais avec une longue mèche relevée sur le front, une vraie crête de coq.

– Et alors, tu la connaissais ? Qu'est-ce que ça peut te faire ? Moi, je m'en fous de cette fille.

– C'est une question de respect, grogna le Vieux entre ses dents.

Croco eut un grand sourire.

– Désolé, je ne sais pas ce que c'est.

Le Vieux avala sa grappa et réfléchit. Il n'était pas venu jusque-là pour chercher des noises à quelqu'un, au contraire :

il s'était juré de faire profil bas, quoi qu'il arrive. Mais un Gardien a un code d'honneur, il faut parfois agir pour le bien de la communauté, ça ne se discute pas. Enfin, c'est ce qu'il pensait.

Il posa son verre.

Pendant ce temps, Croco s'était retourné vers les machines.

Le Vieux arriva dans son dos et lui écrasa la jugulaire avec son avant-bras. De l'autre, il prit le cou de ce crétin dans un étau.

Croco se débattit, le Vieux recula d'un pas en le tirant pour qu'il perde l'équilibre. Et il serra encore.

– Hé !

Les deux autres crièrent sans bouger le moindre muscle (ha, les lâches).

– Écoute-moi bien, lui souffla-t-il. Si tu es aussi puant, c'est que tu n'es qu'une petite ordure. Et tu sais ce qu'on en fait, des ordures ? On les balance à la benne.

– Laisse-moi...

– Fiche-lui la paix, Agenore, intervint Andrea en se penchant sur le comptoir.

Libéré de cette étreinte, Croco retomba par terre en toussant bruyamment.

– Espèce d'enfoiré, grogna-t-il d'une voix étranglée. Ça, tu vas me le payer...

– Avec plaisir. À la prochaine.

Le Vieux récupéra ses sacs, salua Andrea et sortit. Cette grappa l'avait requinqué, il avait repris du poil de la bête. Tant mieux parce que la journée était loin d'être terminée.

Il y en avait quelques-uns qui devaient mourir de faim.

Blue a la peur de sa vie

Blue fit claquer la porte et se colla contre le battant de tout son poids.

Elle tremblait, même s'il faisait horriblement chaud dans l'appartement ! Avant de s'en aller, Mme Robida avait éteint la télé et baissé tous les stores.

Oh, merci, merci. Elle tendit la main derrière elle et verrouilla la serrure à double tour.

Elle s'autorisa enfin à respirer.

Ça y est, elle était rentrée. Et à l'abri.

À l'abri ? Tu parles ! Le fantôme qui la suivait traversait peut-être les murs, ce n'était pas une porte qui allait l'arrêter.

Un cri du cœur résonna dans tout son corps : les fantômes, ça n'existe pas ! Ah bon, et ce qu'elle avait vu dans la rue, alors ?

Justement, elle n'avait rien vu, mais il y avait quelque chose. Qui lui avait dit d'attendre, avant de lui courir après. Et qui allait vite puisque, en deux pas, ce truc l'avait rattrapée. Encore un peu et il l'aurait frôlée, Blue l'avait bien senti, ça. Heureusement, elle n'avait rien lâché. Et elle l'avait distancé.

Peut-on se battre contre un fantôme ? Question encore plus importante : peut-on l'empêcher d'entrer dans une pièce ?

Elle se saisit de son portable et tapa sur Internet : *remèdes contre les fantômes*. Le premier site qui apparut sur l'écran indiquait : « Se débarrasser des fantômes, c'est possible ! On vous explique comment. »

Elle ouvrit la page et lut : « Un fantôme hante votre maison ou votre appartement ? Rien de plus simple : consultez un bon psychiatre. »

Ha ha, très drôle, pensa Blue.

Elle retourna en arrière. Deuxième résultat : « Cinq méthodes pour chasser un fantôme. »

Le site était sérieux, une chance (enfin, sérieux, avec un sujet pareil...). Il était conseillé de s'adresser à quelqu'un qui possédait des pouvoirs paranormaux, de prier... ou bien de brûler de la sauge dans un brasero, parfait !

Blue se précipita dans la cuisine et fouilla dans les bocaux d'épices. Il y en avait un million : thym, marjolaine, romarin, origan, persil, curry, curcuma, laurier, genièvre, clous de girofle, cannelle, noix de muscade, anis, estragon, aneth, ciboulette, raifort, cerfeuil, bourrache. Du poivre noir, blanc, rose, vert. Cinq sortes de piment. Mais pas de sauge. Pas possible, il ne manquait que ça ?

Elle prit alors une assiette et y versa quelques herbes au hasard, surtout du romarin, puis mit le feu à sa mixture à l'aide d'une allumette. Une petite flamme à l'odeur nauséabonde jaillit et s'éteignit presque aussitôt.

Blue répéta l'opération jusqu'à ce que la cuisine empeste la fumée, une horreur. Est-ce que c'était efficace contre les fantômes ? Aucune idée. Une chose était sûre : elle n'arrivait plus à respirer. Vite, dans le salon.

Elle jeta un œil aux stores baissés qu'elle n'avait pas l'intention de remonter, et tant pis s'il faisait une chaleur à crever. Des fois que le fantôme soit incapable de franchir cet obstacle.

Elle retira son T-shirt et son pantalon, pour rester en sous-vêtements.

Son portable vibra.

C'était Tilly :

Tu fais quoi ? Tu m'appelles ?

Blue se retint de répondre.

J'ai vu que tu as lu mon texto. Tu m'appelles ?

Blue se retint de répondre.

Eh, tu boudes ou quoi ? Qu'est-ce que j'ai fait ?

Blue soupira puis écrit :

Désolée, je ne peux pas te parler. Ma mère est là.

OK. Pff.

Elle se rendit dans sa chambre, attrapa un livre et tenta de feuilleter quelques pages. Impossible de se concentrer. Elle alluma la télé. L'éteignit. La chaleur était étouffante. Et, surtout, elle se sentait observée. Le fantôme était-il entré ?

Elle se demanda si elle n'était pas en train de devenir folle, vraiment.

La nuit était tombée. Elle regarda sa montre. Neuf heures. Sa mère n'était pas encore rentrée. Elle eut envie d'appeler son père pour lui demander si elle pouvait dormir chez lui. Il répondrait que oui, bien sûr. Elle n'aurait plus qu'à faire le trajet.

Et c'était bien ça, le problème. Le courage de sortir seule lui manquait.

Lorsque la clé tourna dans la serrure, elle faillit pousser un cri.

Luisa entra en traînant les pieds.

– Blue, c'est moi. Hé, qu'est-ce qui pue comme ça ?

Elle laissa tomber son sac à main par terre.

– Pourquoi tout est fermé ? On crève de chaud. Ça ne va pas ?

Avant de pouvoir l'en empêcher, Blue vit sa mère ouvrir en grand la porte-fenêtre. Une bouffée d'air frais entra dans la pièce qu'elle respira à pleins poumons avant de se dire : Non, maman, stop ! Le fantôme va entrer !

Puis elle haussa les épaules. Elle se sentait tellement bête ! Quelle mouche l'avait piquée ? Il n'y avait aucun fantôme et personne ne l'avait suivie dans la rue. Il devait y avoir une explication logique. Forcément. Et avec sa mère, elle était en sécurité.

Blue se leva du canapé et courut l'embrasser.

– Tu ne te sens pas bien, ma chérie ? Tu trembles.

– Non, je… je suis passée à l'hôpital et…

Sa mère la serra fort.

– Je sais. Je sais. Excuse-moi d'être rentrée si tard, j'aurais aimé te retrouver plus tôt, mais on avait besoin de moi… J'ai passé un long moment avec les parents de Francesca. Écoute… je n'ai aucune envie de cuisiner. Pizza ?

– Pizza, approuva Blue.

Luisa en commanda une au jambon et une aux champignons et aux olives, la préférée de Blue. Environ vingt minutes plus tard, le livreur sonna à la porte et Blue alla lui ouvrir. Même pas peur. Ces histoires de fantômes, c'étaient des bêtises.

Elles mangèrent, pelotonnées sur le canapé, en regardant la télé et en buvant des boissons gazeuses. Trois choses rigoureusement défendues en temps normal. Elles restèrent silencieuses et c'était très bien comme ça. Encore que. À l'école, on leur disait toujours que c'était important de partager ses problèmes. Mais, parfois, ça fait du bien, un peu de silence.

– J'ai sommeil, finit par dire sa mère en bâillant.

– Oui, moi aussi.

Blue attrapa les cartons à pizza et les rapporta dans la cuisine. L'odeur des cendres de romarin la fit presque éternuer (elle s'était vraiment amusée à brûler des fines herbes pour chasser des spectres ?).

Sa mère se lavait déjà les dents dans la salle de bains.

Comme leurs chambres respectives se trouvaient aux deux extrémités d'un petit couloir aveugle, elles se souhaitèrent bonne nuit de loin.

Blue entra dans sa chambre plongée dans le noir.

La fenêtre était ouverte, ce qui avait rafraîchi la pièce. Et puis l'avantage quand on vit à la montagne, c'est que la chaleur n'est jamais trop accablante, même en plein été.

Blue referma la porte. La lumière des réverbères dessinait un triangle qui éclairait le lit défait, le canapé noyé sous les coussins et ses vieilles peluches.

Tout était normal.

Tout était comme d'habitude.

Mais *pas tout à fait* comme d'habitude.

Blue retint son souffle. Oh non…

Il y avait quelqu'un avec elle.

ATTENDS. S'IL TE PLAÎT. NE CRIE PAS.

Blue ne cria pas.

D'une main tremblante, elle chercha cependant l'interrupteur sur le mur et l'actionna : la lumière s'alluma avec un *clic* discret.

Elle était seule dans sa chambre.

Mais elle la vit.

Étirée par terre, découpée sur la porte fermée de son armoire, il y avait une ombre.

Celle d'un garçon avec les bras grands ouverts.

Prêt à lui sauter dessus.

2
OMBRES

Cameron fait une découverte

– *Mais, papa, j'ai sommeil… Va chercher maman tout seul et laisse-moi dormir, s'il te plaît…*

Un grand sourire illumina le visage de Tyrone Woods.

– *Dormir, tu plaisantes ? Elle est passée où, ton âme d'aventurier ? Ça ne te dit pas qu'on fasse une balade à la belle étoile, rien que toi et moi ? Comme quand on était dans le Colorado. Allez, debout, ça va être super !*

Ce n'était pas une proposition, mais un ordre en bonne et due forme.

Cameron enfila donc ses chaussures, attrapa son téléphone ainsi que son casque, un Beats bleu ciel qu'il s'était acheté en économisant son argent de poche et en regroupant ce qu'on lui avait offert pour deux Noëls et un anniversaire.

– *Hé, mon champion, tu ne vas pas te coller ce truc sur les oreilles alors qu'on peut se parler, hein ?*

Encore un ordre. Avec un soupir, Cameron accrocha son casque autour de son cou.

Dehors, il faisait frais et on n'entendait pas un bruit. Son père et lui sortirent par la ruelle à l'arrière de leur immeuble et rejoignirent la route. D'un côté, le trottoir avec la rambarde en fer et les flots noirs de la rivière, de l'autre, les places de parking disposées en épi. La Mercedes était juste là, à deux pas.

– *Quand on sera un peu mieux installés, il faudra qu'on s'achète une voiture. Non, deux. Comme ça, ta mère ira au travail par ses propres moyens.*

– *Dommage qu'elle ne le fasse pas déjà.*

Tyrone leva les yeux au ciel et Cameron secoua la tête. Son père était toujours prêt à faire la navette entre chez eux et la centrale, six fois par jour, même, si nécessaire. C'était ça ou se déplacer à pied. Vivre à Montemorso l'ennuyait profondément. Avec un moyen de locomotion, il pouvait se promener dans le secteur, au moins.

– *Pas besoin de prendre une Mercedes*, dit Cameron en s'animant subitement. *On n'a qu'à choisir un modèle plus petit, une voiture italienne, tiens…*

– *Comme une jolie petite Ferrari, par exemple ?*

Tyrone éclata de rire et Cameron plongea les mains dans les poches. Son père ne s'était pas rendu compte qu'ils avaient la seule voiture de luxe de tout le village ? Ça n'avait rien d'improbable. L'ennui, c'était qu'il ne pouvait pas aborder le sujet, car il aurait droit au laïus habituel : pourquoi avoir honte que sa famille ait de l'argent ? Il y avait plutôt de quoi être fier, avec tout ce qu'ils avaient fait pour lui offrir cette qualité de vie (« cette qualité de vie », il détestait quand ses parents disaient ça). Ensuite, on lui rappellerait pour la millième fois l'histoire de sa grand-mère, qui avait élevé ses quatre enfants sans l'aide de personne, elle, une femme de couleur, seule en Caroline du Nord, obligée de jongler entre trois métiers pour joindre les deux bouts. En grandissant, Tyrone avait dû l'aider, et s'il avait étudié à l'université, c'est uniquement parce qu'il avait décroché une bourse.

Les phares clignotèrent et ils grimpèrent dans la Mercedes qui sentait encore le neuf. On ne les entendit même pas démarrer, tellement le moteur était silencieux.

(À peu près au même instant, de l'autre côté de la rivière, dans un immeuble à l'écart du centre-ville, Blue s'apprêtait à souhaiter bonne nuit à sa mère, entrer dans sa chambre et avoir une surprise qui lui ferait frôler la crise cardiaque.)

La voiture traversa le village à moitié endormi et tourna à gauche. On n'y voyait pas à deux mètres, il n'y avait aucun réverbère et le lac à leur droite était tout lisse, une vraie plaque de métal. Avec la perspective, le reflet de la lune avait une forme ovale. Cameron repensa à son aventure de la veille, à bord de son kayak.

Tout était parfaitement calme, à présent.

– *On sait pourquoi ce rocher s'est détaché ? C'est quand même bizarre.*

– *Aucune idée*, répondit Tyrone en secouant la tête. *Ce matin, je suis allé acheter le journal, mais ils n'ont rien en anglais. Et les sites internationaux n'en parlent pas, évidemment.*

Cameron fit la grimace. Un pêcheur qui meurt sur un lac paumé au milieu des Alpes, l'info ne risquait pas d'avoir droit à une édition spéciale sur CNN.

La Mercedes arriva devant un portail. Une grosse chaîne et un cadenas avaient été retirés et enroulés autour de la serrure. Sur une étendue d'herbe, on apercevait une petite voiture, une espèce de cube tout rouillé, sans doute une épave abandonnée par quelqu'un.

Tyrone descendit pour ouvrir en grand les battants, puis remonta.

– *La sécurité, c'est vraiment en option, dans le coin,* commenta Cameron.

Son père indiqua un poteau, le long de la route, auquel était accrochée une sorte de grosse ruche en métal sombre.

– *Le portail, c'est pour faire joli. Ce qui compte, ce sont les caméras de surveillance... Ta mère peut accéder au système. Comme ça, elle sait toujours quand on arrive.*

Ils roulèrent jusqu'au parking. Par rapport à la centrale où elle travaillait précédemment, celle-ci était nettement plus petite, mais elle avait un air étrangement luxueux, sophistiqué, avec de larges fenêtres et des décorations sur les murs.

Cameron jeta un œil en direction de son père.

– *Bon, je t'attends ici, d'accord ?*

– *Si tu veux. Je te laisse les clés. Mais ne repars pas sans nous, hein ?*

– *Ha ha.*

Cameron vit Tyrone traverser le parking et ouvrir les portes en verre et en fer forgé. Il disparut à l'intérieur.

De son côté, il mit son casque et lança un morceau. La voix de Tupac explosa dans sa tête.

Y en a qui disent
Plus le fruit est mûr et plus il a de goût.
Moi je dis
Plus ta peau est noire et plus tu as de racines.

Une fois, à Denver, trois garçons de son école, des Blancs, l'avaient attendu près de la grille pour le frapper. Ils lui avaient dit qu'il se la racontait à écouter du rap. Dans le ghetto, la vie, c'était dur, on risquait sa peau et il fallait se battre, pour de vrai. Mais ça, il ne pouvait pas le comprendre, il ne vivait pas là-bas. Ensuite, *bam*, l'un d'eux lui avait mis un coup de boule.

En se relevant, Cameron les avait entendus chanter un autre morceau de Tupac. En changeant les paroles pour se moquer de lui.

Pourquoi ils avaient fait ça ? Parce qu'il écoutait du rap ? Non. Parce qu'il était noir ? Oui, sûrement. Mais, surtout, parce que ses parents étaient riches. Ceux de ces mecs, non.

Alors il était resté là, à respirer par la bouche, le nez HS (il était un peu tordu depuis), déboussolé, les mains couvertes de sang. Tout son visage lui faisait super mal. Plus tard, lorsqu'il avait téléphoné à sa mère, Tasha, il avait prétendu qu'il était tombé.

Il n'avait jamais raconté ce qui s'était vraiment passé, à personne. Et il avait continué d'écouter Tupac Shakur.

-- *Les gens d'ici ne savent même pas qui c'est, je parie*, murmura-t-il. *Ça ne*…

Il se figea brusquement. Il y avait quelque chose derrière le parking. Un chevreuil, avec des yeux comme des puits de lumière.

Il ouvrit la portière de la Mercedes, l'animal effrayé détala d'un bond.

Cameron descendit de la voiture, traversa lentement le parking et se plaça de l'autre côté ; là où il n'y avait pas d'éclairage.

Entre le barrage et la centrale, une fine bande de graviers se déroulait, cernée par la paroi escarpée de la montagne et un long grillage renforcé par du fil barbelé. On distinguait aussi un petit bâtiment avec beaucoup de fenêtres, dans le style de la centrale électrique – ancien mais élégant.

Cameron se dirigea dans cette direction, sa musique dans les oreilles, en battant la mesure de ses doigts sur la clôture. Et puis il se figea à nouveau.

Il y avait un trou dans le grillage.

Il ne s'était pas créé tout seul, au fil du temps (ça arrive). Et il n'avait pas été fait par quelqu'un de l'extérieur, pour s'introduire dans la centrale par effraction (ça arrive aussi). Non, la clôture était vraiment déchirée, on aurait dit qu'un ours en furie avait foncé à travers. Les mailles étaient tordues et arrachées (et ça, c'est nettement plus rare).

HÉ ! HÉ, TOI !

Cameron bondit en arrière, son cœur se mit à battre encore plus vite qu'un marteau-piqueur. C'était quoi, ce délire ? Il avait entendu la voix d'une fille, pourtant, il avait son casque à trois cents dollars sur les oreilles. Et, en principe, ça le coupait du bruit, la preuve, sa mère refusait qu'il le porte dans la rue. Elle avait peur qu'il finisse sous les roues d'une voiture qu'il n'aurait pas entendue arriver.

TOI. ATTENDS.

Cameron retira, non, arracha son casque. C'était une blague ou quoi ?

AU SECOURS. PITIÉ.

– *Hé, la voix, montre-toi. Montre-toi ou…*

Ou quoi ? Bonne question.

LES VOUS ONT BESOIN D'AIDE.

Quelque chose n'était pas normal… Mais oui ! Cette voix, c'était celle de son amie Jenny… qui habitait toujours dans le Colorado, à des milliers de *miles* de ce coin perdu.

Dans les films d'horreur, quand un gamin est tout seul et

qu'il entend un bruit étrange, il veut toujours savoir d'où ça vient (faut-il être bête !). Deux secondes plus tard, le monstre l'attrape et, *couic*, il n'en fait qu'une bouchée.

Conclusion : il devait prévenir ses parents, et vite.

Ou retourner à la voiture.

Ou attraper son portable et appeler la police.

Ce n'étaient pas les solutions qui manquaient.

Mais quelque chose le retenait. Tout au fond de lui.

D'où venait la voix de Jenny ? Pourquoi semblait-elle si triste ? Il jeta un œil alentour. Le bâtiment, là : le mur était percé de fenêtres élégamment arrondies. S'il y avait quelqu'un, cette personne était forcément cachée là-dedans.

Cameron glissa sur l'herbe humide et se rapprocha d'un carreau sale. La pièce était plongée dans le noir mais le reflet de la lune sur le lac et les lampadaires du parking lui permettaient de voir.

L'intérieur était immense. Au centre, on apercevait un grand lustre en métal, avec des espèces de gouttes de cristal sur chaque branche. Qu'est-ce que ça fichait dans une centrale électrique ? Il y avait aussi de vieux meubles et une bibliothèque en bois qui ne datait sûrement pas d'hier. Rien de très intéressant, hormis une grosse chaîne posée par terre et qui s'enroulait plusieurs fois sur elle-même (et ça, pour le coup, c'était bizarre).

Elle faisait dans les cent, cent cinquante mètres de long (Cameron avait calculé en *yards*, cela va sans dire). Et elle semblait solide.

JEUNE HOMME… AIDE-NOUS…

– *Qu'est-ce que…*

AU SECOURS !

Devant ses yeux, la chaîne se mit à bouger.

Elle décolla du sol, jaillit en direction du lustre et commença à se balancer, dans un sens puis dans l'autre, comme un grand serpent.

Là, elle se tourna vers Cameron, qui observait encore la scène depuis la fenêtre, et fut projetée contre la vitre.

Qui éclata en mille morceaux.

Blue a une sacrée surprise

Revenons une petite heure en arrière.

Nous revoici à Montemorso, à l'écart du centre-ville, au premier étage d'un immeuble anonyme couleur carotte.

Juste après avoir souhaité bonne nuit à sa mère, avec le goût du dentifrice dans la bouche, Blue était entrée dans sa chambre, elle avait refermé la porte, allumé la lumière…

Et vu une ombre sur son armoire.

L'ombre de quelqu'un qui n'était pas dans la pièce.

On aurait dit celle d'un garçon, car ça y ressemblait fort : deux jambes, deux bras, une tête. Mais certains détails lui semblaient bizarres.

Les mains, par exemple. Elles n'avaient que trois doigts, fort longs. Le premier très long et fin, les deux autres plus gros. Ça lui rappelait le signe des aliens dans cette vieille série télé que son père avait en DVD. « Longue vie et prospérité », ils disaient.

Et puis il y avait les pieds, avec trois orteils, comme pour les mains. Et les genoux, tout gonflés. Les épaules, trop larges. Sans parler des deux protubérances arrondies dans le dos. Des ailes ? Non, des ailerons, plutôt, comme ceux d'un requin. Unique différence : il y en avait deux.

Blue ne s'était pas amusée à repérer ces détails un par un,

calmement. Elle les avait scannés d'un simple coup d'œil, comme quand sa mère l'avait croisée par hasard, la veille. Luisa avait tout de suite compris que sa fille était partie faire de l'escalade et qu'elle avait piqué une tête dans le lac au passage.

Blue n'avait plus qu'à ouvrir la bouche et crier.

Elle était décidée à le faire.

Mais non.

Au début, cette ombre semblait prête à l'attaquer, avec ses bras tendus. Seulement... À y regarder de plus près, elle avait l'air inoffensive. Effrayée, même.

Elle resta donc immobile, le doigt toujours posé sur l'interrupteur. Elle tremblait encore, déjà moins, toutefois. Elle ravala sa salive et lança la seule chose qui lui traversa l'esprit :

– Tu es entré comment ?

J'AI SAUTÉ.

C'était la voix de son père, Tom, qui avait répondu.

– On est au premier, répliqua-t-elle.

Allez savoir pourquoi, elle se sentait moins agitée.

J'AI SAUTÉ TRÈS HAUT.

– Mais... tout à l'heure, dans la rue, j'ai réussi à te semer.

SEMER ?

– Je veux dire... Je me suis enfuie, je t'ai distancé. Bref, tu ne m'as pas rattrapée, expliqua-t-elle.

Avec un certain agacement, d'ailleurs. Tout ça ne rimait à rien.

– Comment est-ce possible, si tu es assez fort pour entrer chez quelqu'un en sautant ?

JE NE SAIS PAS... DEPUIS QUE JE SUIS ICI, JE FATIGUE TRÈS VITE. JE NE ME SOUVIENS PAS DE CE QUI EST ARRIVÉ APRÈS LA

Grande Nuit, mais je crois que... ma famille a fait un long voyage.

Blue posa alors la question par laquelle il aurait (peut-être) fallu commencer.

– Ta famille, quelle famille ? Vous êtes qui ? Vous êtes quoi ?

Vous. Je suis Vous.

Blue sentit une irrépressible envie de rire s'emparer d'elle. Et, en même temps, un nœud au fond du ventre, comme si elle se faisait pipi dessus. Pourquoi n'était-elle pas morte de trouille ? Elle avait l'impression de ne pas vraiment vivre cette scène. D'observer tout ça de l'extérieur, comme dans un rêve. Voilà.

Récapitulons. Elle parlait à une ombre qui avait sauté jusqu'à la fenêtre de sa chambre et qui était... Vous. Mais Vous qui ? Ça ne l'avançait pas beaucoup.

Elle approcha de l'armoire et tendit la main pour toucher l'ombre du bout des doigts.

Hé, je suis là.

– Pourquoi tu as la voix de mon père ?

Comment ça ?

Blue déglutit à nouveau.

– Tu as la voix de mon père et... ça me met mal à l'aise.

Oh, désolé...

La voix avait changé. À présent, c'était celle de son cousin Francesco, le fils du frère de son père. Un garçon du même âge qu'elle, qui venait parfois les voir, surtout au moment de Noël.

– La vache, tu fais ça comment ?

Je ne sais pas. Ça te mettait mal à l'aise, non ?

– Alors tu peux prendre toutes les voix que tu veux ?

C'est-à-dire ?

Elle tendit à nouveau la main, puis se rappela ce que lui avait expliqué Francesco (enfin non, puisque ce n'était pas vraiment lui, mais bref).

– Tu es où ? demanda-t-elle.

LÀ. CE N'EST QUE MON OMBRE.

Mais oui, évidemment ! Quelle nouille.

Blue se tourna vers le centre de la pièce, où il n'y avait absolument rien, à part le lit défait. En principe, le corps dont l'ombre se découpait sur l'armoire aurait dû se trouver pile devant elle. Pourtant, on ne le voyait pas.

Elle prit une grande (une très grande) inspiration et tendit la main.

Au bord de son champ de vision, l'ombre s'agita et l'inquiétude qui l'animait resurgit. Et s'il s'agissait d'un piège ? La créature allait peut-être l'attaquer, la mettre en pièces, la tuer, voire pire.

Elle eut à peine le temps de frissonner.

Elle sentit quelque chose.

Une peau. Chaude. La paume d'une main contre la sienne.

Elle était dure, étrangement rugueuse, plus rigide que la peau humaine.

Blue écarta les doigts et ceux du corps invisible se refermèrent délicatement autour des siens. Il n'y en avait que trois, ils se pliaient bizarrement, et, même si on ne les voyait pas, ils étaient bien réels.

Une décharge électrique traversa le corps de Blue. Elle avait à nouveau envie de rire, de pleurer, de faire pipi, tout en même temps. De sautiller sur place aussi, tiens. Mais pourquoi ? Alors là, aucune idée.

– Je peux ? souffla-t-elle.

Elle toucha un poignet. Un avant-bras, étonnamment long et musclé, puis un coude, noueux, et un biceps, large, puissant, rien à voir avec ceux des gens qui soulèvent des poids à la salle de sport, non, c'étaient plutôt les varappeurs chevronnés qui avaient des muscles pareils. À quelques détails près : ce bras-là était particulièrement grand, avec une peau épaisse, et une épaule ronde, très musclée elle aussi, qui se tourna pour que Blue glisse la main derrière, dans le dos, à l'endroit où l'os formait cette drôle de protubérance qu'elle avait remarquée tout à l'heure. Elle la caressa, prudemment. L'omoplate se déployait pour créer une espèce d'aileron. La peau était dure, à la façon d'un ongle ou d'une griffe.

Il est nu, se dit Blue.

Cet être mystérieux (il n'y avait pas d'autre mot pour le décrire) n'avait pas de T-shirt et il ne portait sans doute ni pantalon ni chaussures. Ni slip. Il n'en avait peut-être jamais vu et cette idée la fit rougir violemment.

Blue recula, comme si cette peau l'avait brûlée.

COMMENT TU T'APPELLES ?

– Blue, répondit-elle.

BLUE ?

Elle indiqua son œil d'une main (très légèrement) tremblante.

JE COMPRENDS. CHEZ TON PEUPLE, C'EST VOTRE APPARENCE QUI DÉTERMINE VOTRE NOM ?

– Oh, euh… Normalement, non. Mes parents voulaient m'appeler Giulia, mais le jour de ma naissance mon père m'a prise dans ses bras, il a vu mes yeux bleus et il a pensé : Avec des yeux pareils, il faut l'appeler Blue ! Il est allé à la mairie et on m'a inscrite sous ce nom dans les registres d'état civil.

LA MAIRIE ? L'ÉTAT CIVIL ?

– C'est là qu'on déclare le nom des enfants.

AH. COMME LA GROTTE DES MÈRES. DONC, C'EST TON PÈRE QUI T'A DONNÉ TON NOM.

– Oui. Ensuite, il est retourné à l'hôpital, ma mère lui a dit : « Regarde notre petite Giulia, comme elle est mignonne », et mon père a répondu : « Non, elle s'appelle Blue. » Je ne te raconte pas la réaction de ma mère ! Elle l'a fichu dehors et ne lui a pas adressé la parole pendant trois jours, à ce qu'il paraît.

Blue marqua une pause (elle avait expliqué tout ça d'une traite) et haussa les épaules.

– Mes parents ont toujours eu du mal à s'entendre, ils ont divorcé depuis. Ici, on est chez ma mère.

DIVORCÉ ?

Blue soupira. Pourquoi s'était-elle lancée dans cette histoire ? Mystère. Elle l'avait fait tout naturellement.

– Ils se sont séparés et chacun habite dans son coin, si tu préfères. Je vis un peu chez l'un, un peu chez l'autre. Enfin, peu importe, c'est de l'histoire ancienne. Mais toi... toi et ta famille, je veux dire... vous êtes Vous. Les Vous, c'est le nom de ton peuple, hein ?

OUI.

Elle se mordilla les lèvres. Une question la taraudait, il fallait qu'elle ait une réponse.

– Et... tu as un nom ? Un nom à toi ?

JE M'APPELLE LUKA.

– Oh...

C'était presque décevant, en un sens.

– J'imaginais quelque chose de plus...

Elle allait dire « extraterrestre », mais elle se ravisa.

– Laisse tomber. Ça a un sens particulier ?

Chez les Vous, ce sont les mères qui donnent les noms. Quand un enfant atteint sa treizième année-de-lune…

Blue battit des paupières. Oui, il avait vraiment dit « année-de-lune », tout attaché.

… il entre dans la grotte et la mère des noms pioche deux pierres sacrées dans sa poche. Pour moi, c'était Lu et Ka. Lu, c'est la lune et le rêve. Ka, c'est l'âme et le destin qui l'entoure. Dans ta langue, mon nom signifie Rêve de l'âme. Mais j'ai encore du mal à la maîtriser, elle est difficile.

Blue s'installa sur son fauteuil de bureau et fit signe à Luka (enfin, au vide, surtout) de la rejoindre. Les coussins s'aplatirent sous un poids invisible et l'ombre sur l'armoire se recroquevilla.

– C'est dingue, tu parles ma langue ! s'exclama-t-elle. Comment tu fais ? Tu as une voix bizarre. Du genre…

Ce n'était pas facile à définir. Une sorte de courant d'air semblait prendre la voix de Francesco une fois qu'elle avait pénétré dans son oreille. En gros.

Les Vous ne parlent pas. Les Vous… soufflent… les pensées. Et à ce moment-là, elles entrent dans ta tête. Tu comprends ?

Le cœur de Blue se mit à battre à toute vitesse.

– Tu communiques par télépathie ?

Par quoi ?

Il fallait qu'elle tente une expérience.

Tu m'entends ? pensa-t-elle.

Pas de réponse de Luka. Conclusion : elle devait parler pour qu'il l'entende. Oh, là, là, c'était d'un compliqué. La télépathie aurait expliqué tellement de choses. Mais non.

Soudain, on cogna fort à la porte.

La porte s'ouvrit et Luisa passa la tête dans la pièce. Elle était en culotte et soutien-gorge.

Blue bondit du canapé, le visage en feu.

– Maman, qu'est-ce que tu fais là ? Et en petite tenue ?

– Ben… oui, où est le problème ? Il n'y a que nous deux à la maison et on crève de chaud. Tu es sûre que ça va ? J'ai entendu des bruits…

Tu parles ! Il y avait un garçon dans le plus simple appareil, là, sur le canapé. Et il fallait que sa mère soit à moitié nue, elle aussi !

– Oui oui, j'allais éteindre…

Luisa plissa les yeux.

– Tu ne me cacherais pas quelque chose, j'espère ?

– Moi ? Pas du tout.

– Mon œil !

Blue s'était toujours doutée que sa mère avait des pouvoirs paranormaux, d'accord, mais elle n'avait pas vu Luka, quand même ? Sauf si… Elle jeta un regard furtif. Mais oui, mince, l'ombre sur l'armoire, bien sûr !

– Ton smartphone.

Hein ?

– Donne-le-moi tout de suite ! tonna sa mère, la mine fermée. Je ne veux pas que tu l'utilises après une certaine heure, tu le sais. La lumière de l'écran altère le rythme du sommeil. Tu devrais déjà être au lit, et Tilly aussi…

– C'est vrai, maman, tu as raison. Désolée.

Elle sortit son smartphone de la poche de son short et le lui remit.

On était passé à un cheveu de la catastrophe.

– Et maintenant, extinction des feux, il est tard. Bonne nuit.

– Bonne nuit…

Luisa referma la porte en sortant.

Blue poussa un soupir immense puis se tourna vers le lit.

– Il s'en est fallu de peu, murmura-t-elle.

C'EST TA MÈRE ?

– Oui. Euh… je ne sais pas comment vous faites chez toi, mais, en temps normal, les fois où elle croise mes amis, elle est habillée.

HABILLÉE ?

Hum, c'est bien ce qu'elle pensait…

– Laisse tomber. Elle ne t'a pas vu, c'est l'essentiel.

LES VOUS SONT FORTS POUR PASSER INAPERÇUS.

– Oui, ça, j'avais compris. Enfin bon, tu as entendu, il est tard, je dois éteindre.

BIEN SÛR.

– Comment ça, bien sûr ? Attends…

Blue alluma la petite veilleuse sur sa table de chevet et appuya sur l'interrupteur. La chambre plongea dans l'obscurité et l'ombre de Luka (toujours plaquée sur l'armoire) se fondit avec toutes celles qui envahirent la pièce.

– Bien, récapitula-t-elle. Tu t'appelles Luka, tu fais partie des Vous et tu es ici parce que… justement, tiens, pourquoi tu m'as suivie, tout à l'heure ? Qu'est-ce que… qu'est-ce que tu me veux ?

Un grand silence s'abattit sur la chambre.

Un mélange de tension et de curiosité s'empara de Blue et lui noua l'estomac.

Et puis Luka répondit.

J'AI BESOIN D'AIDE. CELA FAIT DEUX JOURS QUE JE N'AI PAS MANGÉ. JE N'AI NULLE PART OÙ ALLER.

Nouveau silence.

J'AI PERDU MA FAMILLE.

Tilly se fait des films

Une petite brise soufflait dans la pièce ; ce n'était pas le bon air des montagnes, mais celui de la clim. Et si Tilly regardait par la fenêtre, elle ne voyait que le jardin riquiqui de son immeuble, grillé par le soleil, et non le lac.

Elle attrapa son smartphone : rien. Pas un message. Blue ne lui avait pas encore écrit. Et il était dix heures du matin !

(C'était le troisième jour mais, comme les autres, elle était loin de s'en douter.)

Son regard se posa sur son bureau. D'un côté, sa tablette ensevelie sous une pile de livres qu'elle aurait dû lire avant de faire sa rentrée dans son nouveau collège, en septembre. De l'autre, les ingrédients pour fabriquer du slime : colle, colorants, paillettes, mousse à raser, dentifrice, bicarbonate de soude, shampooing parfumé.

Tilly prit le flacon de colle et en versa une dose dans un saladier. De la main gauche, à cause de ce fichu plâtre. Avoir aussi peu de chance, il fallait le faire ! Sa mère et elle avaient emménagé dans la vallée, dans une grande ville où elles ne connaissaient personne, et ce n'était pas une formule. Un matin, elles étaient sorties faire un tour à vélo, histoire d'explorer leur nouveau quartier. Tout à coup, une camionnette avait surgi d'un parking. La trouille qu'elles avaient eue ! Elle avait atterri par terre, *bam*, avec un bras cassé en prime. Du coup, en plus d'être seule comme un rat, elle se retrouvait aussi plâtrée (donc gauchère) et enfermée chez elle (plus ou moins).

Toujours rien sur son smartphone. Blue avait disparu ou quoi ? Son dernier message datait de la veille, à vingt et une heures. Une éternité !

Tilly se concentra sur son slime. Elle versa trois noisettes de shampooing, une bonne dose de mousse à raser, des paillettes dorées et du colorant, ainsi qu'une pincée de bicarbonate. Tout en maintenant le récipient avec son plâtre, elle attrapa une cuillère et commença à mélanger. Voyons ce que ça donnait... Il fallait plus de colle et un chouïa de mousse. Mais la pâte commençait à avoir la bonne consistance.

Elle consulta son smartphone pour la troisième fois : rien de rien.

– Mirtilla !

Vera, sa mère, était déjà habillée pour partir au travail, avec une robe moulante couleur crème et des chaussures noires à talons. C'était une femme magnifique, Tilly le pensait sincèrement. Elle aurait voulu lui ressembler un peu plus. Pourquoi avait-il fallu qu'elle hérite du physique rondouillard de son père ? La vie était injuste.

– Waouh, tu es trop belle, maman ! s'exclama-t-elle en l'observant de la tête aux pieds.

– C'est vrai ? Merci, ma chérie. Je file, j'ai un rendez-vous avant le déjeuner... Ensuite, les réunions vont s'enchaîner, je risque de finir à pas d'heure. De toute façon, Lucrezia arrive dans une demi-heure, OK ?

Lucrezia était, tenez-vous bien, la baby-sitter de Tilly. Elle avait beau avoir treize ans, sa mère avait décidé d'en embaucher une. Non, son quotidien n'était plus comme à Montemorso. En ville, tout était différent, hélas.

– Ne fais pas cette tête, on en a déjà parlé. Avec ton bras... Et puis Lucrezia est très gentille.

Hein ? C'était une étudiante recouverte de boutons et qui puait des pieds ! Tilly se retint de répondre et sa remarque lui resta coincée dans la gorge.

– Mirtilla...

Sa mère était la seule personne au monde qui pouvait l'appeler Mirtilla sans la mettre en colère ou sans la faire mourir de honte. Parce qu'elle y mettait presque de la douceur.

– Tu diras bonjour à Blue de ma part, d'accord ?

Tu parles. Il était dix heures vingt et son amie n'avait pas encore donné signe de vie.

Elles se firent un gros bisou puis la mère de Tilly sortit de l'appartement en refermant derrière elle.

Sous la clim qui continuait de souffler, on était bien, Tilly devait l'admettre, mais une idée lui trottait dans la tête. Pourquoi Blue ne lui écrivait-elle pas ? Elle dormait encore ?

Elle relut leurs messages de la veille.

Tu fais quoi ? Tu m'appelles ?

J'ai vu que tu as lu mon texto. Tu m'appelles ?

(Ça commençait à l'agacer, cette histoire.)

Eh, tu boudes ou quoi ? Qu'est-ce que j'ai fait ?

Désolée, je ne peux pas te parler. Ma mère est là.

OK. Pff.

Et c'est tout.

Son amie avait lu son dernier message, pourtant. Depuis, plus de nouvelles. Ça ne lui ressemblait tellement pas ! Était-ce en lien avec cet accident horrible, avec cette scout plongée dans le coma ? Tilly avait une drôle d'impression.

Quelque chose ne tournait pas rond.

Le front plissé, elle fit défiler leurs précédents échanges. Peut-être qu'elle l'avait blessée, d'une manière ou d'une autre. Ou qu'elle ne savait pas tout. Et si Blue s'était trouvé un petit copain, par exemple ? Abel était fou amoureux d'elle (c'est-à-dire qu'il était prêt à se faire écraser par un troupeau de vaches rien que pour sortir avec elle). Mais la réciproque n'était pas vraie, oh non. Il n'avait aucune chance, le pauvre : il ne serait jamais mieux que le bon copain, pas de danger que ça change.

Sauf que, maintenant, il y avait ce garçon, cet Américain dont Blue lui avait envoyé la photo lorsqu'elle avait tenté d'escalader le Géant, deux jours plus tôt. Tilly afficha l'image en plein écran. Cameron. Cheveux courts très frisés, dos large… Il devait être sportif de haut niveau, on voyait ses muscles sous son T-shirt. Ultracanon.

Blue était peut-être tombée amoureuse de lui. N'empêche : elle aurait pu lui en parler, elles étaient les meilleures amies du monde, quand même ! Tilly et Blue, les deux inséparables.

Les yeux braqués sur la photo un peu floue, elle s'immobilisa.

Quelque chose clochait.

Pas Cameron, non, un truc plus loin. Si elle zoomait sur l'eau, on apercevait…

Un trou.

Elle rapprocha son portable pour mieux voir. Des trous dans l'eau ? Non, impossible. Une vague ou un reflet, alors ? Sans doute. Malheureusement, l'écran était trop petit pour en avoir le cœur net. Tilly poussa ses manuels scolaires et attrapa sa tablette.

C'était un vieux modèle, mais elle verrait nettement mieux.

Tilly ouvrit l'application qui permettait d'importer toutes les photos de son cloud. Celle de l'Américain était déjà téléchargée depuis son téléphone. Elle zooma à fond.

Waouh, c'était quoi, ce truc ?

Sur la berge du lac, au bord de l'image, deux empreintes avaient creusé l'eau. Comme les pattes d'un monstre à trois doigts.

C'est une blague ? L'eau, ça ne se creuse pas, on peut laisser des empreintes dans du slime car c'est solide, oui, mais pas sur un lac.

Tandis qu'elle allait ouvrir à la baby-sitter (qui avait sonné à la porte), Tilly eut une idée.

– Je te laisse, je vais faire mes devoirs ! lança-t-elle.

Elle regagna sa chambre à toutes jambes.

Sur sa tablette, elle ouvrit Instagram. Elle suivait tous ses anciens camarades de classe de Montemorso. Ce fut une avalanche de photos du village (du parking de l'hôpital, surtout). Tout le monde s'était retrouvé là-bas. Normal.

On voyait même Abel et Blue. Tilly sentit son cœur se serrer. Est-ce qu'elle leur manquait encore ?

Elle continua son enquête sans trop savoir ce qu'elle cherchait. Alors elle se contenta de regarder, point. Il y avait des garçons. Des filles. Lea la Chelou, en tenue de scout, son foulard autour du cou. Des parents qui discutaient. À nouveau Blue, en arrière-plan. Elle semblait un peu triste, sur celle-là.

Hé, stop !

Elle agrandit l'image. Près de Blue, on distinguait le panneau publicitaire d'une compagnie de téléphone.

Et l'ombre d'un garçon avec un sac à dos en forme d'aileron de requin.

Le bras était tendu mais la main était bizarre.

Elle n'avait que trois doigts. Trois.

Comme les empreintes sur le lac.

Tilly en eut la chair de poule. Est-ce qu'elle devait être morte d'inquiétude ou excitée comme une puce ? C'était vachement impressionnant, difficile de dire le contraire. Elle reparcourut les autres photos, en faisant attention aux ombres, cette fois.

Peu après, un détail lui sauta aux yeux. Là, sur l'image avec les quatre enfants réunis en cercle, on distinguait quatre ombres, *plus une*. Avec ce sac en forme d'aileron.

Mon Dieu ! Quelque chose ne tournait pas rond à Montemorso.

Le village où elle avait vu le jour et grandi était-il envahi par des monstres ?

Au même moment, son téléphone sonna.

Ah, un message de Blue, enfin !

Coucou, tu fais quoi?

Rien. J'étais sur Instagram. Et toi?

Rien. Je vais bientôt retrouver Abel.

Tilly ressentit une pointe de jalousie. Et écrivit en réponse :

Vous allez réessayer d'escalader le Géant?

Non non. Je voulais seulement faire un tour,
lui raconter les nouvelles.

Tilly se redressa d'un coup.

Les nouvelles? Pourquoi, il s'est passé un truc?

L'écran de son portable afficha l'inscription «Blue est en train d'écrire…», et plus rien. Traduction : elle avait commencé un message et l'avait effacé.

Finalement, elle reçut :

Rien d'important. Je te raconterai ça au calme.

Pleine d'espoir, Tilly pianota sur les touches :

On se fera un appel vidéo?

Plus tard. Promis.

Au bout d'un moment, Blue ajouta :

Je pense fort à toi.

Moi aussi.

C'était vrai.

Mais cette sensation bizarre ne la lâchait pas, Blue lui cachait un truc. Peut-être un truc super grave.

Et elle, pareil. Elle ne lui avait rien dit au sujet de ces empreintes sur le lac et des ombres mystérieuses sur les photos.

Les deux inséparables avaient un secret, chacune de son côté.

Pour la toute première fois.

Blue fait le grand saut

Abel attendait Blue dans le square sur lequel on tombait, presque par hasard, au détour des immeubles à proximité du centre-ville. Il était délimité par une grille basse et peuplé de jeux en bois : un toboggan, deux chevaux sur ressorts, une bascule.

Il était assis sur la balançoire, penché au-dessus de l'écran de son portable sur lequel il pianotait avec ses pouces, complètement absorbé. Lorsqu'elle arriva à vélo, un énorme sac sur le dos, il releva la tête.

– Tu pars pour l'Australie ? demanda-t-il.

– Très drôle. Non. Ce soir, je dors chez mon père, j'ai pris quelques affaires de rechange.

– Quelques affaires ?

Blue haussa les épaules. Luisa lui avait dit la même chose. Juste après, elle avait essayé de la garder à la maison. Mais non, pas question. C'était la semaine qu'elle passait chez son père, et cela faisait déjà deux nuits qu'elle n'avait pas dormi chez lui. Alors bon, d'accord, il y avait une autre raison, mais elle ne pouvait pas l'avouer à sa mère.

En revanche, il fallait qu'elle en parle avec Abel.

Elle descendit de son vélo et posa son sac par terre. Par où commencer ? Elle sentit Luka approcher derrière elle. Il avait mis plus de temps que prévu pour la rejoindre. Effectivement, son nouvel ami s'épuisait assez vite. Il était capable de sauter jusqu'au premier étage d'un immeuble, et au sprint il rivalisait sans problème avec une voiture, mais au bout de quelques mètres de course, il peinait.

– Bon, tu devais me parler d'un truc urgent, il paraît, dit Abel. Ce ne serait pas au sujet d'hier, par hasard ? Vu que tu as quitté l'hôpital sans prévenir…

Blue l'observa en se tordant les mains, sans s'en apercevoir. Elle ne savait vraiment pas quoi faire, quoi dire.

– Oui. Enfin, non. Plus ou moins.

TU DEVRAIS TOUT LUI RACONTER, ET PUIS VOILÀ.

Elle ignora cette espèce de message transmis par télépathie. Elle avait déjà évoqué le sujet avec Luka, tout à l'heure, au petit déjeuner, lorsque la bouteille de lait s'était mise à flotter toute seule dans les airs et qu'un demi-paquet de biscuits avait fini en miettes devant ses yeux.

Elle connaissait Abel. Et si elle souhaitait obtenir son aide, elle avait intérêt à le ménager. Pas de précipitation.

– D'abord, promets-moi que tu n'auras pas peur, lui dit-elle.

TON AMI EST PEUREUX ?

– Et que tu me croiras.

POURQUOI EST-CE QU'IL NE TE CROIRAIT PAS ?

– Bon, ça suffit !

Abel haussa un sourcil.

– Qu'est-ce qui te prend, Blue ?

Elle mit les mains sur ses hanches. Surtout, rester calme.

– J'y arrive. Voilà… Hier après-midi, quand je suis partie, j'ai eu la sensation d'être suivie. C'était le cas, mais j'ai découvert ça plus tard, en arrivant chez moi. Non, en allant me coucher.

Abel la fixait, les yeux écarquillés. Et il était déjà inquiet :

– Suivie ? Par qui ?

– Attends. Le truc, c'est qu'on avait commandé une pizza, ma mère et moi. Bref, quand je suis allée dans ma chambre et que j'ai allumé la lumière, il y avait quelque chose d'étrange. Sur mon armoire.

– Une araignée ?

– Non, une ombre. Une ombre immense, on aurait dit celle d'un garçon, au milieu de la pièce… En revanche, on ne le voyait pas. Et je l'ai touché. Enfin, ne va pas t'imaginer que…

Soudain, deux mains se posèrent fermement sur ses hanches et elle décolla dans les airs. Elle se retrouva projetée vers le ciel, à cinq mètres au-dessus du sol.

Elle poussa un cri strident tandis que les nuages et les branches des arbres tourbillonnaient autour d'elle (c'était fou de voler comme un oiseau). Une dernière pirouette et elle retomba à une vitesse folle.

Oh non, oh non, elle allait finir écrabouillée par terre ! Une chance, les deux mains la rattrapèrent et la reposèrent délicatement sur l'herbe.

Et voilà.

– Eh, tu es dingue ou quoi ?

Blue bombarda de coups de poing le bras invisible de Luka.

– Ça va pas la tête ? Tu ne m'as même pas demandé mon avis ! Tu veux me tuer, c'est ça ? Je ne sais pas comment ça se passe, chez toi, mais ici, on n'attrape pas une fille pour la jeter dans les airs comme un ballon de foot. Si tu recommences…

Au même moment, elle aperçut Abel, blanc comme un linge, la bouche grande ouverte, à deux doigts de la crise cardiaque. Mettons-nous à sa place, sa réaction était assez compréhensible.

– B... Blue...

Il manquait d'air.

– Attends, je vais t'expliquer.

– C... Comment tu... tu as fait pour... pour v... voler ?

C'EST GRÂCE À MOI.

Encore un peu et Abel allait éclater en sanglots, Blue reconnaissait son expression.

– Qui... qui est là ? C'est toi Andreas ?

Andreas était le grand frère d'Abel.

Elle sourit, une immense tendresse pour son ami l'envahit, elle savait ce qu'il ressentait, à un détail près : il n'avait pas fait de baptême de l'air express, lui.

– Non, ce n'est pas Andreas. Il s'appelle Luka... Il ne parle pas comme nous. Je n'ai pas encore compris exactement comment il se débrouille, enfin bref, on dirait qu'il souffle des pensées dans ton cerveau. Un truc du genre. Et ces pensées prennent la voix de quelqu'un que tu connais. Mais il peut en changer comme ça, hop. En gros, la première fois, on aurait dit mon père. Maintenant, il parle plutôt comme mon cousin Francesco.

– Ton... Ton cousin ?

– Oui. En vrai, il s'appelle Luka. Il est à côté de moi, même si tu ne le vois pas. Il est invisible, si tu préfères. En revanche, tu peux l'entendre marcher. C'est lui qui m'a lancée dans les airs. Je n'ai pas brusquement appris à voler, calme-toi.

Abel se releva. Il tremblait.

– Blue... qu'est-ce qui se passe ?

– J'essaie de t'expliquer, n'aie pas peur. Tu me fais confiance ou pas ?

Blue tâcha d'avoir l'air rassurante, ce n'était pas gagné…

– Hier soir, j'ai fait la connaissance de Luka et à présent, il est là. Tu vois cette ombre, par terre ? C'est la sienne. Si tu te concentres, si tu fermes les yeux, tu peux sentir sa présence. Ce n'est pas un fantôme, car il est en chair et en os, enfin, façon de dire. On devine qu'il est là, je n'ai pas d'autre moyen de te l'expliquer. Bref, on est devenus amis et j'avais envie de te le présenter.

SALUT.

– Sa… salut, bafouilla Abel, toujours aussi livide.

Il avait répondu, c'était un bon point.

SI TU TENDS LA MAIN, ON PEUT MÊME CHECKER.

– Tout à l'heure, je lui ai appris, s'esclaffa Blue. Mais je te préviens, il n'a pas cinq doigts comme nous…

Abel tendit la main. Un petit bruit sec retentit et il recula d'un bond, pire que si une vipère l'avait mordu.

– Qui… qu'est-ce que… qui…

– Excuse-le, Luka, soupira-t-elle, il n'est pas comme ça, d'habitude. Ah, là, là, tu aurais dû me laisser faire. Géniale, ton idée de me lancer à cinq mètres du sol. Regarde, il a eu la peur de sa vie.

PARDON. TU AS RAISON. JE NE RECOMMENCERAI PLUS.

– Voilà, ça vaudra mieux. Bon, Abel, pour que tu saches… Luka vient de très loin.

– C'est un… un f… un fantôme ?

Il continuait de trembler et de bégayer, c'était plus fort que lui.

– Aucune idée, admit-elle. Non, je ne crois pas. D'après ce que j'ai compris, il nous ressemble beaucoup, à quelques détails près : il n'a que trois doigts à chaque main, il est plus grand et il a de drôles de bosses sur le dos aussi. On dirait des ailerons.

Abel ouvrit des yeux grands comme des soucoupes.

– Des ailerons ?

– Oui, presque. Et à cet endroit, la peau fait comme la poche des kangourous, mais dans l'autre sens.

ET DANS CETTE POCHE, LES VOUS CACHENT DES OBJETS.

– Tu as vu, c'est dingue ?

Abel secoua la tête. De toute évidence, il ne voyait pas grand-chose, non. Et il avait l'air chamboulé. Devait-il rire ou pleurer ? Faire des bonds partout ou vomir son petit déjeuner ?

– Euh, les Vous, ce sont... les créatures comme lui ? C'est quoi, alors, des aliens ? Des martiens ?

Blue se frotta le menton. Bonne question.

– Des martiens, non, je ne crois pas. Luka nous ressemble, il respire de l'oxygène, il boit de l'eau et il mange les mêmes choses que nous, même si ça ne lui plaît pas beaucoup.

LES BISCUITS, ÇA A UN DRÔLE DE GOÛT.

– Parfois oui, j'avoue ! ricana-t-elle. Une fois, Vera, la mère de mon amie Tilly, était allée au Japon pour le travail. Elle nous avait rapporté des chocolats Hello Kitty. Enfin, on croyait. Ce n'était pas des chocolats mais des gâteaux à la pâte de haricot. Beurk !

– Quel rapport ?

Abel la fixait, perplexe.

– Rien, Luka trouve ce qu'on mange... particulier, voilà.

Mais il peut le manger. Du coup, ce n'est pas un alien, à mon avis. Je veux dire… Sur Mars, il n'y a pas d'air, hein ? Pas d'eau. Et pas de biscuits non plus.

Abel se rassit sur la balançoire. Le siège à côté du sien eut un léger mouvement vers l'arrière et les chaînes grincèrent : Luka s'était assis.

– Résumons, dit-il plus calmement (il était temps). Tu n'es pas un alien et tu n'es pas un fantôme. Alors tu es quoi ? D'où tu viens ?

C'EST… DIFFICILE À EXPLIQUER. MES SOUVENIRS… SONT TRÈS FLOUS. JE ME RAPPELLE LA GRANDE LUMIÈRE ET PUIS LA GRANDE NUIT. MAIS APRÈS… LES VOUS ÉTAIENT DANS L'EAU. AU MILIEU DU LAC.

Abel regardait la balançoire à côté de lui.

– Tu n'étais pas seul, alors ?

J'ÉTAIS AVEC MA FAMILLE. LA GRANDE NUIT A ATTRAPÉ ET DÉVORÉ TOUT LE MONDE. ÇA A ÉTÉ TERRIBLE. ET J'AI EU TRÈS SOIF, ÇA, JE M'EN SOUVIENS. ENSUITE, UN ROCHER S'EST ÉCROULÉ ET LES VOUS ONT FINI DANS L'EAU. NOUS ÉTIONS ÉPUISÉS… MOI, DU MOINS. ÉPUISÉ ET SANS REPÈRES. J'AI ÉTÉ PRIS DANS UN COURANT QUI M'A EMPORTÉ. QUELQUE CHOSE FLOTTAIT AU MILIEU DU LAC ET JE M'Y SUIS AGRIPPÉ…

– Le kayak de Cameron, expliqua Blue. Tu te rappelles les acrobaties qu'il faisait sur l'eau ? C'était Luka, il s'était accroché pour ne pas couler.

ET PUIS… J'AI VU BLUE. ELLE A PLONGÉ ET JE ME SUIS DIT QU'ELLE SOUHAITAIT M'AIDER. JE NE SAVAIS PAS ENCORE QUE VOUS N'ARRIVIEZ PAS À ME VOIR.

– Tu ignorais que tu étais invisible, c'est ça ? demanda Abel.

Luka remua sur la balançoire. Mais Blue et Abel ne virent que le siège osciller dans un sens, puis dans l'autre.

LES VOUS SE RECONNAISSENT SANS AVOIR BESOIN DE SE VOIR... NOUS NOUS SERVONS DE CETTE PRÉSENCE DONT BLUE PARLAIT TOUT À L'HEURE. NE ME DEMANDE PAS COMMENT ÇA FONCTIONNE, LES MÈRES-SCIENCE VOUS EXPLIQUERAIENT ÇA MIEUX QUE MOI. MAIS J'AI COMPRIS QUE VOUS LA RESSENTEZ PARFOIS, BLUE ET TOI, À CONDITION DE FAIRE UN GROS EFFORT. POUR LES VOUS, C'EST NATUREL.

Blue jeta un coup d'œil en direction de son ami : Abel était attentif mais moins tendu. Et, surtout, il ne semblait plus à deux doigts de la crise cardiaque.

– Luka m'a suivie jusqu'à l'hôpital, mais quelque chose l'a effrayé. Il s'est enfui dans la montagne pour s'y réfugier. Et puis...

J'AVAIS FAIM, J'ÉTAIS SEUL. JE NE SAVAIS PAS QUOI FAIRE. ALORS JE SUIS REVENU. JE VOUS AI RECROISÉS ET J'AI TENTÉ DE M'APPROCHER DE BLUE.

– Et nous voilà, conclut-elle.

Abel n'en croyait toujours pas ses oreilles.

– C'est un truc de fou, je... Ça me dépasse.

TU VEUX QUE JE TE LANCE DANS LES AIRS, TOI AUSSI ?

– Dans tes rêves, mon pote.

Il éclata de rire. Et Luka l'imita. Blue vit son ami se pencher sur le côté et donner une tape dans le vide. Brusquement, il se plia comme s'il s'était pris un coup de poing dans l'estomac. Mais sans cesser de rigoler.

Ah, les garçons... Pourquoi essayer de les comprendre ?

– Incroyable, cette histoire. Seulement... on fait quoi, maintenant ?

– Luka a besoin d'un endroit où dormir, expliqua-t-elle. Cette nuit, il était dans ma chambre…

À ces mots, Abel changea de couleur, il semblait décomposé. On aurait dit de la mozzarella périmée.

– Ne fais pas cette tête.

– Tu l'as laissé dormir chez toi ? C'est un garçon, je te signale !

– Tu voulais qu'il aille où ? rétorqua-t-elle avec un haussement d'épaules. Il s'est installé sur le canapé avec des couvertures. Mais c'était provisoire… et c'est là que tu entres en jeu.

– Moi ?

– Le studio, en bas de chez toi. Il y a un clic-clac. Et personne n'y va à part toi, Luka sera à l'abri.

Abel bondit de la balançoire.

– Arrête, si mon père…

– Ton père n'en saura rien. Luka est in-vi-si-ble. Si jamais quelqu'un descend, il se cachera. Enfin, il restera discret. C'est sans danger, Abel, je t'assure !

NE VOUS DÉRANGEZ PAS POUR MOI. JE PEUX ME TROUVER UN ABRI. PUISQUE VOUS N'ARRIVEZ PAS À ME VOIR, J'AURAI MOINS DE MAL À ME CACHER…

– Non non, intervint-elle. Je préfère encore que tu dormes dans ma chambre.

Abel fit un pas en avant.

– C'est bon, Luka dormira chez moi.

C'EST VRAI ?

– Oui, acquiesça-t-il. Personne ne descend au studio à part moi et mon frère Andreas, mais il est en Allemagne, pour ses études. Il est censé rentrer à la maison vers la fin du mois d'août. On aura trouvé une solution avant.

(Et puis comme ça, son amie ne risquait pas d'héberger un garçon dans sa chambre, surtout.)

Blue glissa les mains dans ses poches, tout sourire. Le plan avait fonctionné.

– Parfait. On y va ?

Le Vieux passe un marché

Il ouvrit les yeux et, l'espace d'un instant, il se demanda qui il était (le Vieux) et où il était (chez lui).

Pas dans l'appartement de Montemorso où il avait vu le jour et vécu de trop nombreuses années. Non. Là où il était vraiment chez lui. Dans la maison perchée en haut du barrage.

Il n'était pas fâché d'être de retour au bercail.

La bouche sèche et encore empâtée par l'alcool, écrasé par la fatigue, il se rendit compte qu'il avait du mal à se lever de son lit. Alors il resta immobile, les yeux levés vers le plafond.

Parfait. Profitons de cette petite pause pour découvrir comment il était arrivé ici et pourquoi.

Tout avait commencé la veille, dans l'après-midi.

Après avoir fait ses emplettes, il avait chargé le tout dans son vieux 4x4 et dîné dans une auberge juste à la sortie du village, un endroit paumé et pas terrible. La preuve : il n'y avait jamais personne ou presque. Il avait pris de la polenta aux champignons et un litre de vin. Il avait fini son assiette en regardant droit devant lui, sans un mot.

Il avait regagné sa voiture (oui, conduire après avoir bu comme un trou était puni par la loi, mais à cette heure le brigadier Di Paolo était déjà rentré chez lui).

À son arrivée à la centrale électrique, il avait remarqué que le cadenas avait été retiré du portail, signe que l'ingénieure américaine travaillait encore. Le Vieux avait alors décidé de laisser son véhicule sur le bas-côté, inutile que les caméras de surveillance le filment !

Dans le coffre, il avait récupéré le paquet d'ailes de poulet et son fusil de chasse, puis s'était dirigé vers la centrale en veillant à rester loin de la route, dans l'obscurité. Ces saloperies de monstres invisibles étaient bien là, dans l'ancien bâtiment du personnel, tous silencieux et allongés par terre comme des chiens. S'il le savait, c'était grâce à la chaîne qui gisait par terre.

Les Vous ont faim.

C'est ce qu'ils avaient dit. Et, effectivement, ils n'avaient rien dans l'estomac depuis un bout de temps. Le Vieux avait lancé les ailes de poulet par terre et avait regardé ces horreurs les déchiqueter, avec les os et le reste. Tout avait disparu, oui, vraiment disparu.

Lui avait fumé une énième cigarette. Et réfléchi, réfléchi, tant et si bien qu'il avait failli s'endormir. Heureusement, il avait entendu la voiture. Juste à temps.

Une Mercedes s'était garée et un homme de couleur était entré dans la centrale tandis que son fils restait dans le véhicule.

Le gamin, un débile avec un casque plus gros que sa tête, avait alors eu la brillante idée de descendre pour se promener.

Le Vieux avait été obligé de se cacher, il avait entendu des bruits, comme une vitre que l'on brise, et pendant une seconde il s'était dit que tout allait foirer.

Erreur.

Le gosse avait regagné la Mercedes, et quand ses parents

étaient montés à bord à leur tour ils étaient repartis sans demander leur reste.

Le petit Noir n'avait sûrement rien vu. Est-ce qu'il avait découvert le pot aux roses ? Sans doute pas ! Mais lorsque le Vieux était revenu vérifier, une mauvaise surprise l'attendait : ces rats avaient essayé de se libérer, en utilisant la chaîne comme un fouet pour casser une vitre.

Il avait ramené le calme en faisant parler la poudre : une de ces saloperies avait dû se prendre une balle car les cris avaient muselé les autres et le sol s'était couvert de sang. Ces horreurs étaient invisibles, mais pas leur sang.

Il avait recommencé en tirant en l'air, cette fois, et tout était rentré dans l'ordre. Ces vermines avaient trouvé un bout de tissu et pansé leur copain blessé. Elles étaient intelligentes, il fallait bien le reconnaître, et avoir avalé un morceau leur avait redonné des forces. Il avait intérêt à les attacher et à les déplacer dans un endroit plus sécurisé.

Il y avait réfléchi un long moment. Où les emmener ? Au-dessus du barrage ? C'était l'endroit parfait. Là-haut, dans la montagne, ces saloperies et lui seraient coupés du monde. Restait à bien planifier le transfert.

Pour commencer, le Vieux avait attrapé l'un de ces monstres et l'avait frappé avec la crosse de son fusil jusqu'à ce qu'il se couche par terre. L'autre ne s'était pas défendu, il était resté là, perdu et effrayé (c'était une astuce de dompteur de fauves : ne jamais lâcher les rênes, ne jamais faire de sentiment).

– Vous avez compris ? Je suis capable de tout, rien ne m'arrête, croyez-moi sur parole. Le premier qui essaie de faire le malin, je le descends.

Pas de réponse, ils lui obéissaient déjà. De vrais esclaves. Mais attention : étant plus nombreux, les esclaves sont plus forts que leurs maîtres, sauf qu'ils ne s'en rendent pas (encore) compte. Alors il les avait séparés en trois groupes.

Il avait trouvé un carton rempli de gants de travail et obligé ceux du premier groupe à les enfiler, histoire qu'il puisse les voir. Puis, sans retirer leurs chaînes, il les avait poussés jusqu'au hangar au pied du barrage et, de là, sur le monte-charge. Néanmoins, il ne se voyait pas rester enfermé dans la cage d'ascenseur avec les monstres. Il était donc monté sur le chariot élévateur.

Ces saloperies avaient hurlé de terreur. Et ça se comprenait : avec ses deux fourches sur le devant, l'engin pouvait servir d'arme. Entre ça et son fusil, il était tranquille.

Une fois au sommet du barrage, le Vieux s'était mis en quête de l'endroit idéal pour les cacher. Les puits et les galeries creusés dans la montagne ? Mauvaise idée : c'était un labyrinthe avec trop d'issues.

La cabane à outils près de la maison du gardien, sinon ? Elle venait d'être retapée, et avec ses solides poutrelles en acier au plafond il aurait de quoi attacher les chaînes. Autre avantage : ses prisonniers ne quitteraient pas son champ de vision. Adjugé.

Mais il y avait un problème. Comment les transporter là-bas sans éveiller les soupçons de son collègue qui venait de prendre son service ? Une chance, le local de l'ascenseur n'avait pas été verrouillé de l'extérieur et la maison était plongée dans le noir, signe que Trevisan dormait déjà.

C'est là que le Vieux avait décidé de prendre un risque.

Il avait poussé le premier groupe jusqu'à la cabane, puis était redescendu s'occuper des deux autres groupes. Au total, l'opération avait duré près de quatre heures. Quatre heures bien utilisées : tout s'était passé sans accroc.

Après quoi, le Vieux était entré dans la maison et avait laissé un message pour son collègue. Il était dans la mouise, on lui avait coupé l'eau, la lumière et le gaz parce qu'il n'avait pas payé ses factures. Et, comme il ne savait pas où aller, il s'était réfugié là pour la nuit.

Il était monté dans sa chambre (sans bruit, car son collègue dormait aussi à l'étage, de l'autre côté du couloir). Puis, histoire de se calmer les nerfs, il avait bu un petit coup, un autre, et encore un autre.

Finalement, il s'était jeté sur le lit.

Voilà comment s'était terminée cette nuit infernale. Et maintenant que le jour s'était levé, il était temps de passer à l'étape suivante de son plan. Il s'agissait d'être convaincant.

Puisqu'il s'était endormi sur les couvertures, tout habillé, le Vieux n'eut qu'à enfiler ses grosses chaussures et descendre.

Le mot avait disparu de la table de la cuisine et la porte du séjour était ouverte. Trevisan était déjà sorti faire son tour. Il se posta à la fenêtre pour s'assurer que cet idiot ne fouinait pas du côté de la cabane. Non, aucune inquiétude : son collègue inspectait le barrage de long en large. Tandis que la cafetière chauffait, il se repassa mentalement son petit discours.

Une voix résonna dans son dos.

– Salut, Novak ! Ouh là, tu as une sale gueule, pardon de te le dire.

Trevisan était un homme d'environ quarante-cinq ans, plus gros que costaud, aux joues couperosées. Le Vieux s'efforça de sourire. Ce mec était vraiment un abruti de première, mais cette fois il devait en faire abstraction, pas question de se le mettre à dos.

– Bien dormi ? demanda Trevisan. Quand j'ai vu ton message ce matin, je t'avoue que ça m'a surpris, je ne t'avais même pas entendu entrer ! Enfin bref, désolé pour ton histoire de factures… Bah, ne t'inquiète pas, aujourd'hui, il suffit d'un coup de fil et en quelques heures on te rebranche tout…

Le Vieux fit une grimace.

– Pff, j'en sais rien, c'est un vrai sac de nœuds… Toute une histoire de copropriété, de famille et d'avocats.

Trevisan attrapa l'une des deux tasses dans lesquelles le Vieux venait de verser le café bouillant.

– Tiens, j'ignorais que tu avais de la famille.

– Si, et ce n'est pas un cadeau. Tel que c'est parti, mon appart sera inhabitable pendant deux semaines.

– Tu parles d'une tuile…

Le Vieux prit une grande inspiration. C'était l'heure de vérité.

– Justement, j'ai eu une petite idée cette nuit. Et si… Et si on échangeait nos tours de garde, toi et moi ?

Son collègue reposa sa tasse.

– Échanger ? Comment ça ?

– Je n'ai qu'à rester ici et finir ton service. Ça te permettrait de rester auprès de ta femme et de tes gosses.

– Ah, je comprends mieux… Ça tombe mal, mes congés sont déjà posés. Dans quinze jours, je ne pourrai pas prendre le relais.

– Non non, le coupa le Vieux. Je prends ce tour et le suivant dans la foulée. Je saute mes deux semaines de coupure, en gros.

– Hein ? Avec celui que tu viens de terminer, ça te ferait trois tours de garde d'affilée. Quarante-cinq jours d'isolement dans la montagne !

– Aucun problème. Tu sais que j'aime ça.

L'autre crétin des Alpes n'était pas convaincu.

– Écoute, Agenore, je comprends la situation, mais à mon avis, ce n'est pas très légal. Si les types de la boîte nous chopent…

Il fallait s'y attendre. Quelle chiffe molle, celui-là ! Bon, du calme.

– Allez… Personne ne vient jamais contrôler.

Son collègue reprit sa tasse, qu'il vida d'un coup, l'air hésitant.

– Bon, je ne te cache pas que ça me tenterait. Hier, la petite a été bouleversée par l'accident…

– Quel accident ?

– Une gamine a glissé dans le pierrier du Gorelli, elle est dans le coma.

Mais oui, c'est vrai ! On lui en avait parlé la veille, au bar du village.

– Sara est très sensible, poursuivait Trevisan. Elle a passé la journée d'hier à pleurer, Teresa aimerait lui faire changer d'air un jour ou deux.

Ha ha, la voilà, l'occasion qu'il attendait, il fallait sauter dessus !

– Tu vois ? Pars quelques jours en famille, allez, je m'occuperai de tout et personne ne se rendra compte de rien. Je signerai les registres à ta place. On va te payer deux semaines de boulot alors que tu es en vacances. Et tu me rendrais un vrai service. Un immense service. Qu'est-ce que tu en penses ?

Trevisan hésitait. Il regardait autour de lui sans répondre, mais on sentait que l'idée le tentait. Forcément ! Quinze jours payés à se la couler douce, qui refuserait ça ?

– Et puis ne t'inquiète pas, continua-t-il. S'il y a un souci, n'importe quoi, j'expliquerai que c'était ma faute, que je t'ai forcé, j'endosserai tout. Ça marche ?

Son collègue plissa à peine les lèvres.

– D'accord.

Pour un peu, le Vieux aurait pris ce crétin gras du bide dans ses bras.

Tandis que son binôme faisait ses valises, il redescendit pour sortir ses courses de son 4x4. En réalité, il espérait que le garde-manger soit déjà rempli jusqu'à ras bord. Ce qui n'était pas impossible, vu que Trevisan adorait bouffer.

Les monstres de la cabane avaient de l'appétit, c'était le moins qu'on puisse dire.

Et il ne retournerait pas au supermarché avant un bail, un sacré bail.

Blue voit une ombre

– Tu sais quel est le comble pour un pâtissier italien ? Avoir une femme génoise !

Je n'ai pas compris...

– Attends, je t'explique. Les Génois, ce sont les habitants d'une grande ville d'Italie. Mais la génoise, c'est aussi...

Je ne comprends toujours pas.

– Laisse-le tranquille, Abel, c'est bon !

Ils marchaient en poussant leurs vélos, Blue devant, puis Abel, et l'ombre de Luka qui se confondait avec les leurs.

Blue sortit son smartphone.

– Tu fais quoi ?

– J'appelle Tilly, je n'ai pas eu de ses nouvelles depuis ce matin... Enfin, je lui ai envoyé un message, mais c'est tout. J'aimerais savoir comment elle va et lui parler.

– Lui parler de quoi ?

– De Luka, par exemple.

Abel soupira :

– Tu plaisantes ?

– Où est le problème ? Tilly gardera le secret pour elle.

L'idée de cacher la vérité à son amie ne lui avait pas effleuré l'esprit une seconde.

UN SECRET ? JE SUIS UN SECRET, MOI, POURQUOI ?

Abel et Blue sourirent en même temps.

– Quelque part, oui, mais n'aie pas peur.

– Si d'autres personnes découvraient ton existence, en même pas cinq minutes le village serait rempli de policiers, ajouta-t-elle.

– Et de journalistes.

– De YouTubeurs.

– De chaînes de télé, aussi. Des scientifiques t'attraperaient et te découperaient en rondelles pour voir ce que tu as dans le ventre.

– Et puis il y aurait les militaires. Tu deviendrais leur super-agent-soldat-invisible surpuissant !

Elle hocha la tête.

– Exact. Et tu finirais en prison.

– Ou sur un champ de bataille, quelque part dans le monde.

JE NE COMPRENDS RIEN À CE QUE VOUS DITES.

– Peu importe, dit Abel. Et Blue, oublie Tilly. Pour le moment, au moins.

Il avait raison, mais ça l'ennuyait. À la vérité, Tilly lui manquait. Si Luka était apparu à Montemorso au printemps, elle aurait été avec eux et ils auraient fait sa connaissance tous ensemble.

Elle décida de lui envoyer un message quand même :

Désolée, je n'ai pas eu le temps de t'appeler.

Journée pourrie. Tu me pardonnes ?

Pas de réponse. Ça, c'était bizarre. Tilly était pratiquement en couple avec son téléphone. Blue se promit de l'appeler plus tard pour lui parler. De tout, sauf de Luka.

Ils arrivèrent près de la rivière. De l'autre côté, on entrait dans le quartier le plus ancien de Montemorso, « le vrai », comme disaient les gens du coin, avec ses rues étroites et tortueuses, ses maisons en brique grise et en bois.

Ils empruntèrent une passerelle réservée aux piétons.

– Aïe !

Abel s'était immobilisé et se frottait le nez.

– Hé, mec, si tu t'arrêtes, préviens-moi, je ne te vois pas !

DÉSOLÉ.

Blue s'arrêta à son tour.

– Tu regardes l'eau ?

L'ombre de Luka flottait sous ses pieds.

IL Y A AUSSI UNE RIVIÈRE LÀ D'OÙ JE VIENS. ENFIN, JE CROIS.

– Justement, puisque tu en parles… Tu viens d'où déjà ?

Abel venait de poser sa question quand Blue lui décocha un regard noir. Alors plus doucement, il dit :

– Tu es triste d'être loin de chez toi ?

TRÈS.

– Et… c'est comment, chez toi ? Ça ressemble à quoi ?

JE… JE NE ME SOUVIENS PAS. C'EST COMME SI LA GRANDE NUIT AVAIT EFFACÉ DES TAS DE CHOSES DE MA MÉMOIRE. MAIS LES VOUS VIVENT PRÈS D'UNE RIVIÈRE. UN PEU COMME CELLE-CI, EN PLUS GRANDE. IL Y A BEAUCOUP PLUS D'ARBRES. ET ILS SONT PLUS HAUTS. LE CIEL EST COMME ICI. BLEU. ET LE SOLEIL PAREIL QU'ICI. LA NUIT, C'EST DIFFÉRENT. LA LUNE EST PLUS GROSSE. LES ÉTOILES SONT TOUTES DIFFÉRENTES.

– Tu habites dans une ville ?

C'est quoi, une ville ?

– Un endroit avec des maisons et des gens, comme ici, expliqua Abel.

Les Vous n'ont pas de ville. Les Vous ne possèdent rien à part ce qu'ils arrivent à glisser dans leurs poches. Ils habitent entre la rivière et les forêts. Cueillent des fruits. Pêchent. Chassent. Oui, oui. Je me souviens de la chasse.

– Vous chassez quoi ?

Ce qui se présente. Surtout des animaux à plumes.

– Des oiseaux, tu veux dire.

Ils arrivèrent à un croisement. À gauche s'ouvrait la longue allée bordée d'arbres qui conduisait jusqu'à la gare désaffectée et au collège. Ils passèrent devant le magasin d'article de chasse et de pêche de M. Peter. Le rideau de fer était baissé et quelqu'un avait scotché une feuille avec l'inscription : FERMÉ POUR CAUSE DE DÉCÈS. Est-ce qu'il rouvrirait un jour ?

Ils tournèrent à droite.

– Ça, c'est le garage de mon père, dit Blue.

La personne qui t'a donné ton nom.

Elle acquiesça.

– Qu'est-ce que c'est que cette histoire ? demanda aussitôt Abel d'un air renfrogné. Il est au courant de ce genre de trucs et pas moi, pourquoi ?

Elle leva les yeux au ciel.

– Oh, s'il te plaît, Abel, c'est pour rire.

Les noms, c'est sacré. Ce n'est pas pour rire.

– Génial, merci de cette précision, Luka. Je te raconterai plus tard, Abel. En attendant, ne bougez pas, je reviens.

Blue monta sur son vélo et parcourut les derniers mètres en deux coups de pédale.

Le garage était constitué de deux hangars collés l'un à l'autre, avec un store levé et une enseigne branlante qui disait : GARAGE AUTOMOBILE. Un écriteau accroché de guingois ajoutait : PIÈCES TOUTES MARQUES – RÉVISIONS – MONTAGE PNEUS – STOCKAGE PNEUS NEIGE – RECHARGE CLIMATISATION – PAIEMENT EN ESPÈCES UNIQUEMENT – LA MAISON NE FAIT PAS CRÉDIT.

Le pont élévateur supportait une Ford Fiesta grise à laquelle il manquait trois pneus. Un vieux monsieur observait Tom qui démontait le dernier, armé d'une visseuse.

– Coucou ! lui lança Blue.

Tom bougonna quelque chose, puis s'aperçut que c'était sa fille et sourit.

– Tiens, tu es là, grenouillette. Qu'est-ce que tu fais avec tout cet attirail ?

Blue retira son sac à dos.

– C'est pour que tu les gardes, je dors chez toi ce soir, d'accord ?

Il haussa les épaules.

– C'est toi qui choisis.

Il n'empêche : on voyait que ça lui faisait plaisir. Ces deux-là avaient toujours eu une relation à part, une de ces relations qui ne s'expliquent pas. En tout cas, Blue ne se l'expliquait pas. C'était comme un parfum qui flottait dans l'air et qui embaumait tout.

– On pourrait commander une pizza, proposa-t-elle.

– Oublie ça. Ta mère m'a envoyé un message, vous en avez mangé une hier. Ce soir, menu spécial abats.

– Oh non !

– Oh si. Boyaux d'ours, foie de taureau, tripes de lézard…

Le monsieur juste à côté écarquilla les yeux.

– Ne vous inquiétez pas, Gianni, on plaisante, ajouta Tom en attrapant le dernier pneu à démonter.

Blue ricana. Cette blague n'était plus de son âge, mais elle lui arrachait encore un sourire. Encore une chose qu'elle partageait avec son père et qu'elle n'arrivait pas à expliquer.

– À tout à l'heure, papa.

– Attends, tu vas où ? Ta mère a insisté pour que tu restes à la maison, avec quelqu'un pour te surveiller…

– Je suis avec Abel, on va dans le studio, chez lui.

– Je voulais dire un adulte. Et l'autre fois, tu avais prétendu…

– Cette fois, c'est vrai. Juré. À plus !

Tom se pencha pour regarder, vit Abel sur son vélo et lui fit signe. Sans remarquer l'ombre de Luka, une chance.

Ils s'éloignèrent sans traîner et atteignirent la place. Ils tournèrent dans la rue qui menait à la maison d'Abel, une vieille bâtisse humide qui devait dater du Moyen Âge, enfin, d'après eux (en réalité, l'arrière-grand-père d'Abel l'avait construite juste après la Seconde Guerre mondiale, mais ça faisait longtemps quand même).

– Il n'y a personne, dit-il. Mes parents sont au travail. Venez.

La grande porte s'ouvrait sur un petit vestibule sans lumière. Un escalier en bois conduisait aux étages supérieurs tandis qu'un couloir aussi bas de plafond qu'étroit disparaissait à l'arrière du bâtiment. Abel s'y engagea et ils débouchèrent dans le studio.

Il n'y avait pas de vraies fenêtres, hormis une ouverture plus longue que large qui donnait au ras de la chaussée vu que la maison avait été construite en pente. Et on n'avait pas trouvé d'autre moyen pour rendre cette pièce plus lumineuse.

– Pouah, ça sent le renfermé, dit Blue avec une grimace, j'aère une seconde. Voilà, il y a tout ce qu'il te faut ici, Luka, tu vas voir, c'est comme un appartement. Ce canapé peut se transformer en lit... Il y a une grande table, ah, et voilà le petit four et le congélateur avec plein de trucs dedans.

– Hum, évite de t'en servir, intervint Abel. Si tu allumes le four, en haut, les plombs vont sauter et mes parents viendront voir ce qui se passe. Je t'apporterai à manger moi-même. Enfin, Blue a raison, il y a tout, même une salle d'eau de ce côté, sauf que tu ne pourras pas tirer la chasse... Ça aussi, on l'entend, d'en haut. Mais tu peux te servir du robinet.

Abel s'interrompit.

– Je ne sais pas si les Vous se servent de l'eau comme nous.

SI, MERCI.

– Alors parfait.

Blue se jeta sur le canapé. Toutes ces soirées qu'ils avaient passées ici, Abel, Tilly et elle ! À boire du chocolat chaud, à discuter. À jouer avec leurs cartes Pokémon.

Penser à Tilly la poussa (presque mécaniquement) à sortir son smartphone. Son amie ne lui avait toujours pas écrit, rien.

Elle envoya un autre message.

On est dans le studio, chez Abel.

Et puis :

Sans toi, ce n'est pas pareil.

Pas de réponse.

L'ombre de Luka glissait sur les meubles. Une porte s'ouvrit et se referma, un verre se leva et se reposa. Aussitôt après, une figurine en plastique posée sur une étagère prit son envol et se dirigea droit vers elle.

C'EST QUOI, ÇA ?

– Un vélociraptor.

IL Y EN A BEAUCOUP, DANS LE COIN ?

Abel éclata de rire :

– Des dinosaures ? Oh non, ne t'inquiète pas. Ils se sont éteints il y a des millions d'années. Tu ne connais pas l'histoire de cette météorite qui a percuté la Terre et qui les a tous anéantis du jour au lendemain ? Mouais, laisse tomber, déjà que tu ne comprends pas les blagues, alors ça... Bref, au pire, tu peux croiser des lézards ou des vipères dans la montagne. Et puis des grenouilles, peut-être une couleuvre...

Blue attrapa un coussin et le lança en direction d'Abel.

– En fait, les dinosaures étaient les ancêtres des oiseaux, mais oublie cette figurine, les vélociraptors étaient petits, ils ressemblaient à des poules avec des dents.

– Comment tu sais ça ?

Blue haussa les épaules.

– Tu n'es pas le seul à t'intéresser aux dinosaures.

Puis elle se tourna vers Luka.

– Ça t'évoque un souvenir ?

JE NE SAIS PAS... MAIS J'AI FAIM, TOUT D'UN COUP.

– Abel, apporte-lui à manger.

– Hé, tu n'as pas l'impression d'exagérer ? Depuis quand

tu me donnes des ordres, tu te prends pour une princesse ou quoi ?

– Je ne te donne pas d'ordre, je t'aide à recevoir dignement ton invité. Prends du jus de fruits… et du pain avec de la confiture. Ah, et n'oublie pas le beurre !

Abel la foudroya du regard.

– Tu sais bien que je n'en mange jamais, j'ai une intolérance au lactose !

– Et alors ? *Toi*, tu n'en manges pas. Mais Luka et moi, si.

Abel disparut dans le couloir en traînant les pieds. Il redescendit quelques minutes plus tard avec un plateau joliment garni. Blue et lui regardèrent la tartine de pain beurré s'élever dans les airs. Elle bougea légèrement et une demi-lune se volatilisa comme par magie. Luka venait de mordre dedans.

– Oh, là, là, dit Abel en s'appuyant sur la table. Tu sais que c'est vraiment flippant ? C'est comme dans ces vidéos de fantômes, où on voit plein d'objets voler dans tous les sens. Bon, en vrai, c'est parce qu'ils sont accrochés à des fils, mais…

DES VIDÉOS, C'EST QUOI ?

– Peu importe, répondit-il. Par contre, cette technique des Vous pour se reconnaître, même s'ils ne se voient pas…

LA PRÉSENCE.

– Voilà. Ça vous sert à quoi d'être invisibles si vous savez où vous êtes, c'est une espèce de système de défense ? Là d'où vous venez, c'est dangereux ?

LES VOUS SONT DES CHASSEURS. LES PROIES NE DOIVENT PAS NOUS VOIR. LES PRÉDATEURS NON PLUS.

– Tu veux dire qu'il y a des animaux qui mangent les Vous ?

OUI.

– Et c'est quoi, comme bêtes ? Ça ressemble à quoi ?

Elles sont grosses. Mais d'habitude, les Vous arrivent à leur échapper. La peau des Vous reflète la lumière… Je ne sais pas comment ça marche. Il faudrait que vous posiez la question aux mères-science.

– Attends… vous n'avez pas de villes, mais vous avez des scientifiques ?

Bien sûr.

– Et vous êtes invisibles, mais on voit votre ombre.

Notre peau reflète la lumière, mais les Vous existent. Donc ils ont une ombre.

– Et ça marche comment ?

Abel avait des étoiles dans les yeux.

– Mettons que tu attrapes un objet, un bout de pain, par exemple. Il ne disparaît pas. Alors que si tu le manges, oui.

C'est parce que je mange la bouche fermée.

– Pareil pour tes vêtements, on ne les voit pas. Ils sont d'une matière spéciale ?

Blue en profita pour préciser :

– Euh… Je crois que Luka est tout nu.

– Ah. Oh.

Je viens de comprendre ce que c'était, les vêtements. Les Vous n'en portent pas.

– Donc, si tu touches quelque chose, ça ne devient pas invisible. Mais si tu l'avales, si. Et si tu fais pipi ? Ça redevient visible quand ça sort de ton zizi… comme un jet d'eau qui sort de nulle part ?

Blue sentit son visage s'empourprer.

– Abel, ça suffit !

C'est bon, c'est bon, pas de problème, moi aussi je suis…

CURIEUX. TU AS DEVINÉ. MA PEAU REFLÈTE LA LUMIÈRE, MAIS SI JE ME BLESSE, ON VOIT MON SANG. SI JE FAIS PIPI, ÇA SE VOIT. SI JE MANGE LA BOUCHE FERMÉE, LA NOURRITURE DISPARAÎT. SI… ATTENDEZ.

Le couteau à pain se leva et voltigea dans l'air.

– Tu fais quoi ?

La lame commença à couper… le vide, lentement. Et puis il y eut un bruit sec.

Quelque chose tomba sur la table.

Blue et Abel se penchèrent pour regarder. C'était un ongle. Un peu plus épais que la normale et bleuâtre, presque noir. Incroyable.

QUAND UN MORCEAU DE NOTRE CORPS SE DÉTACHE, ON PEUT LE VOIR.

– C'est pareil si je t'arrache un cheveu ?

LES VOUS N'ONT PAS DE CHEVEUX.

Abel émit un sifflement mais Blue resta muette. Toute cette conversation la troublait. C'était comme si elle regardait son univers, tout ce qu'elle connaissait, s'effriter, lentement mais sûrement.

Luka n'était pas humain. Cet ongle sur la table le montrait. C'était quoi, alors ? Un animal ? Un alien ? Sacrée question.

La chaise bougea toute seule.

Abel fit la grimace.

– Écoute, ne le prends pas mal, mais c'est horrible de ne jamais savoir où tu es. Ça me fait flipper. Tu comprends ?

NON.

Il ouvrit aussitôt un tiroir et en sortit un bonnet en laine, rouge, avec un pompon couleur crème.

– Tiens, regarde, ça se met sur la tête. Blue et moi, on saura où tu es, au moins.

C'EST OBLIGÉ ? LES VOUS N'AIMENT PAS MONTRER OÙ ILS SONT.

– S'il te plaît.

Abel lança le bonnet qui s'immobilisa en suspens dans l'air. Puis il s'ouvrit et se posa sur une tête… qu'on ne voyait pas.

– La vache ! Tu es super grand.

NON, PAS TELLEMENT. J'AI REÇU MON NOM IL Y A PEU DE TEMPS.

– Ça veut dire quoi ?

– Qu'il a à peu près le même âge que nous, précisa Blue.

Cette sensation de malaise ne l'avait pas encore lâchée.

MERCI. DE M'AVOIR OFFERT TOUT ÇA. DE M'AVOIR ACCUEILLI.

– Pas de problème.

SI, JUSTEMENT, C'EST UN PROBLÈME, UN VRAI PROBLÈME. JE SUIS UN SECRET, VOUS L'AVEZ DIT TOUT À L'HEURE. MAIS JE NE RESTERAI PAS LONGTEMPS, PROMIS. UN JOUR OU DEUX, PAS DAVANTAGE. IL FAUT QUE JE REPARTE.

Cette phrase tira Blue de sa torpeur et elle se redressa sur le canapé.

– Que tu repartes ? Pour aller où ?

J'AI PERDU MA FAMILLE. À MON ARRIVÉE ICI. APRÈS LA GRANDE NUIT, IL S'EST PASSÉ QUELQUE CHOSE, JE ME SOUVIENS QU'UN ROCHER M'A TOUCHÉ À LA JAMBE. ET PUIS NOUS AVONS ATTERRI DANS L'EAU, TOUS. NOUS AVONS NAGÉ. MA JAMBE ME FAISAIT MAL, JE LES AI PERDUS. J'ÉTAIS ÉPUISÉ, LES AUTRES AUSSI. LE COURANT LES A EMPORTÉS, J'AI ÉCHOUÉ AILLEURS.

– Vous êtes combien ?

Dans ma famille, cinquante-six. Mais beaucoup sont morts avec la Grande Lumière. Il en reste trente et un.

Abel écarquilla les yeux.

– Ça en fait du monde… Tu ne sais vraiment pas où ils ont atterri ?

Non. Quand j'ai quitté cet endroit rempli de maisons…

– Le village.

Je suis allé les chercher dans la montagne. Je ne les ai pas trouvés. J'ai même essayé de faire le tour du lac, mais…

– Le barrage, fit observer Blue. On ne peut pas faire le tour complet depuis qu'il y a le barrage.

– C'est une sacrée balade ! s'exclama Abel. Le problème, c'est que trois jours se sont écoulés depuis, les traces auront disparu…

– Ils veulent quand même qu'on les retrouve, non ? dit-elle.

Elle repensait aux chiffres qu'avait donnés Luka : trente et un sur cinquante-six. Pas exactement la moitié, mais presque. Vingt-cinq d'entre eux ne s'en étaient pas sortis.

– Justement. Ça risque de poser problème. Et si quelqu'un les remarquait ?

– À mon avis, ils se sont perdus dans la montagne. Ils ne connaissent pas bien les lieux. Nous, si. On pourrait les aider.

C'est vrai ?

– Bien sûr.

Les trois ados se regardèrent. Ou plus exactement, deux ados se regardèrent et un bonnet surmonté d'un pompon s'agita dans le vide.

– Bon, dit Abel en se levant de table. Concrètement, on fait quoi ?

Blue leva la tête pour répondre et s'arrêta net. Là, de l'autre côté du carreau rectangulaire ! Une paire d'yeux la fixait depuis la rue.

Elle voulut réagir. Trop tard.

L'intrus se pencha vers l'avant, perdit l'équilibre et passa par la petite ouverture avant d'atterrir avec un bruit sourd sur le sol du studio.

Cameron tombe de haut

Revenons en arrière une nouvelle fois, de quelques heures seulement. Le troisième jour, Cameron se réveilla tard, vers dix heures, en respirant bruyamment, comme si une chaîne lui avait cisaillé la gorge.

Il avait le corps en vrac et ses yeux piquaient, un peu comme le Vieux, même s'il était loin de s'en douter.

Là encore, faisons une petite pause. Pourquoi n'était-il pas dans son assiette, au juste ?

Voilà : ce pauvre Cameron n'arrivait pas à s'enlever de la tête la voix de son amie Jennifer, qu'il avait parfaitement entendue, oui, même si elle était à des milliers de *miles* de là (et malgré son casque, n'oublions pas ce fameux casque à trois cents dollars).

Il y avait eu ce bâtiment abandonné, le réverbère, la chaîne qui s'était dressée devant lui, pire qu'un cobra au son d'une flûte indienne, avant de claquer contre ce carreau comme un fouet.

Et après ? Les événements s'étaient enchaînés très rapidement. Jenny l'avait appelé à l'aide, d'autres coups de chaîne avaient arraché un bout de mur et des voix étaient sorties de nulle part, plein : celle de sa mère, de son père, de sa prof Mrs. Coleman, et même celle de la dame italienne qui lui donnait des cours, dans le Colorado.

Cameron avait eu la trouille de sa vie, vraiment. Il était tombé à la renverse ; il s'était relevé en dérapant sur l'herbe humide et avait foncé vers les lumières du parking.

Il s'était engouffré à l'intérieur de la Mercedes comme si sa vie en dépendait (c'était le cas, en un sens), il avait refermé la portière et verrouillé à l'aide de la télécommande.

Le cœur battant à mille à l'heure et le corps tremblant, il avait eu envie de démarrer, d'appuyer à fond sur l'accélérateur et de filer.

Mais non. Primo : la voiture avait une boîte manuelle, et la seule fois où il avait conduit, en Amérique, c'était avec une boîte automatique.

Deuzio : ses parents étaient encore dans la centrale, il ne pouvait pas les abandonner là ! Ça aurait été lâche de sa part, et il avait la lâcheté en horreur.

Très vite, son père et sa mère avaient regagné la voiture, tout contents.

– *Coucou, mon trésor, désolée d'avoir fini si tard. Tyrone, vous avez déjà mangé ?*

– *Oh, oui, mais on t'a gardé une part de lasagnes à la maison. De la vraie cuisine italienne, tu vas te régaler !*

La Mercedes quitta le parking et fila à toute vitesse. Cameron fixa le bâtiment qui s'éloignait.

– *Il y a quoi… là-dedans ?* avait-il murmuré.

– *Oh, les anciens locaux du personnel. Avant, les centrales fonctionnaient en mode manuel, il fallait des techniciens et des ouvriers pour que les machines tournent… Maintenant, tout se fait à distance. La seule personne obligée de rester ici vingt-quatre heures sur vingt-quatre, c'est le gardien du barrage.*

Tasha Woods avait indiqué la barrière de béton qui disparaissait derrière eux.

– Tu te souviens ? C'était pareil dans le Colorado... Question de sécurité.

– Si quelqu'un ouvrait les vannes du barrage, le village serait englouti, c'est pour ça ?

– Non... Pas ici, du moins. Si on les ouvrait, au pire, le niveau du lac augmenterait. Mais bon, c'est toujours dangereux, un barrage, ça se surveille. D'où la présence de ce gardien. Alors que pour la centrale, il suffit de quelques caméras.

Comme toujours quand il s'agissait de son travail, la mère de Cameron s'était lancée dans des explications à n'en plus finir et il avait décroché. Il devait réagir, restait à savoir comment. La prévenir ? D'accord, mais pour lui dire quoi ? Hé, maman, la centrale est infestée de fantômes, j'ai vu une chaîne remuer toute seule... Non, pas la peine d'y penser.

Dès leur arrivée chez eux, il s'était enfermé dans sa chambre et cette question l'avait hanté pendant des heures. Non, non, il ne pouvait rien dire. Si, il fallait tout raconter. Ça risquait d'être dangereux pour sa mère, elle qui travaillait là-bas. Et si elle se faisait attaquer par cette chaîne, ou ce spectre, ou peu importe ce que c'était ? Ah non, et puis quoi encore ? Autant qu'il tienne sa langue...

C'est ce qu'avait conclu Cameron maintenant qu'il y avait mûrement réfléchi : impossible de parler de cette histoire à sa mère, à son père ou à la police, puisqu'il n'était pas sûr de ce qu'il avait vu. Mais c'était arrivé, il l'aurait juré. Hélas, il n'avait aucune preuve.

Subitement, il se redressa d'un bond.

Les caméras de surveillance !

Elles filmaient tout, y compris le parking et le terre-plein.

Sa mère avait accès au système, c'est son père qui le lui avait dit.

Et l'ordinateur portable était dans la cuisine, dans une sacoche.

Lorsqu'il était ressorti de sa chambre, ses parents étaient déjà couchés et un profond silence régnait sur l'appartement. Il s'était installé dans la cuisine en refermant soigneusement la porte. Si jamais on le prenait la main dans le sac, il avait une excuse toute trouvée : il n'arrivait pas à dormir, alors il avait emprunté l'ordinateur de sa mère pour jouer sur Internet. Elle n'aurait pas été très contente, mais c'était déjà arrivé. Il faut dire que cet ordi était le plus puissant de la maison et sa mère n'avait jamais changé de mot de passe. En un sens, c'était comme si elle lui avait donné la permission, non ?

Cameron avait donc posé le portable sur la table, en le tournant de façon stratégique : si la porte s'ouvrait, l'écran serait caché. Puis il l'avait allumé. En avant.

Sa mère avait créé un dossier appelé *Montemorso*, qui contenait un sous-dossier, *Infos*, avec une cinquantaine de PDF de documentation sur les nombreux protocoles et la sécurité de la centrale. L'un d'eux s'intitulait CCTV, c'est-à-dire télévision en circuit fermé (le système de surveillance, quoi), et indiquait le site sur lequel il fallait se connecter à l'aide de son code d'accès.

Rien de plus. Simple comme bonjour.

Cameron avait suivi les instructions. L'écran de l'ordinateur s'était couvert de petites fenêtres de la longueur d'un pouce. Sur chacune, une image différente : l'entrée principale de la centrale, le parking, une porte et une série de machines. Tiens, tiens… Ça bougeait imperceptiblement, à cinq, six secondes d'intervalle. Tout était filmé en direct, de façon saccadée, mais on voyait ce qui se passait à ce moment précis.

C'est-à-dire rien.

Peu importe. Ce qui l'intéressait, lui, c'étaient les archives. Il avait donc rouvert le PDF. Mauvaise surprise : le site Internet ne donnait accès qu'au direct. En revanche, tout était enregistré sur un serveur qui stockait les images pendant vingt-quatre heures (afin de les transmettre aux forces de l'ordre si besoin, c'était écrit dans le fichier). Après quoi, les disques durs étaient définitivement effacés, conformément à la loi machinchouette.

La vraie mauvaise nouvelle, c'était que le serveur appartenait à la compagnie d'électricité. Pas moyen d'y accéder à distance.

C'est pas possible, c'est pas possible ! Il y avait forcément une façon de contourner le problème.

Cameron avait cherché partout. Mais non, rien. Alors qu'il était à deux doigts de renoncer, il était revenu aux caméras. Et ce qu'il avait vu sur l'écran l'avait cloué à sa chaise.

Quelqu'un sortait du bâtiment du personnel. C'était filmé de loin, l'image était sombre et franchement pas très nette. En revanche, pas de doute, l'homme était armé d'un fusil.

Et, devant lui, une chaîne flottait dans l'air.

Incroyable ! Il n'avait pas eu d'hallucination, ce n'était pas un rêve.

Tout était bien réel.

La chaîne formait des nœuds, de gros tortillons qui volaient devant ce type (il semblait d'un âge assez avancé, malgré cette bouillie de pixels).

Il faisait avancer la chaîne avec son fusil. C'était quoi, ce truc ? Un mot lui avait alors traversé l'esprit, un seul : des fantômes.

La vache, il devait tout de suite enregistrer ça. L'ennui, c'est que l'ordinateur de sa mère n'avait aucun programme de *screen capture*. Il avait tenté d'en trouver un sur Google. Bilan : des sites inutiles avec des tonnes de spams, une appli qui n'était pas compatible, un logiciel payant. Pas terrible.

Au final, il s'était contenté d'observer la scène, juste à temps pour voir le type monter sur un chariot élévateur et s'engouffrer dans l'ascenseur avec la chaîne volante. Et puis plus rien, ils avaient disparu.

Il avait contrôlé les autres fenêtres affichées à l'écran, l'une d'elles montrait peut-être le sommet du barrage. Zut, il n'y avait pas de caméras là-haut, il l'avait perdu.

Cet échec l'avait mis sur les nerfs. Il avait attendu dix minutes supplémentaires. Non, c'était terminé. Alors, avec un grognement rageur, il avait effacé l'historique du navigateur et tout fermé.

Il avait eu une occasion en or, pourquoi l'avait-il laissée filer ?

(En réalité, s'il s'était montré patient, au bout d'environ une heure, Cameron aurait vu le Vieux redescendre et déplacer le deuxième groupe de Vous. Mais la patience n'est pas exactement la qualité première des enfants de treize ans, ou, du moins, elle n'était pas celle de Cameron, dommage.)

Ce que tu es bête, bête, bête ! Voilà ce qu'il était en train de se répéter, allongé sur son lit, les yeux grands ouverts.

Avec le recul, il y aurait eu des tas de choses plus intelligentes à faire. S'il était allé chercher son téléphone dans sa chambre, il aurait filmé l'écran du portable de sa mère, par exemple.

Bah, trop tard. Le vieux bonhomme avait pris les fantômes

et les avait emmenés quelque part, au sommet du barrage. Sa mère ne risquait plus de les croiser.

Mais des milliers de questions continuaient de lui tourner dans la tête. Ce type était-il un ami de ces esprits ? Pourquoi avait-il un fusil ?

Fatigué de se creuser les méninges, Cameron se leva. La maison était silencieuse. Dans la cuisine, un mot de son père l'attendait : il s'était absenté pour accompagner sa mère en voiture. Ils lui avaient préparé son petit déjeuner, des œufs et de la pancetta. Tout était froid.

De toute façon, il n'avait pas faim, un poids lui pesait encore sur la poitrine.

Alors il retourna le papier et écrivit à son père qu'il partait se promener au village.

Sa première idée fut de descendre au port et de mettre à l'eau son kayak. Dans le passé, il n'aurait pas hésité une seconde, pagayer l'aidait à avoir les idées claires. Pas maintenant. Ce qui s'était passé deux jours plus tôt l'avait refroidi. Il préféra flâner dans les ruelles du centre-ville. Ça faisait un bien fou ! Il n'y avait pas grand monde et il voulait être seul. Dans le coin, les gens avaient des trucs à cacher, c'était sûr et certain. Tout était beaucoup trop bizarre…

– Le barrage. On ne peut pas faire le tour complet depuis qu'il y a le barrage.

Cameron s'arrêta. Cette voix… Il avait l'impression de la connaître.

Mais oui ! C'était la fille aux yeux bleus qu'il avait rencontrée en même temps que le garçon blond, au bord du lac. Où était-elle ? Il regarda autour de lui. Personne.

Un autre fantôme ! Cette idée lui fila la chair de poule.

– C'est une sacrée balade ! Le problème, c'est que trois jours se sont écoulés depuis, les traces auront disparu…

Là, c'était une voix dont il se souvenait très bien. Celle de l'ami de Blue. Abel. Le grand blond.

– Ils veulent quand même qu'on les retrouve, non ?

Cameron ne comprenait rien. Ça parlait en italien et les voix paraissaient sortir de terre.

Il se gratta une oreille, perplexe. Et, soudain, tout devint clair. Un trou rectangulaire s'ouvrait sur le côté d'un immeuble, à la hauteur du sol. Les bruits venaient de là.

Il s'accroupit pour jeter un œil.

À l'intérieur, il aperçut une espèce de salon, avec Blue sur un canapé, Abel debout et, au milieu, un bonnet rouge qui volait.

– *Je ne suis pas fou, alors…* murmura-t-il.

Rien ne retenait ce bonnet, il flottait dans les airs. Exactement comme la chaîne, la nuit dernière.

Incroyable ! Et voir ces deux-là rire comme si tout était normal l'était encore plus. Il avait vu juste, depuis le début : les gens du coin cachaient quelque chose !

– Bien sûr.

– Bon. Concrètement, on fait quoi ?

On fait quoi ? Cameron avait son idée, lui. Il devait se dépêcher de rentrer et appeler à l'aide.

Il se releva. Vite !

Enfin, il essaya.

Les pavés de la ruelle étaient humides et ses chaussures avaient des semelles lisses. Sous le coup de la précipitation, il dérapa.

Et puisqu'il s'était mis dans la même position qu'un athlète au départ d'un sprint pour épier la scène, c'est-à-dire accroupi, les mains par terre et les fesses en l'air, il fit exactement comme les coureurs au coup de pistolet : il se projeta en avant.

Ferma les yeux.

Et bascula.

Blue a une petite discussion

– Cameron ?

En général, Blue n'était pas du genre à s'étonner facilement, mais voir le jeune Américain atterrir au milieu du studio l'avait vraiment surprise. Et puis le stress avait pris le dessus. Pourquoi avait-elle ouvert cette satanée fenêtre ? Peu importe : ça n'expliquait pas ce qu'il fichait là !

Il avait eu le temps de se relever en se massant le bas du dos. Il avait fait une sacrée chute, même s'il n'avait rien de cassé, visiblement.

– *Vous êtes mal barrés, les gars. Très mal barrés. Et n'essayez pas de m'arrêter, vous risquez de le regretter.*

– Tu nous espionnais ?

– *Je vous ai vus, je sais tout !*

– Pas la peine de crier comme ça, demande-moi pardon, plutôt !

– *Il y a des fantômes partout dans ce village, c'est de la magie noire.*

– On est chez Abel et tu as failli détruire sa table…

– *Vous ne me faites pas peur !*

Luka s'interposa. Le bonnet rouge s'agitait à un peu moins de deux mètres du sol.

BLUE. CAMERON. DU CALME. VOUS ÊTES EN TRAIN DE CRIER… ET VOUS NE VOUS COMPRENEZ PAS.

Cette phrase leur fit l'effet d'un seau d'eau glacée.

– Pourquoi, toi, tu comprends tout ?

BIEN SÛR.

– *Qu'est-ce qu'elle t'a demandé ?* dit Cameron.

SI JE TE COMPRENAIS. ET JE LUI AI RÉPONDU QUE OUI.

– Comment c'est possible ?

AUCUNE IDÉE. SANS DOUTE PARCE QUE LES VOUS NE PARLENT PAS COMME LES HUMAINS. VOUS COMMUNIQUEZ EN FAISANT VIBRER L'AIR… ALORS QUE LES VOUS SOUFFLENT L'AIR ET FONT VIBRER LES PENSÉES.

Le visage de Cameron s'était contracté dans une grimace mi-tendue, mi-inquiète.

– *Les Vous ? C'est quoi, ça, qu'est-ce qui se passe ? Tu es qui, d'abord ?*

– Je crois qu'on a tous besoin de s'asseoir, soupira Blue. On va se calmer et faire les présentations. Abel, qu'est-ce qu'on offre à notre invité ? Un jus d'orange, un Coca ?

– Tu plaisantes ? Pourquoi je devrais lui offrir quelque chose, à celui-là ? bougonna-t-il. C'est normal d'entrer chez les gens en se glissant par la fenêtre, sans même demander pardon ?

Blue plissa les lèvres et Abel attrapa la bouteille de jus de fruits pour remplir trois verres.

– Luka, dis à Cameron de ne pas avoir peur quand il te verra boire.

CAMERON, BLUE TE DEMANDE DE NE PAS AVOIR PEUR.

– *Ah bon, pourquoi ?*

L'un des verres se souleva et se vida à moitié.

Cameron s'écria :

– *Qu'est-ce que…*

Je m'appelle Luka. Et toi, tu es le garçon avec ce drôle de bateau. L'autre jour, je m'y suis agrippé pour ne pas me noyer.

Blue hocha la tête tout en buvant une gorgée.

– C'est vrai, vous vous connaissez déjà.

Laborieusement, dans un drôle de mélange d'italien et d'anglais, ils racontèrent à Cameron cette histoire qui avait commencé deux jours plus tôt : Luka s'était retrouvé au milieu du lac, le courant l'avait séparé de sa famille, il avait vu le kayak et il s'y était accroché.

– *Tu as failli nous tuer tous les deux ! Maintenant que j'y pense, tu m'as même donné un coup de poing dans l'œil.*

Désolé. J'avais très peur. Tout était différent et nouveau, pour moi.

Cameron écouta la suite avec attention. Quand il s'était éloigné à la nage, Luka était parvenu à redresser la situation en s'agrippant à l'embarcation. Il s'était laissé dériver jusqu'au rivage et il les avait suivis tous les trois, à pied.

Les yeux posés sur le bonnet en suspension dans les airs, il dit :

– *Mais tu es…*

Vous ne pouvez pas me voir, la lumière ne se reflète pas sur nos corps. Vos yeux vous permettent de voir mon ombre, c'est tout.

– Alors que s'il fait pipi, on le voit.

– Abel…

– Ben quoi ? Ça m'a marqué…

Cameron ignora cet échange et demanda au bonnet (enfin, à Luka) :

– *Tu ressembles à quoi ?*

À MON AVIS, MON APPARENCE N'EST PAS TRÈS ÉLOIGNÉE DE LA VÔTRE. SAUF QUE VOUS ÊTES UN PEU PLUS PETITS ET QUE VOUS N'AVEZ PAS DE CRÊTES.

– *De crêtes ?*

OUI, VOS ÉPAULES SONT... PLATES. C'EST BIZARRE, IL VOUS MANQUE UN MORCEAU.

– *Et ces crêtes, elles te servent à quelque chose ? À nager plus facilement ? Ou... voler, peut-être ?*

AH, EUH... NON. JE SUIS FAIT COMME ÇA, C'EST TOUT. MAIS ELLES PROTÈGENT MA POCHE.

– Les Vous sont comme les kangourous, quelque part, intervint Blue. Ils ont une poche naturelle dans le dos, sauf que l'ouverture est tournée vers le bas, c'est plus facile pour glisser les doigts dedans, je crois... Ça leur sert à cacher de petits objets.

OUI. ET COMME JE LE DISAIS, À PART LES CRÊTES ET LE FAIT QUE LES HUMAINS ONT DIX DOIGTS AU LIEU DE SIX... ÇA AUSSI, C'EST BIZARRE, D'AILLEURS... ON SE RESSEMBLE BEAUCOUP.

– *Attends, explique-moi un truc !* s'exclama Cameron en se grattant le coude. *Là, tu parles avec la voix de Tony, un de mes anciens camarades de classe, comment ça se fait ? Et pourquoi tu m'as attaqué avec une chaîne, hier soir ?*

Le verre de jus de fruits, encore levé et à moitié plein, se renversa. Le liquide orange éclaboussa une poitrine invisible, coula sur des abdominaux nettement dessinés et se répandit par terre.

Blue avança d'un pas, inquiète.

– Qu'est-ce qu'il a dit ? Traduis.

Luka s'exécuta et Cameron parla de sa visite nocturne à la centrale. De la voix dans son casque. De la chaîne qui avait cassé un carreau. Et de ce qu'il avait découvert grâce aux caméras de surveillance.

Au fur et à mesure qu'il racontait et que Luka traduisait, Blue commença à regarder le jeune Américain d'un tout autre œil.

L'autre jour, elle l'avait trouvé un peu réservé. Mais il fallait reconnaître qu'il ne manquait pas de courage. Et cette idée d'exploiter les caméras de surveillance ? Un vrai coup de génie !

Pendant ce temps, Abel était allé chercher une serpillière et un balai pour nettoyer la flaque de jus, en rouspétant.

– Arrête de râler, Abel, c'est pénible, gronda-t-elle en lui jetant un regard noir. Et toi, Luka, traduis tout, s'il te plaît. Explique à Cameron qu'on cherche justement à localiser le reste de ta famille. Grâce à lui, on a la réponse : ils étaient à la centrale électrique. Et quelqu'un les a emmenés ailleurs.

Elle parlait d'une traite, en essayant de ne rien oublier.

– Et si Cameron a vu une chaîne, c'est qu'ils sont prisonniers. Bref, on a un problème.

Abel posa son balai-brosse et acquiesça.

– Je crois savoir de qui on parle. Un homme âgé, avec des cheveux longs, tu as dit ? C'est le gardien du barrage, M. Agenore. Tout le monde l'appelle le Vieux, à juste titre. Il est un peu cinglé et c'est un solitaire, mais avec son métier… Il reste là-haut dans la montagne, tout seul, pire qu'un ours. Quand il n'est pas de service, il fait ses courses chez nous. Il achète toujours la même chose… Du vin, surtout. Mon père dit que c'est un alcoolique de première.

Maintenant qu'elle y pensait, Blue avait le sentiment d'avoir croisé cet Agenore. Plus tout jeune, effectivement, et toujours avec une veste de camouflage sur le dos.

– D'accord, mettons que les choses se sont passées comme ça : l'autre jour, pendant que le courant envoyait Luka vers le kayak de Cameron, les autres Vous ont été poussés contre le barrage. Ils ont rejoint la plage et fait un trou dans la clôture...

– *Tu es sûre ?* la coupa Cameron. *Le grillage était arraché, je l'ai vu.*

– Oui, mais les Vous sont forts, beaucoup plus que nous. En revanche, ils fatiguent vite. Entre le lac à traverser et le grillage à découper, j'imagine qu'ils étaient épuisés. Et perdus, aussi. Le Vieux a dû les voir et il les a capturés, d'une façon ou d'une autre (si ça se trouve, il était armé). Il les a cachés dans ce bâtiment de la centrale et puis quelque chose l'a décidé à les déplacer.

C'EST EXACTEMENT CE QUI A DÛ SE PASSER, OUI.

– Très bien, mais ça ne nous explique pas pourquoi le Vieux a capturé les Vous. Qu'est-ce qu'il compte faire d'eux ?

– Les obliger à travailler à sa place, par exemple, suggéra Abel.

– *Sur un barrage ?* rétorqua Cameron, les bras croisés sur son torse. *Le gardien a des trucs à contrôler, mais, pour l'essentiel, il monte la garde, justement. Il n'a pas besoin qu'on l'aide.*

– Alors peut-être qu'il flippait, c'est tout. Il les a capturés parce qu'il a eu peur, en attendant de prendre une décision, avança Blue.

– *Dans ce cas, pourquoi est-ce qu'il ne les a pas encore relâchés ? Les Vous parlent... S'ils sont entrés en contact avec moi, ils auront fait pareil avec lui, non ? Il s'est forcément rendu compte qu'ils ne sont pas dangereux. Pourquoi les retient-il prisonniers ?*

Alors là, aucune idée. Blue haussa les épaules.

Et Luka (qui s'était contenté de jouer les interprètes) en profita pour dire :

SI VOUS VOULEZ MON AVIS, LA VRAIE QUESTION, C'EST DE SAVOIR OÙ SONT ENFERMÉS LES VOUS, À L'HEURE QU'IL EST. ET DE TROUVER UN MOYEN DE LES LIBÉRER.

Lea s'en mêle

– Lea, je peux entrer?

La poignée tourna, la porte s'ouvrit et la tête de sa mère apparut.

– Je ne me souviens pas d'avoir dit «entrez».

– Oh, n'exagère pas, s'il te plaît...

Lea était assise sur le tapis, au milieu de centaines de photos, toutes en noir et blanc. Elles représentaient des feuilles, des rochers, des prés, des nuages, des arbres. Jamais de gens, jamais d'objets créés par l'homme. Pas de voitures, pas d'immeubles non plus.

Emilia Santarossa (conseillère municipale et maman) s'assit sur le lit en faisant attention à ne rien écraser.

– Écoute, ma chérie...

Lea attrapa une série de clichés sur lesquels on voyait des buissons, parfois couverts de myrtilles, pris sous plusieurs angles et à différents moments. À l'aube et au soleil couchant, nus en hiver, fleuris en mai et chargés de fruits en été. Sous le soleil et trempés de pluie. Un jour, elle monterait une exposition: après les célèbres *Nymphéas* de Monet, les *Myrtilliers* de la photographe Lea Osterc.

– J'aimerais te parler de ce qui s'est passé hier.

Certes, pour son expo, elle aurait besoin d'impressions en grand format. Mais elle gardait jalousement tous ses négatifs dans une boîte. Entre-temps, elle se contentait des tirages qu'elle avait sous les yeux.

– Lorsque j'avais à peu près ton âge, j'avais une super amie qui s'appelait Giovanna. Elle vivait ici, à Montemorso. Un jour, elle a eu un accident sur la départementale. Ce n'est pas elle qui était au volant, mais son petit copain… Ils allaient faire des courses dans la vallée. On était en hiver, il y avait du verglas, leur voiture a fait une sortie de route. Et elle a fini dans le coma.

Le meilleur, avec les photos sur pellicule, c'étaient les négatifs, justement : ils permettaient de faire des tirages de toutes les tailles. Rien à voir avec les appareils numériques où il suffisait de zoomer légèrement pour qu'il y ait du grain sur l'image.

– Giovanna n'était pas ma meilleure amie, mais on faisait partie de la même « bande », ça se dit encore ? Quand j'ai appris qu'elle était dans le coma, ça m'a bouleversée… Pendant des mois, j'ai été incapable de monter dans une voiture. Heureusement, elle s'en est sortie et tout est redevenu comme avant.

Quand sa mère se pencha pour attraper son visage et l'obliger à la regarder, Lea cessa de penser à sa future expo et à ses négatifs. Elle aurait voulu s'écarter, mais elle ne bougea pas d'un cheveu.

– C'est terrible, ce qui est arrivé hier à Francesca. Mais ton amie est une battante, et même si son état est très préoccupant, rien n'est perdu. Tu m'entends ? Francesca va s'en tirer.

Soudain, Lea comprit. Sa mère la croyait traumatisée par la chute de sa chef de patrouille.

– Ça va, affirma-t-elle en la fixant.

– Non, ça ne va pas, mon trésor. Hier soir, tu n'as pas voulu dîner, et ce matin tu n'as pas pris ton petit déjeuner. Tu restes enfermée dans ta tanière… Tu as besoin de temps pour toi, d'accord, c'est normal, mais essaie de faire un effort, OK ? Ça ne sert à rien de s'affamer…

Lea se demanda s'il fallait dire la vérité à sa mère. Lui dire que ce n'était pas à cause de Francesca. Oh, elle aurait dû être triste, bien sûr. La veille, à l'hôpital, un tas de gens lui avaient répété « Courage » et « Sois forte », alors elle avait acquiescé. Ils auraient été surpris si elle ne l'avait pas fait.

Francesca n'était pas son amie. Elles ne s'étaient jamais vraiment parlé. Quels étaient son groupe préféré, le sport qu'elle pratiquait ou son livre favori ? Aucune idée. Alors oui, elle était triste pour elle, mais vaguement, sans beaucoup d'émotion.

– Tu m'écoutes ?

Si elle le lui avouait, il faudrait aussi expliquer le reste, parce que, en réalité, cette voix qu'elle avait entendue sur les pentes du Gorelli l'obsédait toujours autant. On aurait dit celle de Mathias, mais ce n'était pas lui.

Elle l'avait sauvée d'une sacrée chute, en tout cas.

– Lea, ma chérie… Tu es toute pâle. Prendre un peu l'air te ferait du bien, tu sais.

– C'est vrai, merci, répondit-elle. En fait, j'avais envie de sortir. Mais seule, d'accord ?

– Seule ? Tu es sûre ?

Lea mit peu de temps à la convaincre. Elle irait acheter une boîte de céréales au supermarché parce qu'elle avait faim. C'est tout. Promis, elle serait prudente. Sa mère lui caressa la tête et sortit de sa chambre. Lea tria les photos, qu'elle rassembla soigneusement avant de les ranger dans leur boîte. Elle aimait les choses bien ordonnées.

Peu après, elle prit le chemin du magasin de M. Kurt. Il faisait chaud et le soleil tapait fort : sa lumière crue accentuait les contrastes, tout était comme aplati. En bonne photographe, elle préférait les crépuscules ou les aurores, quand le jour est indistinct et l'atmosphère plus tamisée.

– Hé, la passe !

Un éblouissement lui fit plisser les yeux.

– Allez, tire !

Des bruits de pas précipités et le tintement d'une bouteille qui roulait sur le sol. Elle avait reflété le soleil, ce qui avait aveuglé Lea.

Il n'y avait personne sur la place de l'église, hormis son frère Mathias et ses amis, Croco et Hans, qui jouaient au foot avec une bouteille de bière vide.

Quels crétins. Une bouteille, ce n'était pas un ballon. Elle allait se casser et il y en aurait partout.

– La paaasse !

Mathias dribla un poteau et poussa la bouteille vers Hans, qui bondit pour l'intercepter de l'intérieur du pied, avant de l'envoyer se fracasser contre une poubelle.

Le sol se couvrit d'éclats de verre, comme prévu.

– Hans ! brailla Mathias en levant les bras au ciel.

– T'es vraiment nul, s'agaça Croco. Tu l'as cassée. On fait quoi, maintenant ?

– Eh, c'est bon, ce n'était pas ma faute…

Hans jeta un œil alentour. Pour trouver un coupable, évidemment.

– C'est eux. Ils m'ont distrait.

Lea ne les avait pas encore remarqués : trois ados venaient de surgir du coin de la rue, à l'autre bout de la place. Elle reconnut aussitôt les deux premiers, ils étaient dans sa classe. Elle, c'était Blue et lui, Ariel, Axel ou quelque chose dans ce goût-là (le nom des gens, ça ne l'intéressait pas vraiment).

Quant à l'autre, le garçon de couleur, elle ne l'avait jamais vu. Il n'était sûrement pas d'ici. Il était peut-être en vacances.

Blue, Axel (non, Abel, c'est ça, Abel) et leur ami s'immobilisèrent.

Au même moment, Lea remarqua un truc étrange, très étrange. Ils étaient trois, mais à leurs pieds, on voyait quatre ombres. Elle était photographe. Remarquer ce genre de détails, c'était sa spécialité.

Trois personnes et quatre ombres.

Curieux.

– Pourquoi vous avez distrait Hans ?

Croco s'était rapproché d'eux, l'air mauvais. Blue le regarda de travers.

– Nous ? On n'a rien fait.

– Si. Il dit que c'est à cause de vous qu'il a cassé la bouteille.

– N'importe quoi, répliqua-t-elle.

– Hé ho, tu me parles comment, là ?

Croco avança d'un pas, et à cet instant précis Lea sentit que les choses allaient se gâter. La température était tombée en dessous de zéro, ou alors, pas bien loin.

Hans et Mathias le rejoignirent. Le verre crissa sous leurs chaussures avec un bruit de dents cassées.

– Tu devrais faire attention, continua Croco. Et ramasser les morceaux. Quelqu'un pourrait se blesser.

– Tu es le fils de Kurt, pas vrai ?

Mathias avait interpellé Abel.

– Ton papounet va se mettre en rogne quand il verra ce que tu as fait… Allez, nettoyez tout ça, hop.

– Ou sinon quoi ? demanda Blue en levant le menton.

Lea n'en croyait pas ses yeux. Cette fille, quel courage elle avait ! Mathias et les autres avaient vingt ans et, pour ne rien arranger, ce n'étaient pas des anges. Mais cela n'avait pas l'air de l'inquiéter, au contraire : elle leur tenait tête !

– Ou sinon on fera passer le message autrement, expliqua Croco, les poings plantés sur les hanches. Et ça risque de faire mal. Hein, les gars ?

– Ouais, acquiesça Mathias.

– Si vous n'avez pas envie de vous salir les mains, demandez-lui de s'en charger, proposa Hans en indiquant l'étranger. Vous l'avez trouvé où ? En Afrique ?

– *Je suis américain*, répondit celui-ci en se frottant le bout du nez.

– Waouh, écoute-le, on se croirait dans un film ! s'exclama Croco. Tu es venu en Italie pour trouver du boulot ? Ça tombe bien, j'en ai un pour toi : balayeur !

– Allez, dépêche, on a pas toute la journée…

– Oui, vas-y…

– Stop !

C'est Lea qui avait crié.

Et elle fut la première surprise, elle qui ne s'occupait pas tellement des autres (ça ne l'intéressait même pas du tout, d'habitude). Et puis, surtout, elle s'était toujours arrangée pour éviter son frère Mathias et tout ce qui le concernait.

Seulement, Blue avait fait preuve d'un sacré courage (elle avait l'air très sympa, d'ailleurs) et le jeune Américain semblait très affecté… Sans parler de cette quatrième ombre sur le bitume, elle comptait bien mener sa petite enquête.

– Arrêtez ça tout de suite !

Elle traversa la place, se planta entre les deux groupes, les bras grands ouverts, et se tourna vers la bande de Croco pour les affronter.

– J'ai tout vu. Si la bouteille s'est cassée…

Elle indiqua Mathias.

– C'est parce que tu as tapé trop fort. Ensuite…

Et elle indiqua Hans.

– Tu l'as mal rattrapée. Ils n'ont rien à voir là-dedans. Alors ramassez vos saletés ou je préviens M. Kurt.

Ces menaces firent ricaner Croco.

– Ho ho, écoutez ce qu'elle dit, la naine. Elle va prévenir M. Kurt. Ouh, j'ai peur…

– Et ma mère aussi, tiens.

Cette dernière phrase s'adressait évidemment à Mathias.

Qui recula, Croco s'en rendit compte.

– Hé, tu la connais ?

– Oui, bafouilla-t-il. C'est ma sœur.

– La vache ! C'est un vrai mec, ta frangine.

– Non, répondit Lea le plus sérieusement du monde. Je ne suis pas un mec. Je suis une fille.

À ces mots, Hans et lui se mirent à rigoler, d'abord doucement, puis de plus en plus fort, avant de hurler comme des loups.

Croco donna à Mathias une grande tape dans le dos.

– Allez, Mat', écoute ta petite sœur et ramasse.

– Attends que je rentre, on va régler ça, siffla-t-il.

Et il la bouscula au passage.

Lea perdit l'équilibre mais resta debout : deux mains, froides et robustes, venaient de la retenir.

Trois doigts.

Les mains qui l'avaient rattrapée n'avaient que trois doigts.

Blue jette un coup d'œil

Les lâches sont imprévisibles. Pile au moment où vous êtes certain de les avoir neutralisés, ils vous plantent un couteau dans le dos.

Blue le savait, ses amis aussi. Alors ils prirent la seule décision sensée : ils détalèrent, le plus vite possible.

Ils s'arrêtèrent au bout du boulevard. Des voitures et quelques personnes occupaient la grand-place. Blue s'appuya contre le poteau du feu tricolore et constata que Lea la Chelou les avait suivis. Elle reprenait son souffle, tout sourire.

Elles échangèrent un regard en se saluant. Lea avait été gentille d'intervenir, personne ne lui avait rien demandé. Pour sa part, elle n'aimait pas beaucoup qu'on se mêle de ses affaires. Bon, comment se débarrasser d'elle, à présent ? Ils n'avaient pas que ça à faire. Et puis, Lea était vraiment chelou, ce n'était pas juste un surnom débile. Elle chantonnait tout bas pendant les cours, sans jamais s'apercevoir qu'on se moquait d'elle. Elle n'avait pas de portable et se baladait avec un vieil appareil photo. Seule, sans amis.

Elle tendit la main vers Cameron.

– *Salut*, dit-elle dans un anglais parfait. *Je m'appelle Lea Osterc. Tu viens d'où ?*

– *Moi, c'est Cameron. Je viens d'Amérique. Du Colorado.*

– *De Denver ?*

– *Exactement. Ma mère travaillait au barrage de Dillon, tu vois où c'est ?*

– *Le Dillon Reservoir ? Bien sûr. Je n'y suis jamais allée, mais j'ai vu des photos.*

Blue les écouta sans saisir un traître mot. Ces deux-là avaient l'air de se comprendre à la perfection, pourtant. C'était fou, de parler aussi bien anglais. Elle avait appris où ?

Soudain, Lea se retourna vers l'ombre de Luka, la main tendue dans le vide.

– Et toi, tu es qui ?

LUKA.

– On s'est déjà croisés, hein ? Mais on n'avait pas eu le temps de faire les présentations.

DANS LA MONTAGNE, C'EST VRAI. CE N'ÉTAIT PAS LE MEILLEUR MOMENT.

– Non. Mais merci. Et merci aussi pour tout à l'heure, quand mon frère m'a poussée.

La main de Lea se leva et s'abaissa. Luka l'avait vraiment serrée ou est-ce qu'elle l'avait agitée dans le vide ?

Blue n'en croyait pas ses yeux.

– Vous… vous vous connaissez déjà ?

– J'ai entendu sa voix, expliqua Lea. Hier matin, sur le Gorelli. Francesca et les autres escaladaient le pierrier. Luka m'a prévenue qu'il y aurait un éboulement.

– Sérieux ?

Lea fit oui de la tête d'un air presque solennel.

– Il m'a dit de ne pas les suivre et j'ai essayé de les convaincre…

Luka a essayé aussi, mais ils ont eu peur en entendant sa voix. Et puis Francesca a basculé.

DÉSOLÉ. JE VOULAIS LES ARRÊTER, VRAIMENT. J'AI VOULU LES RATTRAPER AU VOL, MAIS J'AI GLISSÉ, MALHEUREUSEMENT.

– Tu es tombé ? Ah, c'est pour ça que tu n'as pas répondu quand je t'ai appelé !

Pfiou, il se passait trop de choses, trop vite. Pourquoi est-ce que Lea la Chelou ne se comportait pas comme d'habitude ? Ce n'était pas normal. Une seconde, voilà ce qui clochait, justement. Elle était tout à fait normale. Avec Cameron. Et maintenant, avec Luka.

– Hé ! les coupa Blue. Ça vous ennuierait de nous raconter ce qui s'est passé, calmement ? Et ailleurs qu'ici, de préférence.

– C'est vrai, on n'est pas tout seuls, fit observer Abel en surveillant les alentours. Les autres risquent de nous retrouver.

Lea haussa les épaules.

– Qui ça, les potes de Mathias ? Ils aboient, mais ils ne mordent pas. Enfin, désolée que mon frère soit aussi bête.

– Ce n'est pas ta faute.

Ils laissèrent derrière eux les maisons qui bordaient le port de plaisance puis, au lieu de faire le tour du lac en direction du camping abandonné, ils partirent de l'autre côté. C'est-à-dire vers l'esplanade entourée d'une balustrade. Une vieille longue-vue panoramique tout écaillée était penchée de travers au sommet d'un poteau.

C'était justement la raison de leur présence ici.

– Pourquoi on est là ? demanda Lea avec un sourire.

Un drôle de sourire, d'ailleurs, comme si cette bonne humeur était détachée de la réalité.

Abel lui jeta un regard torve.

– En fait, on est là pour… bref, on a un truc à faire. Entre nous.

– Ah, tu veux que je m'en aille, c'est ça ? Oui, bien sûr, désolée.

Lea tourna les talons comme une ballerine et s'éloigna. Non, c'était injuste de l'envoyer promener si brutalement, ce n'était pas une pestiférée. Maintenant qu'elle avait parlé avec Luka, elle était avec eux, en un sens. Blue cogna le bras d'Abel et la rattrapa.

– Hé, Lea ! Tu peux rester, si tu veux. Désolée pour Abel, disons que la politesse n'est pas son fort. Si on est venus ici, c'est pour surveiller le barrage.

– D'accord, répondit-elle.

Comme si c'était tout à fait normal.

– Ça ne t'intéresse pas de savoir pourquoi ? s'étonna Abel.

Ce qui lui valut un nouveau coup dans le bras.

– Non, avoua Lea. Moi, j'aime regarder le paysage. Mais pas à cette heure. La lumière n'est pas bonne.

Abel soupira et Blue eut envie de le cogner une fois de plus. Oh, et puis non.

– En fait, si on est là, c'est pour une raison bien particulière, dit-elle.

Et cette raison, c'est moi.

– Si tu y tiens, on peut tout te raconter, mais on sera dans le même bateau. Il faudra garder le secret, alors…

– Motus et bouche cousue, conclut Abel.

Lea prit une seconde pour réfléchir. Puis sourit à nouveau.

– OK.

– Attention, c'est sérieux. Ça risque de nous attirer des ennuis. De très gros ennuis. Ce sera dangereux…

Abel agitait les bras dans tous les sens. Une vraie pile électrique.

– J'ai dit OK, répéta Lea.

– De toute façon, fit remarquer Blue, elle est au courant pour Luka. Tous ceux qui sont au courant sont avec nous.

PARCE QUE JE SUIS UN SECRET.

– Exactement.

Pendant ce temps, Cameron s'était placé devant la longue-vue. Un grincement sinistre résonna quand il la fit pivoter. Puis il chercha une pièce dans la poche de son short. Mince, elle était vide.

Blue le rejoignit et lui tendit un euro, qu'il glissa dans la fente avec un clic métallique. Il braqua la longue-vue en direction du barrage, puis tourna la molette qui permettait de régler la mise au point.

– *Voilà*, dit-il. *Hier, les Vous étaient enfermés là-dedans.*

Il recula d'un pas et Blue approcha.

L'image était floue et les verres couverts de crasse. Pas terrible, mais elle parvint à distinguer des pylônes électriques, le grand bâtiment de la centrale et l'autre, plus petit, réservé au personnel.

– À tout hasard, ta mère t'a déjà dit où vit le gardien du barrage ?

Tandis que Luka traduisait la question de Blue, Abel prit la parole :

– Moi, je sais. Une fois, M. Trevisan, le type qui remplace le Vieux, a eu besoin d'un coup de main et mon père l'a aidé.

– M. Kurt a déjà aidé quelqu'un dans sa vie ? s'étonna Lea.

– Ha ha, très drôle. Il n'a pas fait ça gratuitement, c'est sûr : il devait monter des courses jusqu'à la maison, au sommet du barrage. Des packs d'eau, des boîtes de conserve, ce genre de trucs. Bref, mon père a expliqué qu'au pied du barrage il y a la porte d'un entrepôt…

– Je le vois, fit Blue.

– Ça va à l'intérieur de la montagne. La roche est creusée de partout, remplie de tuyaux, et tout.

– Ce sont les conduites qui acheminent l'eau du bassin jusque dans la centrale. D'autres pompes la remontent tout en haut pendant la nuit, puis la font retomber, ça permet de produire encore plus d'électricité.

Luka termina de traduire et Cameron haussa les épaules.

– Hé, ne me regardez pas comme ça. Ma mère travaille dans des centrales. J'ai appris des trucs, c'est logique.

– Il y a également un monte-charge, celui dont a parlé Cameron. Il débouche en haut de la montagne, juste après la paroi rocheuse, là où se trouve la maison. Et je crois qu'aux abords de la forêt une cabane leur sert à ranger les affaires de chasse, etc.

– Des affaires de chasse ? demanda Lea.

– Oui, ces types passent leurs journées tout seuls là-haut, c'est déjà la haute montagne, on ne dirait pas mais c'est vraiment un autre monde. Il faut plus de temps pour descendre au village que pour se rendre au refuge du Gorelli. Du coup, le Vieux va à la chasse. Mon père pense que c'est un braconnier.

Blue s'écarta de la longue-vue, prit une autre pièce et la tendit à Cameron, qui observa l'endroit à son tour. Puis ce fut le tour de Lea, et Abel voulut essayer lui aussi.

Hé, et moi ? D'accord, je suis invisible, mais j'ai de bons yeux.

Blue avait une dernière pièce. Luka put s'installer, et pendant une poignée de secondes, les quatre autres regardèrent l'engin bouger tout seul.

Drôle de spectacle.

Abel brisa le silence :

– Waouh, il y aurait moyen de se faire un paquet de sous avec ton pouvoir, tu sais ? On pourrait te vendre à un cirque ou monter des numéros de magie...

Abel... Certaines fois, Blue avait envie de l'étrangler. Sérieusement.

– Personne ne va vendre Luka ! On est là pour l'aider à retrouver sa famille.

Merci.

– C'est bon, je plaisantais, lâcha-t-il d'un air contrit.

Blue s'assit sur le dossier d'un banc et continua :

– Bon, le problème est assez simple. On sait que les Vous étaient à la centrale, mais ils n'y sont plus, car le gardien les a conduits au sommet du barrage avant de les cacher quelque part.

– Quelque part ? C'est vague, non ?

– Pas grave. L'élément important, c'est qu'ils sont au sommet du barrage. Pour arriver tout là-haut et les libérer, deux solutions s'offrent à nous. La première, c'est de se faufiler à l'intérieur de la centrale, d'éviter les caméras de surveillance, de forcer la porte du hangar et d'utiliser l'ascenseur pour remonter.

La réaction d'Abel ne se fit pas attendre :

– Hein ? Tu es dingue, ou quoi ? Tu imagines, si on se fait choper...

– Oui, oui, je sais, répondit-elle en levant la main. C'est impossible. On ne passera pas par là.

Pourquoi ? C'est quoi, ces caméras dont vous n'arrêtez pas de parler ?

– Des engins qui enregistrent des images, expliqua Abel. Ça fait comme un film, ou une vidéo YouTube, tu comprends ?

Pas vraiment. Mais il y a des chances pour que je passe inaperçu. Au pire, on verra mon ombre.

– Oui, confirma Blue. Mais on ne va pas t'envoyer là-bas tout seul, hors de question. Tu pourrais te faire capturer, toi aussi.

– *Et puis ce n'est pas le seul problème*, continua Cameron. *Entrer dans une centrale électrique en cachette, c'est puni par la loi. Il faudrait qu'on force les portes et…*

– Hé, laissez-moi terminer ! On n'aura pas besoin d'en arriver là. Il y a une autre solution, nettement moins risquée. Ce serait de prendre le chemin du Gorelli.

Blue marqua une pause savamment dosée pour regarder ses amis. S'ils avaient été dans un film ou dans une série télé, le moment aurait été idéal pour mettre un peu de suspense avec un bel effet sonore. Sauf qu'ils n'étaient que quatre enfants (plus un qui était invisible), sous un soleil de plomb et avec le vent qui soufflait.

Moins spectaculaire, hein ?

Cameron secoua la tête :

– *Le Gorelli, ce n'est pas l'endroit où une fille a failli mourir, pas plus tard qu'hier ?*

– Présenté comme ça, c'est très dangereux, mais je suis montée jusqu'au refuge des dizaines de fois… OK, ça ne se fait pas en deux minutes, c'est crevant, et il faut faire attention où on met les pieds. Mais, à côté du refuge, un sentier pas trop dur conduit tout près du barrage, il suffira de le suivre. On va découvrir où sont enfermés les Vous. Les libérer. Et revenir à notre point de départ.

– Les Vous sont nombreux, observa Abel. Si le Vieux les a tous capturés, ils doivent être une trentaine. Tu comptes les trimballer dans la montagne ? En pleine nuit, par-dessus le marché ?

Blue ignora le ton ironique de son ami.

– Non, pas de nuit. Trop dangereux. Et ça ne servirait à rien. On partira tôt demain matin. À partir du parking, il faut trois heures pour arriver au refuge, et encore une heure pour atteindre le barrage. On sera sur place avant le déjeuner et peut-être rentrés pour dîner.

En réalité, un sacré bout de chemin les attendait. Blue était sportive, Abel aussi. Lea et Cameron avaient l'air en forme. En réalité, ce qui l'inquiétait, c'était Luka. Il se fatiguait vite. Est-ce qu'il tiendrait le rythme ?

– Il reste un problème.

– Lequel ?

– Nos parents.

Cameron leva son portable. Il avait reçu douze messages.

– Je suis juste parti me promener et mon père a déjà pété un câble. Vos parents feraient pareil s'ils apprenaient que vous n'êtes pas dans le studio, chez Abel…

Lea fit remarquer :

– Moi, je n'ai pas de portable.

– Alors ils font comment pour t'appeler, tes parents ? demanda Abel.

– Ils ne m'appellent pas.

– Tu ne te sens pas prisonnière, sans téléphone ?

– Et toi, tu ne te sens pas prisonnier, avec un téléphone ?

Et voilà, ils recommençaient à se chamailler…

Blue se tut car elle avait d'autres soucis en tête. Cameron avait raison : il fallait régler le problème des adultes. Elle s'était déjà baladée seule dans la montagne, mais elle ne s'était jamais lancée dans une expédition pareille. Et avec l'accident de la veille, ses parents ne les laisseraient jamais partir.

– J'ai une idée. Mon père.

À force d'entendre Cameron parler anglais, Blue avait le sentiment de le comprendre, sans avoir besoin de la traduction. C'était comme suivre un cours en accéléré, rien à voir avec ce qu'on lui apprenait au collège !

– *Ton père ?* demanda-t-elle.

– Il est écrivain. Il passe une bonne partie de la journée à lire, mais c'est tout. Il sera content si je lui parle de vous… enfin, si je lui dis que j'ai des amis.

Cameron baissa la tête.

– Il s'inquiète… Vous voyez le truc, quand on n'est pas du coin et qu'on ne parle pas la langue…

– Oh, moi, je suis née à Montemorso et je n'ai pas d'amis, avoua tranquillement Lea.

ET J'EN CONNAIS UN AUTRE QUI N'EST PAS DU COIN.

Les autres sourirent. Cameron aussi.

– Bref. Et si je lui demandais de venir avec nous ? Luka ne pourrait pas monter dans la voiture, c'est évident, mais…

JE POURRAIS PARTIR PLUS TÔT ET VOUS ATTENDRE SUR LE PARKING. JE SAIS OÙ C'EST, J'Y SUIS DÉJÀ ALLÉ. CE N'EST PAS SI LOIN.

– *On grimpera jusqu'au refuge et, une fois sur place, on trouvera un moyen de le distraire. Là, on foncera jusqu'au barrage.*

Abel leva les yeux au ciel.

– Ben voyons ! Aucun adulte n'acceptera de nous accompagner là-haut, même pas ton père. Pas après ce qui s'est passé.

– *Il n'est pas au courant. Il ne connaît personne à Montemorso et il n'achète pas le journal, c'est tout en italien.*

La réponse de Cameron fit soupirer Abel.

– N'empêche. Elle est débile, ton idée.

– *Hé, je t'interdis de…*

Blue les arrêta avant que ça ne dégénère.

– Moi, je dis que ça peut marcher… si on trouve un moyen de distraire le père de Cameron quand on sera au refuge.

– *Lea n'aura qu'à faire diversion.*

Elle eut alors comme une illumination.

– Mettons que j'aie envie de cueillir des myrtilles, ton père serait obligé de m'accompagner !

– Voilà. Et nous, on fera mine de rester au refuge pour nous reposer. Alors qu'en fait…

Les quatre ados s'arrêtèrent et s'observèrent les uns les autres (sauf Luka, bien entendu).

C'était de la folie.

Un nombre incalculable de choses pouvaient aller de travers.

Cela dit, ils avaient un plan.

Façon de parler.

– OK, dit Blue.

Et elle tendit son poing fermé.

– Oh, je t'en prie, soupira Abel. C'est vraiment nécessaire ?

– Oui.

Lea sourit et posa sa main tendue sur le poing de Blue. Cameron l'imita. Abel soupira à nouveau et fit de même.

Ils restèrent immobiles, jusqu'à ce que leurs mains soient enveloppées par les trois doigts invisibles de Luka.

Le Vieux prépare le dîner

La perspective de ces vacances surprises réjouissait tellement Trevisan qu'il avait décidé de prendre ses aises. Et le Vieux, qui attendait de le voir débarrasser le plancher, ne voulait pas éveiller les soupçons.

Plus ou moins vers midi, l'autre abruti attrapa son sac à dos, lui rappela de toujours signer le registre en son nom et s'engouffra à l'intérieur du monte-charge.

Agenore Novak patienta vingt minutes et fit remonter la plate-forme pour l'avoir à disposition, au cas où, puis sortit et referma la porte métallique, qu'il bloqua avec une barre.

Ça y est, il était libre.

Et seul.

Il prit sa besace de chasseur, son fusil, et s'enfonça dans les bois. À son retour, vers les trois heures de l'après-midi, il portait un chevreau sur son dos. Il l'avait tué au couteau. Il lui avait tranché la gorge avant de le vider, en mettant de côté les viscères, qu'il avait rangés dans sa sacoche.

S'il n'avait pas tiré, c'était pour ne pas faire de bruit et éviter de gâcher une balle. De toute façon, sa proie ne se serait pas envolée. Il l'avait trouvée enchaînée près d'un arbre, prise à la patte.

À vrai dire, les pièges étaient interdits, et à cette période de l'année la chasse au chevreau l'était aussi. Les gens d'en bas appelaient ça du « braconnage ». Les crétins. Ils ne savaient pas ce que c'était, de vivre tout là-haut, à un endroit où il n'y avait jamais personne, un endroit où le silence de la nuit était si profond qu'il vous serrait l'estomac. Sans oublier les loups, oui, les loups, avec leurs yeux jaunes et leurs dents acérées.

De toute manière, il avait passé la journée à contrôler ses pièges, un peu partout dans la forêt, et à tous les ramasser. Il les avait dans sa besace.

– Mais ces horreurs, c'est pire que des loups… murmura-t-il pour lui-même. Pire que des loups.

À peine arrivé, il pendit la carcasse à un croc en fer près de la porte, se rendit dans la cuisine et installa une grande casserole sur chacun des quatre fourneaux. Il attendit que l'eau parvienne à ébullition pour ajouter une pincée de sel, près de cinq kilos de riz et les entrailles du chevreau débitées en morceaux.

Pouah, ce que ça puait, une véritable infection. Mais bon, il n'était pas chef dans un restau trois étoiles ! Le problème, c'était le riz : à ce train-là, ses stocks seraient à sec en un rien de temps.

– Il va falloir vous mettre au régime, mes petits chéris. Eh oui. Vous serez tellement maigres qu'on ne vous verra même plus !

Le Vieux passa un bon moment à rire de sa propre blague, qui n'était franchement pas extraordinaire (mais, à force de rester tout seul, on risque de ne plus savoir ce qui est drôle).

Au bout de quinze minutes, le Vieux estima que le riz était prêt et le versa dans un seau en métal qu'il porta jusqu'à la cabane, son fusil dans l'autre main.

– Hé, là-dedans ! Dégagez le passage, je vais ouvrir. Et pas de blague !

Il envoya un grand coup de pied dans la porte et balaya la pièce avec son fusil. Une bouffée d'air envahit ses narines. Ça sentait la rouille, la sueur et la chair en décomposition. Atroce.

À l'intérieur, on entendit des chaînes tinter. Et dans la pénombre il vit les maillons glisser par terre. Les gants dont il s'était servi la veille pour repérer ces saloperies étaient tous par terre, chiffonnés et piétinés.

– Pourquoi vous les avez enlevés ? brailla-t-il. Qui vous a donné la permission ?

MONSIEUR. S'IL VOUS PLAÎT. MONSIEUR, S'IL VOUS PLAÎT, AIDEZ-NOUS. LAISSEZ-NOUS SORTIR.

C'était la voix de sa mère. La malheureuse avait été emportée par une tumeur, près de quinze ans plus tôt. L'entendre résonner partout dans cette pièce lui fila les jetons. Et l'énerva encore plus.

– Je vous avais dit de garder vos gants ! Je veux toujours vous avoir à l'œil, bande de pourritures, toujours savoir où vous êtes. Mais non, vous avez désobéi… Puisque c'est comme ça, pas de dîner. Débrouillez-vous. Je vous l'apporterai demain, si une bête ne bouffe pas tout avant !

MONSIEUR, S'IL VOUS PLAÎT. LES VOUS ONT FAIM. ET SOIF.

Même si la cabane avait l'air vide, le Vieux n'oubliait pas qu'elle était pleine à craquer. Remplie de corps, de membres, de visages. Et il était bien en peine d'expliquer par quel miracle. La vérité, c'était qu'il sentait la présence de ces monstres, ça l'horrifiait.

À cela s'ajoutait le sang de ceux qu'il avait blessés. Leur ton pleurnichard. La voix de sa mère. Il serra les dents. Les sales pourritures.

– Il fallait y penser avant.

JUSTE UN PEU D'EAU…

– Vous avez déjà bu hier. Je vous en apporterai plus tard, si vous êtes sages. Et si vous mettez vos gants.

MONSIEUR.

La voix avait changé. Cette fois, elle lui rappelait Filomena, la première petite amie qu'il avait eue, des années plus tôt.

MONSIEUR.

Oui, c'était bien Filomena.

LES VOUS SONT VENUS EN PAIX. LIBÉREZ-NOUS, PAR PITIÉ. LES VOUS PEUVENT PARTIR LOIN D'ICI, VOUS N'ENTENDREZ PLUS JAMAIS PARLER DES VOUS…

Le Vieux cracha par terre.

– Ben voyons. Comme si je ne savais pas qui vous êtes.

Il inspira profondément et ajouta :

– Saletés de martiens.

LES VOUS NE CONNAISSENT PAS CE MOT…

– Comme si j'allais gober ça, franchement ! Vous voudriez que je vous libère et que je vous laisse conquérir la Terre, tant qu'on y est ?

Il cracha encore.

– Vous êtes mal tombés. Vous êtes tombés sur un type qui a la tête sur les épaules. Mon métier, c'est gardien, messieurs-dames. Je protège les gens. Et ce barrage. Pas de bol pour vous…

MONSIEUR.

Filomena parlait au nom de tous les autres, le Vieux venait de s'en rendre compte. C'était peut-être leur chef.

Les Vous ne comprennent pas. Ils ne souhaitent rien conquérir du tout. Ils ne souhaitent faire de mal à personne. C'est la vérité.

– Alors, qu'est-ce que vous venez faire sur Terre ? Du tourisme ? Mars ne vous plaisait plus ?

Monsieur, les Vous ne comprennent pas.

– Fous-moi la paix !

Le Vieux attrapa la poignée et fit claquer violemment la porte. Qu'il ferma à double tour.

Bon sang, il était tout essoufflé, et nettement plus fatigué qu'après sa balade dans les montagnes. Il attendit que son cœur retrouve son rythme normal.

Il poussa le seau rempli de riz à deux pas de la porte, regagna la maison et attrapa le sac dans lequel étaient rangés ses pièges à loup. C'étaient des engins en fer que lui avait fabriqués un ami ferronnier, il y a vingt ans de ça. Et, même s'ils avaient rouillé depuis, ils ne l'avaient jamais déçu.

Le mécanisme était d'une simplicité enfantine : deux arceaux hérissés de dents métalliques, un ressort et un crochet fixé à une plaque. Il suffisait d'écarter les arceaux (prudemment) de manière à déclencher le crochet central.

Et voilà, le piège était armé et prêt. Si quelqu'un ou quelque chose frôlait la plaque, un ressort s'actionnerait et le piège se refermerait sur ce qui se trouvait au milieu (une patte, un pied et ainsi de suite).

Chacun d'eux était assez solide pour immobiliser un loup, le Vieux le savait bien. Ce n'était pas des martiens qui leur poseraient problème.

Oh non.

Tout en chantonnant, le Vieux commença à disposer ses pièges. L'important, c'était de bien les cacher dans l'herbe…

Si jamais ses prisonniers arrivaient à s'échapper, ou si, quelque part dans la montagne, d'autres monstres avaient l'intention de libérer leurs potes, ils auraient une belle surprise.

Une surprise que Blue et les autres n'auraient jamais pu soupçonner. C'est la vie. Parfois, quelqu'un nous tend un piège et nous ne nous doutons de rien avant de mettre le pied dessus.

Voilà pourquoi il faut toujours faire attention.

Blue mange une pizza

Ce soir-là, Tom (qui était loin d'imaginer l'existence de ces pièges à loup et de tout le reste) rentra de sa journée de travail avec un sourire triomphant :

– J'ai pris de la pizza !

Blue était dans sa chambre ou, plus exactement, sur le pas de la porte. En haut du chambranle, elle avait fixé une barre à laquelle elle s'était suspendue pour se muscler les doigts. Si elle comptait retenter l'ascension du Géant dans les prochains jours, elle avait intérêt à garder la forme.

– Grenouillette ! l'appela son père en entrant dans le couloir. Tu as entendu, j'ai commandé de la pizza !

Il avait l'air tout content.

– Ah bon ? Tu n'avais pas dit que...

– J'ai changé d'avis. Alors attention, pas un mot à ta mère.

(Si Luisa l'avait entendu, elle se serait transformée en dragon cracheur de feu. À juste titre, d'ailleurs. Mais elle n'était pas là. Et quand ils se retrouvaient ensemble, Tom et Blue étaient comme deux gamins en vacances, depuis toujours.

Son père approcha et l'attrapa par la taille pour la soulever. Blue fit mine de résister, puis lâcha la barre. Tom la fit voltiger dans le couloir étroit. Encore un peu et elle se cognait la tête sur le plafond.

– Stop ! s'esclaffa-t-elle. Arrête, papa, ou je vais vomir…

– N'importe quoi.

– Si c'est vrai. Tu m'as pris quelle pizza ?

– Gorgonzola et noix.

– Quoi ?!

Il éclata de rire.

– Mais non, je t'ai pris ta préférée. Champignons et olives !

Ils mirent la table dans la cuisine, c'est-à-dire que Tom sortit une bière du frigo et que Blue remplit une carafe d'eau du robinet.

– Pas de téléphone ? Qu'est-ce qui lui arrive, à Tilly ?

Tilly ! Oh non, Blue avait complètement oublié sa meilleure amie. Elle n'avait pas fait ça, quand même ? Elle se précipita dans sa chambre et attrapa son portable. Toujours rien à la quatrième sonnerie. Peut-être que Tilly lui en voulait à mort ! Elle faillit raccrocher et la rappeler plus tard. Pendant ce temps, le téléphone continuait de sonner dans le vide.

Finalement, l'écran afficha le visage de celle que Blue connaissait depuis le début de son existence, ou presque.

– J'aide ma mère à préparer le repas, grogna-t-elle.

– Pardon-pardon-pardon-pardon-pardon !

Tilly leva la main.

– C'est bon.

– Non. Vraiment, excuse-moi. Je ne sais pas comment te demander pardon. Je… J'ai été nulle, je suis la pire des amies. Tu as le droit d'être fâchée, je ne t'ai pas appelée de la journée. Je suis désolée.

– Tu es désolée ?

Le visage de Tilly remplit tout l'écran.

– Tu as vu l'heure ? Il est presque sept heures et demie. On ne s'est pas parlé de la journée. Tu m'as envoyé deux pauvres messages, c'est tout.

Une boule énorme serrait la gorge de Blue.

– C'est vrai.

– Bien sûr que c'est vrai. Je suis restée chez moi toute la journée. Seule. Avec ça.

Elle agita son plâtre. Pas le moindre petit mot sur la surface blanche. Blue se sentit encore plus coupable. Deux ans plus tôt, en pleine séance d'escalade, elle s'était cassé la jambe en glissant d'un rocher. Tilly avait recouvert son plâtre de dessins, de mots et de couleurs, on aurait dit une œuvre de street art, une splendeur. (Abel avait apporté sa contribution lui aussi, mais la question n'était pas là.)

– Tilly, je suis sincèrement désolée, excuse-moi. C'est juste que… voilà, il s'est passé quelque chose.

Des étincelles brillèrent dans les yeux de son amie.

– Ah oui, quoi ?

Blue alla fermer la porte, recula à pas feutrés jusqu'à son lit et murmura :

– Je ne peux pas te le dire. Non, attends, attends… Je ne peux pas te le dire maintenant. Mon père est là, il m'attend pour dîner. En plus, c'est une histoire… difficile à expliquer. Difficile à croire, aussi.

Le visage de Tilly se fit sérieux.

– On s'est toujours tout raconté. Et je t'ai toujours crue.

– Je sais, je sais. Seulement… ce n'est pas le bon moment.

– Ah ! répliqua son amie tandis que l'image devenait légèrement floue.

– Je t'assure, Tilly, il s'est passé quelque chose… et il faut que je te raconte. J'ai hâte, même. Le souci, c'est que ça prendra du temps, et là, ce n'est pas possible. Demain…

– Tu me raconteras tout ?

– Je… Demain, je serai avec Abel et les autres.

Blue était rongée par la culpabilité. Elle n'avait pas le choix, malheureusement.

– Les autres ? Qui ça ?

– C'est encore une longue histoire. Mais bref, il y aura Cameron, celui qui vient d'Amérique, et puis Lea…

Tilly écarquilla les yeux.

– Lea la Chelou ? Tu plaisantes ?

– Pas du tout. Je serai aussi avec Luka, mais tu ne le connais pas. Et Abel. Ensemble, on va monter sur le Gorelli pour faire un truc important. Tu sais qu'on ne capte pas très bien, là-haut. Je serai absente toute la journée. Je t'appellerai le soir en rentrant, promis. Et je t'expliquerai tout !

Le cadre de l'objectif s'éloigna, comme si Tilly avait posé son téléphone sur son bureau. On apercevait un saladier rempli de slime (enfin, juste le bord), le haut du corps de Tilly et, derrière, le plafonnier de sa chambre, celui qu'elle avait à Montemorso : un origami couleur crème en forme de cygne.

– Et ce soir, alors ? Tu ne veux pas me rappeler plus tard, c'est ça ?

C'est vrai, tiens, Blue n'y avait même pas pensé. Et Tilly s'en aperçut.

– OK, lui dit-elle en cognant son portable, ce qui fit trembler l'image. En résumé, tu ne m'as pas écrit de la journée, on ne s'appellera pas ce soir, et demain tu ne seras pas là parce que tu te baladeras avec tes nouveaux amis. Parfait. Eh bien, tu sais quoi ?

– Tilly…

– Va te faire…

Elle n'alla pas au bout de sa phrase, ça avait coupé.

Blue faillit la rappeler, avant de se raviser. Cela ne servait à rien. Tilly finirait par se calmer. Et quand elle serait au courant pour Luka, tout rentrerait dans l'ordre.

Elle lui écrivit un message.

Désolée. Je t'explique tout demain soir.

Pas de réponse. C'était prévisible.

– Hé, Blue !

C'était son père qui l'appelait de la cuisine.

– La pizza va avoir un goût de carton, dépêche !

Tant pis, elle n'avait plus faim. Avoir tout gâché avec Tilly la minait. Alors inutile de jouer les rabat-joie avec son père : elle esquissa un sourire de circonstance et sortit de sa chambre.

Elle fit honneur à sa pizza, puis passa aux choses sérieuses. Voilà, avec ses amis, ils avaient prévu de partir en balade dans la montagne, mais pas seuls, hein, le père de Cameron serait avec eux, oui, le garçon américain, oui, le fils de la nouvelle ingénieure de la centrale, oui, exactement, celle qui avait la Mercedes.

– Sacrée bagnole, commenta son père, la bouche pleine. Ce n'est pas tous les jours que je vois un tel bijou au garage…

– Donc, c'est d'accord, je peux aller avec eux ?

– Oui, mais j'aimerais voir ce type de visu avant de lui confier ma fille adorée.

– Tu aimerais surtout voir sa voiture, avoue.

– Aussi.

– Donc, c'est d'accord ? insista-t-elle.

– Ça dépend, marmonna Tom. Ce Cameron, là, c'est ton nouveau petit copain ? Et Abel, tu en fais quoi ?

– Papa ! Personne n'est le petit copain ou la petite copine de personne.

– Si tu le dis. Bon, va où tu veux… tant que ce n'est pas sur le Gorelli.

Ta-taaam. Elle avait essayé d'éviter la question mais son père avait mis les pieds dans le plat.

– Pourquoi ? protesta-t-elle. On y est allés des milliers de fois.

– Effectivement. Mais ça, c'était avant qu'une de tes camarades de classe ait un accident pile à cet endroit. Alors pas de Gorelli.

Blue évita de répondre. De toute manière, son père ne découvrirait jamais la vérité. Il n'en saurait rien.

– Bon, si on se faisait une petite partie de Mario Kart ?

– Non, papa, ça ne me dit rien, désolée.

– J'ai compris : Tilly.

– Voilà. Et puis demain, il faut que je me réveille tôt.

– Ça marche.

Blue s'enferma dans sa chambre et se laissa tomber sur le lit sans allumer la lumière. Neuf heures. Trop tôt pour dormir. Or elle ne savait pas quoi faire d'autre.

Soudain, on frappa à la porte. L'espace d'un instant, elle crut (bêtement) que Luka était venu la retrouver en grimpant sur la façade de l'immeuble, ou quelque chose dans ce goût-là. Mais Luka n'aurait jamais frappé. Et, effectivement, elle aperçut le visage de son père, puis un bras et un bout de jambe.

– Allez… Rien qu'une petite partie. S'il te plaît. Tout seul, ce n'est pas marrant.

Comment ne pas éclater de rire ? Son père était trop drôle quand il faisait cette tête-là.

– Bon, tu viens ? insista-t-il. Je prépare du popcorn.

Il la regarda d'un air entendu puis disparut derrière la porte. Elle sauta de son lit en secouant la tête et le suivit dans le salon.

Ils jouèrent ensemble jusqu'à minuit. Encore un truc formellement interdit.

Mais ça, ils s'en fichaient éperdument, lui comme elle.

Cameron part en rando

Pour Cameron, le quatrième jour de cette histoire commença à sept heures du matin, avec des yeux exorbités et le cœur qui battait la chamade.

C'était toujours pareil. Avant une course, un contrôle. Avant un rendez-vous avec une fille. (Et encore, il n'en avait pas eu des masses. Deux avec Jenny, et ils ne s'étaient même pas embrassés. Et un avec Caroline, mais c'était il y a trois ans, ils étaient petits, ça ne comptait pas vraiment. Bref, deux rendez-vous et demi en tout et pour tout.)

Une fois de plus, il avait cette impression de se noyer. Aujourd'hui, ils allaient escalader le Gorelli pour libérer les Vous. Et son père serait là pour les accompagner.

– *Cameron, tu es réveillé ?*

La voix de son père était aussi tonitruante qu'un saxophone. La veille, ses parents avaient failli pleurer de joie : c'est vrai, il s'était déjà fait de nouveaux amis ? C'est vrai, ils l'avaient invité à faire une randonnée ? Et il fallait un accompagnateur ? Mais oui, oui, mille fois oui !

Tasha Woods avait même pensé prendre un jour de congé pour venir avec eux. Cameron avait eu du mal à lui expliquer que ça aurait été sympa… mais voilà, c'était une randonnée entre amis, pas une balade en famille. Une chance, elle avait saisi le message et il s'était senti lâche, car ses parents ne se doutaient de rien.

– *Le petit déjeuner est prêt ! Dépêche-toi, on va être en retard.*

– *J'arrive, j'arrive.*

Lorsqu'il entra dans la cuisine, un délicieux parfum de pancakes nappés de sirop d'érable envahit ses narines. Cameron plissa le front. Ils avaient trouvé ça où ? Pas à la supérette du village, ils n'en vendaient pas !

– *On l'avait gardé pour une grande occasion*, expliqua sa mère. *Et c'en est une. Tu t'es quand même fait tes premiers amis italiens !*

Tyrone Woods fit alors son apparition, habillé de pied en cap : chaussures de marche, gilet de sport rouge et chapeau en toile à bord large (il y avait même un bout de tissu qui se déroulait jusque sur ses épaules pour protéger sa nuque du soleil).

– *Tu ne vas pas venir comme ça, j'espère ?* s'étrangla Cameron.

– *Évidemment que si !* s'exclama son père, tout content.

– *Sauf si quelqu'un s'arrange pour qu'il oublie sa tenue dans la voiture*, dit sa mère avec un petit clin d'œil.

– *On t'accompagne au travail avant d'y aller ?*

– *Non, ne vous embêtez pas pour moi. Notre voisine m'a prêté un vélo, ça me fera du bien.*

– *La voisine ? Mais c'est une vieille mémé !* objecta Cameron.

– *Justement, elle n'a pas besoin de ce vélo.*

– *Et elle ne parle qu'italien, comment tu as fait ?*

La mère de Cameron sourit et lui adressa un nouveau clin d'œil.

Le temps de régler les derniers préparatifs, Tasha prit son vélo et emprunta la route du lac. De leur côté, Cameron et Tyrone montèrent dans la voiture.

Première étape : la grand-place. La place-parking, comme l'appelait Cameron. Tout le monde semblait avoir acheté une voiture pour la laisser sur ce rectangle de bitume au centre du village.

Ils étaient déjà là. Blue et Abel avec leurs pères respectifs, Lea avec sa mère.

En un clin d'œil, il comprit un certain nombre de choses. Par exemple que Tom avait l'air super sympa, même s'il n'était venu que pour admirer la Mercedes ; la preuve, il se mit à en inspecter l'intérieur, les roues et les enjoliveurs. Encore un peu et il demandait la permission d'ouvrir le capot. À l'inverse, M. Kurt et Emilia, la mère de Lea, se détestaient. Elle était également la seule à parler anglais. Elle avança vers son père pour lui serrer la main et le remercier d'accompagner cette bande d'inconscients. Ça lui faisait très plaisir que Lea soit de la balade.

– Elle a du mal à se trouver des amis de son âge... Et avec ce qui s'est passé l'autre jour, j'avais peur qu'elle mette des mois avant de refaire une randonnée dans la montagne.

– Ah bon, pourquoi ? Qu'est-ce qui s'est passé ?

Mince, Emilia Santarossa était à deux doigts de raconter l'histoire de l'accident, elle allait tout faire louper. Cameron se hâta d'intervenir :

– Papa ! Arrête de discuter, on va être en retard.

Vint alors le moment des bisous, des câlins, des dernières recommandations. Puis celui de prendre la route. Il planait une espèce de silence gêné, enfin, c'était son avis. La faute à ce problème de langue, sans doute, comme chaque fois depuis qu'ils vivaient ici. Ils comptaient l'inventer quand, la pilule pour apprendre les langues étrangères ?

– Bion, finit par dire Tyrone. Vous aimez m*ountanié* ici, je cr*oua ?*

– *On adore ça, la montagne*, répondit Lea en anglais. *Et puis je suis photographe... Avec tous ces paysages, c'est super.*

– *Ah oui, photographe ? Tu as quoi, comme appareil ?*

– *Un Olympus OM-1. C'était celui de mon père.*

– *Un reflex avec pellicule ? Tu es une vraie pro, alors...*

Et voilà le travail. La veille, ils avaient décidé que Lea se chargerait de lier connaissance avec Tyrone Woods (Blue et Abel avaient été écartés d'entrée de jeu, ils étaient de vraies billes en anglais).

Une chose est sûre : Lea ne ménageait pas ses efforts. Elle parlait photo en y mettant tout son cœur. Et le père de Cameron n'était pas en reste. Il faut dire que son métier de journaliste l'amenait à lire énormément et à parler avec les gens. Il s'y connaissait dans toutes sortes de domaines et il pouvait discuter de n'importe quel sujet pendant des heures. Un vrai *jack of all trades*, comme on disait en Amérique.

Et alors qu'ils étaient là, dans cette voiture, avec en bruit de fond la conversation de ces deux passionnés de photo, Cameron se dit que tout irait bien. Pour la première fois.

En suivant le GPS et les indications de Blue, ils arrivèrent au parking en terre où commençait le sentier du Gorelli. Ils descendirent et prirent leurs sacs à dos.

Cameron regarda Blue et haussa un sourcil pour lui demander : Et Luka ? Le plan était clair : en principe, il les attendait déjà sur place. Mais comment savoir s'il était là ou pas puisqu'il était invisible ?

– C'est porti ? lança son père.

– Une seconde, je dois attacher mes chaussures, répondit Blue.

Ce fut l'opération de laçage la plus lente du monde. Cameron était admiratif. Cette fille était un vrai génie. Plus il passait de temps avec elle, plus elle l'impressionnait.

Hé, les amis, je suis là ! Désolé du retard, mais… il y avait du chemin.

Blue, Abel, Lea et Cameron se regardèrent, un peu gênés. Tyrone avait toujours le nez dans la grande carte qu'il avait apportée.

Ne vous inquiétez pas pour lui, il ne peut pas m'entendre, si je n'en ai pas envie.

– *Ah*, marmonna Cameron. *Une chance.*

– *Quoi ?* demanda son père.

– *Une chance, Blue a fini de lacer ses chaussures. On peut y aller.*

Ouf, grâce à l'intervention de Lea, la discussion était close.

Ils s'engagèrent sur le sentier, Tyrone et Lea devant tout le monde. Cameron voyait flotter l'ombre de Luka, longue et tordue, avec ces drôles d'ailerons dans le dos.

Je ne sais pas ce qui m'arrive. Je me souviens. Là où je vivais avant, courir des heures ne me faisait pas peur. Ici, un rien me fatigue.

– C'est peut-être parce que ton monde est situé sur une autre planète, dit Abel. Admettons qu'elle soit plus petite que la Terre, donc avec une force de gravité réduite… Le moindre mouvement est plus facile.

Je ne me sens pas plus lourd. C'est l'air qui est différent.

– Et puis si Luka venait d'une autre planète, il aurait un vaisseau spatial…

Blue s'assura que Tyrone était assez loin et distrait par Lea avant de répondre.

– À mon avis, les Vous viennent d'une dimension parallèle. La Main de Pierre était comme une porte entre notre monde et celui de Luka. Et quand elle s'est détachée, les Vous ont atterri ici…

Le sentier était ardu, il circulait au milieu des pâturages de haute altitude, entourés de pentes où seuls des bouquetins pouvaient s'aventurer. Rien à voir avec le Colorado, sans parler des sommets qui les surplombaient, tous très découpés. Cameron les sentait plus anciens.

Ils firent une première halte près du refuge des sauveteurs, au bas de la partie rocailleuse du Gorelli. Le fameux pierrier.

Vu d'ici, le flanc de la montagne fichait la trouille.

– *On te suit, Luka ?* souffla Cameron. *Tu t'y connais, j'ai l'impression.*

JE SAIS LIRE LE TERRAIN ET LES TRACES. COMME TOUS LES VOUS.

– On ne peut pas dire que tout se soit bien passé, l'autre fois, marmonna Abel. Ça n'a pas empêché ces scouts de tomber… aïe ! Eh, fais gaffe, Blue !

– Oh, pardon. Je ne voulais pas te donner un coup de pied en plein dans le tibia.

– Tu parles, tu l'as fait exprès… Aïe ! Mais arrête !

Cameron éclata de rire. Luka aussi.

Ils mangèrent du chocolat et burent une gorgée d'eau avant de se remettre en marche.

– *Attention, ça glisse. Ne me collez pas trop ou je risque de vous entraîner, si je tombe.*

Tyrone Woods répliqua aussitôt :

– *Qu'est-ce que tu racontes, fiston ? Il n'y a pas de raison pour que tu tombes, c'est juste une pente avec des cailloux partout.*

S'il savait…

Ils continuèrent leur ascension et atteignirent l'endroit où le pierrier se scindait en deux. Là, ils prirent le couloir de droite (celui que la patrouille de Lea n'avait pas voulu prendre, deux jours plus tôt).

Ils mirent près d'une heure pour arriver au sommet, en comptant une pause à mi-chemin afin que Luka se repose : Cameron prétendit qu'un caillou le gênait dans sa chaussure.

Au-dessus, un autre monde s'ouvrait devant eux : plus aucun arbre, à peine quelques touffes d'herbe, des pierres blanches et le bleu du ciel.

Ils marchèrent encore une demi-heure le long d'un sentier nettement moins ardu qui menait au refuge, une grande maison au toit noir, écrasée contre la paroi rocheuse du premier des Deux Crocs.

Ils entrèrent dans une salle à manger tout en bois, du sol au plafond. Il y avait plusieurs tables, toutes vides. Le gérant, un gros bonhomme en chemise de flanelle, surgit par la porte de la cuisine.

– B*eu*njour, lança Tyrone. Vous pouvez faire m*o*nger nous, oui ?

– Vous voulez manger ? Attendez une seconde, je vais voir ce que j'ai en stock… Depuis l'accident de l'autre jour, personne n'est venu et je ne me suis pas mis aux fourneaux… Mais installez-vous, installez-vous.

Une chance, l'homme avait parlé trop vite pour que Tyrone saisisse le mot « accident ».

Ils s'assirent et, quelques minutes plus tard, on leur apporta de la polenta légèrement brûlée, mais froide, ainsi qu'un plateau de fromages.

– Vous avez de la charcuterie ? demanda Abel. Je n'aime pas trop ça, le fromage…

– Je vais voir.

Ils se mirent à manger. Cameron remarqua que Blue faisait glisser des tranches de polenta sous la table.

Et puis Lea se leva :

– *Hé, si on allait cueillir des myrtilles ?*

– *Des myrtilles, à cette altitude ?* s'étonna Tyrone.

– *Oui, celles qu'on trouvera seront super bonnes… Qui m'accompagne ?*

– *J'en peux plus*, fit mine de soupirer Cameron.

– Bon. Et vous ? enchaîna-t-elle en italien.

– Bof, dit Blue.

– Pareil, acquiesça Abel.

– *Même chose pour moi !* s'exclama Tyrone. *Restons ici, allez. Le chemin pour rentrer sera assez long, autant reprendre des forces.*

Les ados se regardèrent.

Ils se dirent la même chose tous les quatre, plus Luka.

Ce n'était pas prévu au programme.

– *D'accord, je n'ai qu'à y aller toute seule, alors…* avança Lea.

– *Ça m'ennuie un peu. Tu es sous ma responsabilité, quand même.*

– *Allez, papa, accompagne-la. Avec Blue et Abel, on va rester là et jouer aux cartes.*

Son père s'étira.

– *Moi aussi, j'aime jouer aux cartes…*

Mince, il fallait trouver une solution, et vite. Cameron hésitait quand Luka intervint.

ABEL, DIS QUE TU ACCOMPAGNES LEA. ET TOI, CAMERON, EXPLIQUE À TON PÈRE QUE TU AIMERAIS RESTER UN PETIT MOMENT SEUL AVEC BLUE PARCE QUE TU LA TROUVES MIGNONNE.

– Quoi ?

Blue avait presque crié mais elle se tut brusquement, comme si on lui avait donné un coup de coude.

SOYEZ DISCRETS ! ET FAITES-MOI CONFIANCE.

Le plan n'avait pas l'air d'être du goût d'Abel.

– Je m'en fiche, moi, d'aller cueillir des myrtilles, murmura-t-il. Et je n'ai pas envie de te laisser seule avec… ces deux-là.

ON N'A PAS LE CHOIX. PERSONNE N'IRA NULLE PART, SANS ÇA.

– Tant pis. C'est hors de question.

Tyrone observait la scène d'un air dubitatif. Cameron aurait donné n'importe quoi pour creuser un trou dans le plancher du refuge et disparaître.

Blue finit par esquisser un sourire forcé et, sans desserrer les dents, elle dit à Abel :

– On n'a pas le choix, j'ai l'impression.

Il poussa un long soupir. La regarda. Soupira de nouveau. Puis encore une troisième fois.

– S'il te plaît…

Finalement, il se décida à se lever.

– C'est d'accord, allons les cueillir, ces myrtilles.

– Génial ! dit Lea. *Allez, monsieur Tyrone.*

Le père de Cameron se leva à son tour.

– On y va tous, alors ?

À TOI, CAMERON.

Le visage en feu, celui-ci bafouilla :

– Euh, je… je préférerais rester ici avec…

Et il indiqua Blue du coin de l'œil. Elle était aussi rouge qu'un coucher de soleil sur les Alpes.

– *Oh !* s'exclama soudain son père. *Ah, oh, je... je n'avais pas compris que... Oui oui, bien sûr. Mais vous restez ici, hein ? On vous laisse les sacs à dos. De toute manière, on reviendra vous chercher dans pas longtemps. Soyez sages. Et bonne chance, fiston, ha ha !*

Après ce moment horriblement humiliant (entre les ricanements de Lea et la mine furieuse d'Abel), l'équipe myrtille quitta le refuge.

Il ne restait que Blue et Cameron.

Ainsi que Luka, mais puisqu'on avait du mal à le voir, c'était comme s'il s'était retrouvé seul avec Blue, en un sens. Il repensa à ce qu'il s'était dit en début de journée, au sujet du stress et des filles.

Quelque part, cette mission secrète était un troisième rendez-vous et demi.

Peut-être.

Non.

Carrément.

3
CORPS

Tilly prend le bus

Les bons détectives ont toujours deux grandes qualités : un sacré culot et une ténacité à toute épreuve.

Question ténacité, Tilly n'avait rien à envier à personne. La veille, elle avait passé des heures sur les réseaux sociaux, à éplucher les profils des gens qu'elle connaissait à Montemorso : ses anciens camarades de classe, ses amis, et même des voisins et des collègues de sa mère. Elle avait ensuite utilisé une appli de retouche pour contrôler chaque image, pixel par pixel.

Même chose sur le site du journal local, *L'Écho de la montagne*, et de ceux de la région.

Plus ou moins vers l'heure où sa mère lui avait ordonné d'aller se coucher (« Mirtilla, éteins ce machin, tu vas t'abîmer les yeux ! »), elle avait une idée assez précise de la situation.

Ce n'était pourtant pas suffisant. Il lui fallait une certitude. Des preuves.

Et c'est ainsi que, le quatrième jour, Tilly repoussa son drap et fixa d'un œil torve l'arrivée d'air de la clim. Comment s'éteignait ce machin ? Si en plus de son bras plâtré elle attrapait la crève…

Elle se rendit dans la cuisine, toujours en pyjama. Un pyjama court, en coton, imprimé de petites pêches qui souriaient. Blue ne loupait jamais une occasion de se moquer d'elle quand elle le portait. Mais ça, c'était à l'époque où elle habitait encore dans les montagnes. Sans compter que, la veille, sa meilleure amie ne lui avait pas envoyé le moindre message. Une autre pièce du puzzle qui s'imbriquait, d'une certaine façon.

– Tout va bien, ma chérie ?

C'était sa mère. Qui était en pyjama, elle aussi. Mais le sien était en soie et nettement plus classe !

– Ben... oui, pourquoi ?

– Je t'ai entendue marmonner dans ton sommeil, cette nuit.

Sa mère avait préparé du café. Tilly n'aimant que le lait, elle lui vola le pichet pour s'en verser une tasse. Une pincée de sucre, une poignée de pépites de chocolat, et le tour était joué !

– À quelle heure tu pars au travail, aujourd'hui ?

– Dans pas longtemps... Écoute, je t'avais promis que je bosserais à temps partiel les premiers temps, je n'ai pas oublié, mais quand on commence dans un nouveau job, ce n'est jamais facile. Ce week-end, je vais me faire pardonner, on sortira toutes les deux, ce sera chouette. En attendant... Lucrezia ne viendra qu'après déjeuner, il va falloir que tu restes quelques heures toute seule. Je t'ai laissé un truc à réchauffer. Ça t'ennuie ?

Tilly leva les yeux au plafond.

Elle traîna dans l'appartement tandis que sa mère prenait sa douche et finissait de se préparer. Elle l'écouta lui donner ses dizaines de recommandations, lui fit une bise, puis ferma la porte et glissa la chaînette qui verrouillait l'entrée.

Enfin seule.

La veille, durant ses recherches, Tilly avait découvert qu'au moment de sa chute, la pauvre Francesca était en compagnie de Denis, Lorenzo, Edi et Lea.

Si Denis était dans la même classe que Blue et Abel, Lorenzo et Edi étaient dans la sienne. Elle n'avait jamais parlé au premier, l'autre était un petit binoclard discret. Et très gentil.

La seconde qualité des bons détectives était bien d'avoir du culot ? Il était temps de le prouver.

Tilly lança un appel vidéo sur son smartphone. Au bout de deux sonneries, le visage d'Edi s'afficha. Sans ses lunettes, il avait presque l'air de loucher.

– Euh… bonjour, qui… oh, c'est toi, Tilly.

Elle sourit de toutes ses dents.

– Coucou, Edi ! Tu n'avais pas mon numéro ?

– Euh… non, je ne l'avais pas.

Mince, ça ne commençait pas super bien.

– Écoute, je t'appelais parce que… j'ai su pour Francesca. C'est horrible.

– Ouais.

– Ça m'a bouleversée, je suis vraiment triste.

– Oui, moi aussi. C'est horrible.

Tilly remarqua qu'Edi avait l'air agacé, la tête ailleurs. Tant pis. Elle ne comptait pas lâcher le morceau.

– Voilà, je me disais… que les scouts feraient un truc, un bouquet de fleurs pour quand elle se réveillera, ou autre. Je suis loin, mais j'aimerais…

– Je ne sais pas ce qu'on fera.

– Attends, tu es scout, toi aussi ? fit Tilly d'un ton faussement surpris.

– Oui, dit-il.

Et il baissa brusquement la voix.

– Francesca est ma chef de patrouille. Quand elle a glissé sur ces cailloux, j'ai été entraîné moi aussi… On a fait une sacrée chute, j'ai cru que j'allais mourir, alors qu'en fait… c'est elle qui risque d'y rester.

La douleur qui perçait dans sa voix était si nette que Tilly se sentit coupable. Quelque part, elle profitait de lui. Cela étant, si elle découvrait le fin mot de l'histoire, ce serait pour le bien de tout le monde. Enfin, c'est ce qu'elle avait envie de croire.

– Je suis désolée, Edi, ça a dû être horrible. Comment c'est arrivé ? J'y suis allée mille fois, sur le Gorelli… C'est raide, mais pas dangereux.

– Et pourtant, lâcha Edi, les traits tendus. Francesca a glissé, elle s'est cogné la tête contre un rocher.

– Oui. Mais comment elle a fait pour glisser ?

– Elle a dû mettre le pied dans un trou, je ne sais pas…

Il ne la regardait plus. Et on le sentait nerveux.

Plus doucement, Tilly insista :

– Edi, il s'est passé quoi, là-haut ?

– Pourquoi tu me demandes ça ? Il ne s'est rien passé…

Tilly décida de bluffer.

– Je sais déjà tout.

La surprise le fit littéralement changer de couleur.

Dans le mille.

– Mais comment… qui…

– Les rumeurs circulent vite. Et je n'ai pas grand-chose à faire à la maison, avec ce plâtre… Alors, c'est vrai ? Réponds juste oui ou non.

Edi soupira.

– Oui. C'est incroyable, mais c'est vrai.

Tilly se retint de hurler de bonheur. Et d'un ton tranquille, elle demanda :

– Comment c'est arrivé ?

Il fixa l'écran. Et, cette fois, une étincelle traversa son regard.

– On était sur la partie rocailleuse. Tu te rappelles sûrement que, avant le sommet, ça forme deux chemins… Francesca a pris celui de gauche. Logique, c'était le plus court. Mais Lea, tu sais, Lea la Chelou… Elle a insisté pour prendre à droite. Ce qui était idiot.

– Qu'est-ce que vous avez fait, du coup ? Vous l'avez écoutée ?

– Ben non, si on dit qu'elle est chelou, ce n'est pas pour rien. On a pris à gauche. Elle est restée où elle était. Sans bouger, comme si elle était paralysée. Nous, il fallait qu'on trace…

Tilly plissa le front.

– Pourquoi ?

– Pour arriver au refuge les premiers et planter nos tentes au meilleur endroit. Sauf que subitement…

– C'est arrivé, termina-t-elle.

Elle avait les mains moites, malgré l'air de la clim.

– Oui.

Elle déglutit.

– Il s'est passé quoi ?

– Je ne sais pas ce qu'on t'a raconté… Moi, j'ai cru entendre une voix. La voix de Manuel Grassi.

– Bigman ?

La main d'Edi s'agitait sur l'écran tandis qu'il parlait.

– C'est ça, oui, Bigman, de la 4e C ! Tout d'un coup, il s'est mis à crier. Il a dit : « Non, non, arrêtez-vous ! », je n'ai jamais entendu quelqu'un crier aussi fort. On s'est tous arrêtés, même Francesca. C'est là qu'elle a posé le pied au mauvais endroit. Elle a glissé et elle nous a tous entraînés dans sa chute.

Tilly n'était pas sûre d'avoir bien compris.

– Attends, il faisait quoi là-haut, Bigman ? Il est scout, lui aussi ?

Edi poussa un soupir.

– Non.

Il était si près de son smartphone que son nez occupait tout l'écran.

– C'est ça qui est vraiment dingue. Manuel n'était pas là, il n'y avait que nous, là-haut. Mais c'était sa voix, je te jure, je n'ai pas rêvé. Et attends, ce n'est pas fini. Lorenzo m'a expliqué qu'il avait reconnu la voix de son oncle Marco, lui. Il a entendu la même chose, exactement pareil, sauf que c'était son oncle. Complètement dingue, hein ? Plus j'y pense, plus j'ai peur de devenir fou…

Edi était sous le choc. Tilly essaya de le consoler : il pouvait l'appeler s'il avait besoin de se confier. De toute façon, elle savait qu'il ne le ferait pas.

À la fin de l'appel, elle attrapa le cahier recouvert de petits cœurs qu'elle gardait dans le tiroir de son bureau. En règle générale, elle y écrivait ses recettes de slime. La veille, elle l'avait rempli de notes.

Sur l'Affaire de la Bête Invisible.

Car, d'après elle, il y en avait une à Montemorso.

OK, c'était du pur délire, et pourtant tout collait. Ces ombres sans corps. Ces empreintes sur l'eau, avec trois orteils. Ces voix de gens qui n'étaient pas là. Qu'est-ce que ça pouvait être, à part un monstre invisible ? Une créature assoiffée de sang rôdait dans les bois en choisissant ses victimes. Comme M. Peter. Comme le garçon américain, celui qui avait failli se noyer avec son kayak. Et comme la pauvre Francesca.

Ça lui faisait penser à cette série de films qu'elle avait été obligée de regarder avec son père (quand il était encore de ce monde), avec des aliens ultra-méchants qui traquaient les êtres humains grâce à leurs armures électroniques qui les rendaient invisibles. *Predator*, ça s'appelait. Eh bien, voilà, la même chose au village.

Ils avaient combien d'orteils, les Predator ? Trois, sans doute.

Tout la ramenait à la même conclusion.

– Blue est en danger.

Il lui suffit de le dire tout haut pour avoir la certitude que c'était la vérité.

Blue, sa meilleure amie, sa petite sœur, était dans un sacré pétrin. Elle risquait peut-être sa vie.

La preuve : elle ne se serait jamais comportée aussi bizarrement, ces derniers jours. Tous ces messages mystérieux, et puis ces silences... Tilly secoua la tête. Blue vivait collée à son smartphone ! Et, surtout, elle lui racontait tout. En permanence. Elles étaient les deux doigts de la main.

Elle attrapa son téléphone. Numéro injoignable.

Pas étonnant, Blue était dans la montagne. Enfin, sur le Gorelli. Le lieu de l'accident. Qu'est-ce qu'elle était partie faire là-haut ? Une minute, elle la tenait, la preuve ultime. Blue avait des ennuis. Et, puisqu'elles étaient amies, il fallait réagir. Là, maintenant.

À l'instant où cette idée lui traversa l'esprit, Tilly se dit que ça allait trop loin. Elle risquait de le regretter. Tant pis.

Elle ouvrit son armoire remplie de cartons de déménagement encore fermés. Voyons... Ah, voilà son vieux sac à dos d'école. Elle y glissa des shorts, des T-shirts et des chaussures de rando. Elle prit ensuite son cahier de recettes de slime, le câble de son portable et une batterie externe pour le recharger en cas d'urgence.

Dans la salle de bains, elle prit sa brosse à dents, du dentifrice, un flacon de gel douche qu'elle rangea dans un sac plastique pour éviter d'en mettre partout et quelques élastiques pour s'attacher les cheveux.

Déjà midi passé. Il fallait se dépêcher.

Sur la bibliothèque du salon, sa mère avait posé un chat en porcelaine avec la patte dressée. Un souvenir du Japon. Même si on avait du mal à le deviner, juste en le regardant, ce chat était une tirelire où sa mère gardait quelques billets. En glissant la main à l'intérieur, Tilly trouva deux cents euros qu'elle roula pour les mettre dans sa poche.

Bon, est-ce qu'elle laissait un mot avant de partir ? Non, c'était vraiment nul, comme idée. Elle appellerait sa mère plus tard, quand elle serait loin.

Elle activa l'assistant vocal de son téléphone :

– À quelle heure part le prochain bus pour la gare ?

– Depuis votre position actuelle, le prochain bus partira dans douze minutes, répondit la voix artificielle.

Parfait, Tilly pourrait l'attraper à temps. À la gare, elle prendrait un train et un autre bus sur place. Ou deux, elle ne se rappelait plus.

D'ici la fin de la journée, elle serait à Montemorso.

Elle aurait enfin les réponses qu'elle cherchait.

Elle mit son sac (en bataillant avec la bretelle à cause de son plâtre), sortit le cœur léger.

Et dévala l'escalier à la vitesse de l'éclair.

Blue escalade une montagne

Tandis que Tilly prenait la décision la plus dangereuse de sa vie, au refuge du Gorelli, Blue et Cameron avaient un problème à gérer : un malaise XXL.

Elle avait rougi si violemment ! Encore un peu et elle éclatait. Lui regardait par la fenêtre. On aurait dit une statue de cire (fondue).

– Sérieusement, Luka, qu'est-ce qui t'a pris ? Prétendre que Cameron et moi on serait, on serait…

EH BIEN QUOI ? CHEZ LES VOUS, LES PARENTS AIDENT LES JEUNES À SE RAPPROCHER…

– Ici aussi, ça arrive, seulement…

EN PLUS, TU PLAIS À LA FOIS À ABEL ET À CAMERON.

Les yeux du jeune Américain étaient tout près de jaillir hors de leurs orbites.

– *Quoi ?*

– Quoi ? fit-elle en écho.

C'EST ASSEZ CLAIR. SAUF QUE TYRONE EST LE PÈRE DE CAMERON, C'EST POUR ÇA QU'ABEL DEVAIT SE METTRE EN RETRAIT, ET PAS LUI…

– É… Écoute, bégaya-t-elle. Ou… Oublions cette conversation, d'accord ? Et occupons-nous de la mission. Ils sont partis ?

– *Oui*, dit Cameron en regardant ailleurs.

– Alors profitons-en.

Blue attrapa le sac à dos d'Abel avec tout leur matériel et lança :

– Monsieur, excusez-moi !

Le responsable du refuge sortit de la cuisine.

– Le père de mon amie et les autres sont partis cueillir des myrtilles…

– Ah oui ? Ils ne vont rien trouver, à l'altitude où on est !

– Oui, c'est ce que je leur ai expliqué, mais vous savez ce que c'est… les touristes… Bref, avec Cameron, on aimerait se balader de notre côté. Ça vous ennuierait de garder un œil sur nos affaires ?

– D'accord. Mais restez dans les parages et soyez prudents. La montagne est dangereuse, regardez ce qui est arrivé à cette pauvre gamine, l'autre jour…

– Oui, c'est horrible.

– Tu la connaissais ?

Il avait envie d'évoquer le sujet, on le sentait.

BLUE, IL FAUT QU'ON SE DÉPÊCHE…

– Oh, euh… non.

– Une seconde, tu ne serais pas la fille de Tom, le garagiste ?

– Si si, tout à fait, mais il faut que j'y aille, là, à plus tard !

Lea, Abel et Tyrone avaient pris le chemin qui redescendait vers le pierrier, Blue conduisit Cameron et Luka dans la direction opposée. Ils firent le tour du refuge puis tombèrent sur une vieille pancarte du club d'alpinisme avec l'inscription : SOMMET DU CROC 1.

Le panneau marquait le début d'un sentier étroit qu'on

devinait à peine au milieu des cailloux. Blue fonça droit devant, avec son sac qui brinquebalait dans son dos.

Euh… ce serait possible… d'aller moins vite ?

– Je sais que c'est dur pour toi, mais si on veut réussir, il ne faut pas qu'on traîne, répondit-elle.

Ça t'apprendra à raconter n'importe quoi. Voilà ce qu'elle aurait aimé ajouter, avant de se raviser. Pourquoi reparler de cette histoire d'attirance ridicule ?

Le sentier contournait le flanc de la montagne et se resserrait au fur et à mesure qu'il grimpait. Très vite, ce n'était plus qu'un simple rebord creusé dans la paroi rocheuse.

– *Hé, Blue !*

Elle se retourna. Cameron cavalait derrière elle. Quelque chose clochait. Le jeune Américain regardait le bout de ses chaussures, l'air troublé. Et puis il bafouilla :

– Ce que Luka dit que nous… moi et Abel…

– Eh bien, quoi ?

– Pas vr*u*ai ! Pas *love* ! J*e*mais, j*e*mais !

Cameron secouait la tête de toutes ses forces, c'était presque agaçant. Encore que non. Pour être tout à fait honnête, c'était profondément agaçant.

– Oh, euh… merci beaucoup. Mais tu sais, moi non plus, je ne…

Hé, les amis.

Luka avait coupé leur conversation.

Regardez, là. Le barrage.

Ils venaient de franchir une vire, c'est-à-dire une portion de terrain toute plate. Désormais, le sentier donnait sur l'autre côté de la montagne. Plus loin, tout en bas, on voyait un large massif d'arbres et le réservoir du barrage. Blue distingua le toit sombre de la maison du gardien et un autre, plus petit, sans doute (et même sûrement) la cabane à outils.

– *On a encore un sacré bout de chemin devant nous*, murmura Cameron. *On est même en retard, à mon avis.*

Blue sortit son smartphone. Pas de réseau, bien évidemment. Mais l'horloge confirmait l'inquiétude de Cameron.

– Espérons que Lea et Abel réussiront à distraire ton père assez longtemps. Autrement, il risque de flipper…

Cameron hocha la tête, l'air peu convaincu.

– *Il y a autre chose. Si on voit le barrage, ça veut dire qu'en face quelqu'un peut nous voir aussi. Tant qu'on reste ici, on peut se faire repérer.*

D'instinct, Blue se colla à la paroi rocheuse.

– Tu crois que le gardien est en train de surveiller le sentier à la jumelle ? De nous espionner ?

– *C'est possible. Aucune idée. On ne sait pas grand-chose sur ce type… ni sur ce qu'il a en tête.*

– Et donc ?

Soyons prudents.

Ils reprirent leur chemin, en tâchant de rester masqués par les rochers. Désormais, chaque pas pesait plus lourd, leurs muscles étaient tout contractés. Et ce n'était pas qu'une question de fatigue. L'idée que quelqu'un était peut-être en train de les observer ne les lâchait pas. Effectivement, Cameron avait raison : ils ne connaissaient pas le Vieux (et si cela avait été le cas, ils auraient été encore moins rassurés).

Ils arrivèrent à un embranchement. Ah, une autre pancarte du club d'alpinisme. La première flèche indiquait SOMMET

CROC 1 et obligeait à suivre la paroi rocheuse de la montagne. L'autre, sur laquelle il n'y avait rien d'écrit, pointait vers un sentier plus petit qui descendait vers la forêt en contrebas, en direction du barrage.

– À partir d'ici, il faut qu'on avance vite et sans faire de bruit, murmura Blue.

TU DEVRAIS TE DÉBARRASSER DU SAC QUE TU AS SUR LE DOS. ÇA FAIT DU BRUIT.

– Je sais, répondit-elle avec un sourire. Mais il nous sera utile quand on sera sur place. Comme Cameron a dit que les Vous étaient enchaînés, Abel a apporté des outils. Un marteau, un opinel, un tournevis universel… et ça.

Blue sortit une pince de près de quarante centimètres.

– On coupera les chaînes avec.

– *Ton pote est cambrioleur professionnel ou quoi ?*

Elle éclata de rire avant même que Luka finisse de traduire.

– Disons que son père, M. Kurt, est un grand fan de bricolage. Son garage est un véritable arsenal. Allons-y.

Ils s'élancèrent sur la pente qui descendait vers la forêt. Lorsque les arbres se refermèrent autour d'elle, comme de grands bras, Blue se sentit mieux. Le Vieux les avait peut-être repérés, mais maintenant ils étaient à l'abri.

QUELQU'UN EST PASSÉ PAR LÀ.

Le cœur de Blue s'arrêta de battre une seconde.

– Hein ? Quand ? Maintenant ?

NON. HIER MATIN, JE DIRAIS. TU VOIS CES TRACES ?

Elle ne voyait rien. Ni Luka ni les traces.

– C'est le gardien du barrage, tu crois ? murmura-t-elle.

UNE CHOSE EST SÛRE, C'EST QUELQU'UN DE LOURD, AVEC UN

SAC À DOS ET DE GROSSES CHAUSSURES, COMME LES VÔTRES. IL A QUITTÉ LE SENTIER ICI... SUIVEZ-MOI.

– Tu rigoles ? On ne te voit pas.

Luka l'attrapa par la main et l'entraîna. D'instinct, elle attrapa à son tour le poignet de Cameron.

Ils atteignirent un arbre énorme, puis le pied invisible de Luka écarta une branche sur le sol.

VOUS VOYEZ ? EN BAS, L'ÉCORCE EST ARRACHÉE. QUELQU'UN ÉTAIT ATTACHÉ ICI... IL Y A D'AUTRES TRACES AUTOUR. CELLES D'UN ANIMAL, PEUT-ÊTRE, MAIS QUOI ?

Blue passa le doigt sur l'écorce. Seule une chaîne pouvait entailler un arbre aussi profondément.

ET ÇA, C'EST DU SANG.

Cameron fixait l'arbre.

– Tu es sûr ?

SÛR ET CERTAIN.

– Bon. Ça veut seulement dire que le Vieux gardait un animal attaché... Avec un peu de chance, il a un chien qui s'est blessé.

– S'il a un chien, il faut qu'on soit encore plus prudents, répliqua Cameron en la regardant d'un air grave.

Ils regagnèrent le sentier et continuèrent leur progression sans un bruit. Au bout d'un moment, ils entendirent le son de l'eau qui se déversait dans le réservoir du barrage.

Autrefois, un fleuve coulait entre les Deux Crocs avant de se jeter dans le lac. Ça, Blue le savait. Le barrage avait fait disparaître la cascade sous du béton armé. L'eau s'était accumulée le long des flancs de la montagne et avait créé cet immense bassin, pas très large, mais long et profond.

Le sentier circulait non loin de l'eau ; elle reflétait les rayons du soleil en jetant comme des éclairs au milieu des arbres.

C'EST MAGNIFIQUE. ÇA ME RAPPELLE CHEZ MOI.

Blue sourit, Cameron aussi.

Et voilà, ils étaient arrivés à destination. Face à eux, la forêt s'ouvrait sur une butte couverte d'herbes hautes.

Ils aperçurent une cabane à outils, la maison du gardien et, au fond, le dernier obstacle.

Le barrage.

Cameron a de la chance

– *On a réussi*, souffla Cameron.

C'est maintenant que les choses sérieuses commencent. Où sont les Vous ?

– Dans la maison du gardien. Ou dans la cage d'ascenseur creusée dans la montagne. Il y a aussi cette cabane, là, mais elle n'est pas bien grande.

Cameron écouta Luka traduire tout en observant la construction à la lisière des arbres. Blue avait raison.

La cabane était trop petite pour y cacher une trentaine d'êtres invisibles.

– *OK. À mon avis, ils sont dans la maison. Mais le Vieux est peut-être à l'intérieur. Avec son chien.*

Blue le foudroya du regard.

– Cameron, évite de nous porter la poisse.

Écoutez, je ne sais pas comment vous remercier de m'avoir accompagné jusqu'ici… mais c'est à moi de jouer, à présent. C'est ma famille. À moi de les libérer.

– *On va les libérer tous ensemble*, déclara Cameron sans la moindre hésitation.

Il n'avait pas l'intention de se défiler, malgré la trouille qui le rongeait. Malgré les centaines de questions qu'il se posait.

LE VIEUX POURRAIT VOUS VOIR. MOI, NON. ET PUIS LES VOUS SONT FORTS. SI JE DOIS ME BATTRE, JE M'EN SORTIRAI FACILEMENT.

– *N'oublie pas que ce type a capturé trente personnes de ta famille.*

JE VAIS FAIRE UN REPÉRAGE. ATTENDEZ-MOI ICI, D'ACCORD?

Blue hocha la tête. Il y eut un bruissement et Cameron devina que Luka s'était éloigné. Il surveilla la façon dont l'herbe et les feuilles bougeaient par terre, mais il perdit aussitôt sa trace.

Ils attendirent, Blue et lui, debout derrière un arbre. Le temps se suspendit et des tas de questions recommencèrent à l'assaillir (Pourquoi Luka n'était-il pas encore revenu? Allait-il mettre encore longtemps?).

– *Cameron*, chuchota Blue. *Nous… approcher… un peu?*

Il se tourna pour la regarder. Elle avait des yeux si bleus.

– *Nous voir…* ajouta-t-elle. Allons aider Luka, d'accord?

– *C'est dangereux.*

Elle secoua la tête. Oui, elle le savait, mais elle le ferait quand même, conclut-il. La preuve: elle sortit de leur cachette au milieu des arbres. Cameron laissa échapper un soupir résigné et lui emboîta le pas. Au lieu de suivre le sentier, ils traversèrent l'étendue d'herbe si haute qu'elle leur arrivait aux genoux.

Ils ne se seraient jamais doutés qu'il y avait des pièges à loup partout. Ni lui ni elle.

À proximité de la cabane, Cameron était tout essoufflé. La peur, évidemment. La lumière éclatante de l'après-midi dessinait des ombres nettes sur l'herbe. Seulement, aucune trace de celle de Luka.

– *Et maintenant, on fait quoi?*

Blue le dévisagea.

– *Hein?*

Cameron rassembla ses rudiments d'italien pour répondre :

– Qu'est-ce que nous *fésons* ?

– Je ne sais pas, dit-elle en haussant les épaules. On continue ?

Et elle indiqua la maison.

Elle était environ cent cinquante mètres plus loin (étant américain, Cameron calcula la distance en *yards*). Au milieu, il n'y avait ni arbres, ni rochers, ni aucune cachette potentielle. Ils seraient complètement à découvert, ce qui ne l'enchantait pas tellement.

Ils firent le tour de la cabane en s'accroupissant. Pouah, ça ne sentait pas la rose. L'odeur semblait s'échapper d'un gros seau cabossé près de la porte. Cameron se pencha pour jeter un œil. La masse de vers qui grouillaient à l'intérieur lui retourna l'estomac.

À côté, Blue fit la grimace.

– Quelle horreur ! Il y avait quoi, là-dedans, à ton avis ?

– Pardon ?

AU SECOURS.

Cameron se redressa brusquement.

– Hein ?

AIDEZ-NOUS. S'IL VOUS PLAÎT.

Ce fut un cri du cœur :

– Hé, tu as entendu, toi aussi ?

– La vache, c'était quoi ?

Blue regarda autour d'elle.

LIBÉREZ-NOUS, S'IL VOUS PLAÎT. PAR PITIÉ. AU SECOURS.

Jenny. C'était la voix de Jenny. Exactement celle que Cameron avait entendue à la centrale, le soir où il était allé chercher sa mère.

– *Vous êtes où ?* demanda-t-il tout bas. *On ne peut pas vous voir…*

LES VOUS SONT LÀ.

– *Dans la cabane à outils ?*

Toujours accroupi, Cameron se rapprocha de la porte et abaissa la poignée. L'entendre grincer avec un bruit sinistre le fit sursauter. Mais elle ne s'était pas ouverte. Il essaya de pousser : rien. C'était fermé à clé.

– *Ils sont là*, chuchota-t-il à Blue. *On les a retrouvés.*

– Merci, j'avais compris.

Cameron ne releva même pas l'ironie dans sa voix car il observait chacun de ses gestes : elle venait d'enlever son sac à dos afin de déposer les outils par terre. Une boule de panique lui serra la gorge. Il ignorait comment forcer une serrure avec ces outils ! Quant à attaquer la poignée à coups de marteau… C'était la meilleure façon d'attirer l'attention du Vieux !

– *Tu n'as pas une épingle à cheveux ?* demanda-t-il d'une voix étranglée.

Il fit un dessin dans la poussière pour qu'elle comprenne : une épingle à cheveux, c'était bien ça qu'ils prenaient dans les films pour déverrouiller une porte !

– Ben non, tu as vu mes cheveux ? lui rappela-t-elle en montrant ses mèches courtes. Et puis tu as déjà essayé de… bref.

Elle indiqua la serrure et le dessin par terre.

– Tu sais comment on fait ?

Puis traça un grand point d'interrogation.

Cameron secoua la tête. Non, il ne savait pas. Et elle non plus (de toute façon, c'est beaucoup plus compliqué et difficile que ça en a l'air, croyez-moi).

Les deux ados se regardèrent.

– *Il nous faut la clé*, finit par déclarer Cameron.

– Quoi ?

Rhaaa, saleté de barrière linguistique ! Vite, un nouveau dessin.

– Une clé !

– Une cle*y*, répéta-t-il.

Elle était forcément dans le coin. En Amérique, les gens les rangeaient sous une brique ou sur le chambranle de la porte. Voyons ça… Blue s'empressa de lui prêter main-forte.

QUE SE PASSE-T-IL ?

La voix de Luka était si proche que Cameron sursauta.

HÉ, DU CALME. C'EST MOI.

– *Ne fais plus jamais ça*, lâcha-t-il en tâchant de reprendre son souffle. *On a trouvé tes amis, ils sont enfermés là-dedans.*

C'EST VRAI ?

On entendit le bruit sourd d'un corps qui se collait contre le battant. Un courant d'air souffla des mots que Cameron eut du mal à saisir.

C'EST EUX. ILS SONT PRISONNIERS. COMMENT VA-T-ON LES LIBÉRER ?

– Le Vieux est dans la maison ? demanda Blue.

OUI. J'AI PU ENTRER, LA PORTE EST OUVERTE. IL EST SEUL, À L'ÉTAGE. IL DORT.

– *OK, alors c'est foutu. Je pensais défoncer la porte de cette saleté de cabane, mais ça va le réveiller.*

ET PUIS MA FAMILLE EST ENCHAÎNÉE. C'EST CE QU'ILS VIENNENT DE ME DIRE.

Aïe, ça ne risquait pas d'arranger leurs affaires…

– *La chaîne est fermée par un cadenas ?*

C'EST QUOI, UN CADENAS ?

– Un cube métallique avec une petite anse sur le dessus, précisa Blue. Ça sert à bloquer une chaîne.

Il y eut à nouveau ce courant d'air contre la porte. Et un autre en réponse.

OUI, IL Y EN A UN.

– *Alors il nous faut deux clés différentes*, conclut Cameron. *Celle de la porte de la cabane et celle du cadenas. Une clé ressemble à ça...*

Et il indiqua le dessin dans la poussière.

COMPRIS. OÙ SONT-ELLES, D'APRÈS VOUS ?

– Sûrement dans la maison, suggéra Blue. Enfin, j'espère. Luka, puisque tu es invisible, tu chercheras dans la chambre du Vieux. Regarde sur sa table de nuit. C'est le petit meuble à côté du lit. Fouille aussi dans ses vêtements. Avec Cameron, on s'occupera des autres pièces. N'oublions pas les tiroirs, les vestes accrochées au porte-manteau... Ça marche ?

Cameron laissa Luka traduire avant de rendre son verdict : ce plan ne lui plaisait pas, mais alors, pas du tout.

– *Tu comptes entrer ? Imagine que le Vieux se réveille et qu'il tombe sur nous, tu sais ce qui va se passer ?*

Elle le savait, oui, Cameron n'attendit même pas sa réponse. Une fois encore, les yeux de Blue expliquaient tout.

– *Ça marche*, finit-il par acquiescer.

SUIVEZ-MOI.

Ils entendirent Luka s'éloigner au milieu des herbes hautes (et des pièges à loup, n'oublions pas les pièges à loup, même s'ils n'en avaient encore déclenché aucun).

Accrochée à l'entrée de la maison pendait la carcasse d'un chevreuil.

JE MONTE À L'ÉTAGE.

Blue et Cameron hochèrent la tête.

Le rez-de-chaussée de la maison se composait d'un petit salon confortable, mais spartiate : un vieux canapé, un meuble avec une télé et une chaîne hi-fi, ainsi qu'une bibliothèque à laquelle Cameron jeta un coup d'œil distrait.

Il y avait ensuite une kitchenette avec une table et deux chaises, des toilettes sans fenêtre et, à l'opposé du salon, ce qui devait être le bureau du gardien.

Les portes étant toutes ouvertes, il aperçut un fauteuil à roulettes, un bureau avec un ordinateur et un tas de classeurs éparpillés aux quatre coins de la pièce.

Un bon endroit pour ranger des clés.

Un calme étrange l'habitait. Il poussa les classeurs sans se préoccuper de la façon dont le Vieux réagirait. Il ouvrit deux tiroirs. En principe, ces clés n'avaient pas à être cachées. Enfin, en principe seulement.

– C'est ça que tu cherches ?

Cameron se retourna. Blue était derrière lui, tout sourire, un gros trousseau de clés à la main.

– Bravo, chuchota-t-il.

– Préviens Luka, dit-elle en indiquant l'étage. J'y vais.

Tandis qu'elle regagnait la porte d'entrée, il monta l'escalier sans faire de bruit. Un couloir, deux portes. L'une fermée, l'autre non.

QU'EST-CE QUE TU FAIS ICI ? VOUS LES AVEZ TROUVÉES ?

Cameron hocha vigoureusement la tête. Inutile de répondre à voix haute.

ALORS, ALLONS-Y.

Revoir la lumière du jour le soulagea. Déjà postée devant la porte de la cabane, Blue essayait les clés, une par une.

Il fonça vers elle.

Ils avaient eu de la chance. Beaucoup de chance.

Mais, comme le disait le grand écrivain russe Anton Tchekhov, si l'on fait apparaître un fusil accroché à un mur dans une histoire, on peut être certain qu'il y aura un coup de feu. Et même si nous n'avons pas (encore) croisé de fusil, nous avons un tas de pièges à loup qui attendent depuis trop longtemps.

Et c'est ainsi que la chance abandonna subitement Cameron.

Un piège caché dans la végétation se déclencha avec un *clang* métallique.

Les dents se plantèrent dans sa jambe, à la hauteur du mollet, ce qui le fit s'écrouler par terre.

Tel un lapin fauché par une balle.

Blue improvise

En voyant Cameron se tordre dans tous les sens, la jambe retenue par une chaîne, la première réaction de Blue fut de se précipiter vers lui pour l'aider.

Et puis elle réfléchit. Elle et le jeune Américain étaient séparés par une étendue d'herbe recouverte de pièges à loup (ce qu'elle avait enfin compris). Cameron était avec Luka. Le Vieux, lui, était dans la maison, et de toute évidence il était dingue, surtout. Tant qu'ils resteraient là, ils seraient en danger. Ils avaient donc intérêt à filer, et vite. À condition de libérer les Vous, d'abord.

Et c'est ainsi, alors qu'un mélange de peur et de colère bouillonnait en elle, que Blue prit sa décision.

Elle oublia provisoirement Cameron et se concentra sur ces fichues clés.

Le trousseau en comptait une vingtaine. La marque de la serrure était imprimée sur le métal : CISA. Elle chercha la même inscription sur les clés qu'elle serrait dans sa main (tremblante, mais qu'importe). Elle en trouva trois.

Comme toujours, la dernière était la bonne.

Elle ouvrit la porte et chuchota :

– Je suis une amie de Luka. Je suis venue vous libérer.

L'abri était vide. Et pourtant, pour une raison qui la dépassait complètement, il était aussi plein à craquer. Il débordait de vie, de corps qui tremblaient. Il émanait d'eux une odeur douceâtre qui la troubla.

Elle repéra une chaîne en acier sur le sol, enroulée sur elle-même à la façon d'un serpent. Et puis des bandes de tissu sales, avec des taches de terre, d'huile de moteur, de sang figé, qui flottaient dans l'air. On aurait dit les taches d'encre de ce test psychologique qu'on lui avait fait passer à l'école, une fois.

AU SECOURS.

Il y avait plusieurs voix. Faibles, et qui se mélangeaient.

DÉPÊCHE-TOI.

– Oui. Tout de suite. Où est le cadenas ? Vous… vous me laissez passer ?

Elle entra dans la cabane et se glissa contre des bras, des jambes, des ventres, des dos. Le contact avec ces corps la fit trembler des pieds à la tête.

Elle buta sur quelque chose (d'invisible) et chuta la tête la première. Plusieurs mains lui évitèrent de tomber.

Et cette odeur insoutenable envahit ses narines.

Ils étaient vraiment nombreux à être enfermés là-dedans. Tous avaient des gants de jardinage déformés qui s'agitaient comme des crêtes de coq.

LE CADENAS EST LÀ.

La chaîne flotta autour d'elle, des mains la poussèrent et elle faillit perdre l'équilibre. Un gros cadenas doré pendait des poutres au plafond, accroché à un maillon. Là encore, la marque était gravée dessus : YALE. Blue laissa échapper un petit « ouf » de soulagement : le trousseau qu'elle serrait ne contenait qu'une seule clé YALE.

– Soulevez-moi, leur demanda-t-elle.

Les mains invisibles l'attrapèrent et la hissèrent vers la charpente.

La chaîne avait été enroulée autour d'une poutre. Le cadenas était accroché juste en dessous.

– C'est bon, je l'ai. Attendez.

Elle tâcha de faire vite, malgré ses doigts tout moites. Le cadenas s'ouvrit à la vitesse de l'éclair et tomba par terre.

À ce moment précis, les mains qui la tenaient se dérobèrent et la chaîne se dénoua mollement.

– Non, non, attendez !

Elle s'écrasa sur le sol. Alors qu'elle se relevait, un coude s'enfonça dans son dos. Puis un genou la frappa au menton et elle roula par terre en claquant des dents. Les Vous étaient affolés, déboussolés. Ce tourbillon d'émotions lui fit l'effet d'une gifle. Le cadenas était tombé, d'accord, mais ils n'étaient pas encore libres.

– Stop ! Essayez de vous déplacer vers la lumière, j'aimerais comprendre ce qui coince…

LAISSEZ-LA FAIRE.

ÉCOUTEZ-LA.

ARRÊTEZ !

La chaîne s'immobilisa et Blue s'approcha de la première boucle pour la toucher. C'était un corps, plus grand que celui de Luka. Plus mince aussi. Avec des épaules moins larges et, sur les omoplates, des ailerons ouverts comme les ailes d'un papillon. Une femme.

– Tu t'appelles comment ?

SAFI.

– Je vais essayer de te délivrer…

Le Vieux n'avait pas fait les choses à moitié, reconnaissons-le. Il avait enroulé plusieurs fois la chaîne autour du corps de Safi, en se servant des protubérances dans son dos comme de crochets. La chaîne restait bien serrée grâce à des morceaux de plastique, ressemblant à ce qu'on utilise pour fixer du grillage dans un jardin.

Blue ressortit de la cabane.

Mince, mince, mince. Cameron était encore à terre, les dents du piège à loup plantées dans sa jambe. Du calme. Elle se força à se concentrer et prit la pince, ainsi qu'un opinel.

– Coupez la chaîne avec ça, ordonna-t-elle en retournant à l'intérieur. Je m'occupe du reste. Safi, tu es où ?

ICI.

Blue rejoignit la boucle formée par la chaîne et coupa le morceau de plastique.

JE SUIS LIBRE.

– OK, alors aide-moi, chuchota-t-elle sans ralentir la cadence.

Une chance, l'opération devenait plus facile au fur et à mesure que la chaîne se dénouait. Mais cela lui demanda un certain temps.

C'EST LE MOMENT.

FUYONS.

VITE…

Ça parlait dans tous les sens, on ne s'entendait plus. Prudence, toute cette agitation risquait de leur faire commettre une erreur.

– Écoutez, leur dit-elle. Je peux vous conduire en lieu sûr mais j'ai besoin de vous. Mon ami Cameron a été blessé par un piège à loup. Le Vieux en a posé partout… Il faut que vous m'aidiez à le transporter.

Bien sûr.

– Vous êtes sûrement fatigués et à bout de forces… mais la personne qui s'est servie de la pince m'a l'air encore en forme. C'est qui ?

Moi.

La voix qui avait répondu était celle de M. Gabelli, l'un de ses profs.

Je m'appelle Manapi.

Blue hocha la tête.

– Parfait. Manapi, viens avec moi. Et tous les autres, suivez-nous. Attention aux pièges. Et pas un bruit.

Les Vous ont soif.

Les Vous ont faim.

– J'imagine. Courage, c'est bientôt terminé.

Il faut dire qu'ils n'avaient pas le choix. S'ils s'arrêtaient, ils étaient fichus.

Ils ressortirent. Dans la lumière du soleil, Blue était comme groggy.

Regardez, là !

La maison de l'homme qui nous a faits prisonniers !

Il est ici ?

Fuyons, vite.

– Du calme, les implora-t-elle. Par pitié. Luka et Cameron sont là-bas, il faut qu'on aille les aider… Mais soyez vigilants, regardez où vous mettez les pieds. Enfin, si vous y arrivez.

Elle rejoignit Cameron qui était gris cendre. Le visage contracté dans une grimace, il avait cessé de gémir.

– Je suis là, lui chuchota-t-elle. Désolée d'avoir tardé. Comment ça va ?

– *Mal… Ça fait super mal.*

C'était impressionnant. Le piège était retenu par un piquet planté dans le sol. Les deux arceaux, actionnés par un ressort, s'étaient refermés sur la jambe de Cameron. Les dents n'avaient pas l'air d'être plantées très profondément mais son pantalon était imprégné de sang. Blue regretta que sa mère ne soit pas là avec elle. Il avait besoin d'une infirmière, pas d'une gamine impuissante.

LAISSE-MOI FAIRE.

On aurait dit la voix du Dr Nardini. Mais ce n'était pas elle, évidemment.

KÉKOUMA EST UNE MÈRE-SCIENCE.

Ça, en revanche, c'était Safi.

FAIS-LUI CONFIANCE.

– D'accord.

MANAPI, OUVRE CETTE BOUCHE DE FER.

TOUT DE SUITE.

Les deux parties du piège s'ouvrirent d'un coup et le piquet qui le retenait se détacha du sol.

MERCI.

Le tissu du pantalon de Cameron se déchira, coupé avec une précision chirurgicale par un ongle pointu, puis se détacha de la peau noire du garçon avec une délicatesse sidérante. Tout était déchiqueté, ce n'était pas beau à voir…

– *Tu pourrais faire plus doucement ?* gémit-il.

TU AS EU DE LA CHANCE. L'OS N'EST PAS BRISÉ ET LE SANG EST SOMBRE. C'EST UN BON POINT CAR IL S'ÉCOULERA PLUS LENTEMENT.

– Il faut qu'on l'emmène à l'hôpital ! s'exclama Blue, gagnée par la panique.

Et si la blessure s'infectait ? Et s'il attrapait le tétanos ? Et si…

DONNE-MOI DE QUOI BANDER LA PLAIE.

La jeune ado retira son T-shirt pour rester en débardeur. Des doigts invisibles le replièrent et l'enroulèrent autour de la jambe de Cameron.

IL NE PEUT PAS MARCHER. MANAPI, TU LE PORTES ?

Cameron s'éleva dans les airs, comme dans ces numéros de prestidigitateurs où une fille hypnotisée flotte dans le vide.

C'était très déroutant. Blue et Cameron avaient beau être seuls, elle sentait une multitude de créatures sans visage autour d'eux. Des spectres. Des Vous.

DE QUEL CÔTÉ ON VA, BLUE ? ON REPART EN DIRECTION DU REFUGE ?

Là, c'était Luka.

Blue prit son smartphone. Miracle, ça captait à nouveau et l'écran était couvert de messages.

Tous d'Abel.

Tous envoyés près d'une demi-heure plus tôt. Elle les découvrit les uns après les autres :

Vous êtes où ?

Le père de Cameron veut retourner au refuge.

On va avoir du mal à le retenir.

On est de retour.

Ça le fait flipper que vous ne soyez plus là.

Si tu peux, envoie-moi juste un message, ça le calmera.

Blue, dépêchez-vous…

Ça part en vrille.

Blue, il est super énervé, là.

Génial… Tout allait de travers.

Et une fois de plus, c'était à elle de décider pour les autres.

De deux choses l'une. Ils pouvaient revenir sur leurs pas et affronter la forêt puis le sentier dans la montagne, avec des Vous épuisés et Cameron qu'il fallait porter. Il faudrait ensuite inventer une histoire et demander au responsable du refuge d'appeler l'hélicoptère des secouristes. Descendre Cameron à bout de bras ? Il ne fallait même pas y penser.

Ou alors…

Blue regarda le barrage. Il y avait ce fameux ascenseur qui conduisait directement au lac et à la centrale. Et s'ils le prenaient ? Une fois là-bas, ils trouveraient Mme Woods et ils n'auraient plus qu'à appeler un taxi ou une ambulance. Cameron pourrait être à l'hôpital d'ici une demi-heure.

– Par là, dit-elle.

Le doigt pointé vers le bout de la construction, elle se mit à courir.

Le Vieux se réveille

Le Vieux s'était couché vers midi et s'était endormi dans la seconde. Il n'avait pas rouvert les yeux quand les trois ados étaient entrés chez lui, ni même quand ils s'étaient glissés dans sa chambre !

Ensuite, Cameron était sorti et avait mis le pied sur le piège à loup.

C'est ce son, un grincement métallique reconnaissable entre mille, qui déclencha une alarme au fond de sa tête.

Le Vieux ouvrit les yeux.

Il ne comprit pas tout de suite ce qui l'avait réveillé. Encore à moitié assoupi, il resta allongé et se frotta le visage. Il avait comme un sale goût dans la bouche, sans doute parce qu'il avait abusé du vin rouge à l'heure du déjeuner et aussi qu'en vieillissant, tout se gâte, à dix ans on a toujours l'haleine bien fraîche, alors qu'à soixante on a comme un rat mort sous la langue. Il s'assit, mit ses chaussures et descendit pour aller aux toilettes (encore un effet indésirable du vin et de l'âge).

C'est là, alors qu'il faisait pipi dans une cuvette pas franchement propre, que le Vieux s'en rendit compte.

Quelque chose ne tournait pas rond.

Il termina ce qu'il était en train de faire, se plaça sur le pas de la porte et scanna la pièce du regard.

Son blouson militaire. Il l'avait laissé sur le canapé, jeté comme un vieux torchon, mais maintenant il était posé sur l'accoudoir. Et là, son bouquin qui expliquait que des OVNI s'étaient posés sur Terre dès la préhistoire. Le Vieux l'avait consulté pour voir s'il était aussi question de créatures invisibles. Il l'avait laissé sur l'étagère, la couverture en bas. Et maintenant, la couverture était en haut.

Il plissa les yeux. Il perdait la boule ou quoi ? Non. Il était sûr de lui.

Vite, dans le bureau. Quelqu'un avait fouiné dans ses papiers et ses dossiers. Il regagna le salon. Le cendrier sous lequel il cachait ses clés (façon de dire) était retourné. Et elles avaient disparu.

Des intrus.

Le Vieux courut chercher son fusil, dans lequel il glissa un chargeur. Elles allaient le payer cher, ces ordures.

Pile au moment de sortir, il repensa aux conseils de son sergent-instructeur, à l'époque de son service militaire : « Entrer sur le champ de bataille avant d'avoir repéré le terrain, c'est la débâcle assurée. »

C'était tout sauf une mauvaise idée. Le Vieux approcha de la fenêtre et jeta un œil dehors. Bon sang ! Le fils de l'ingénieure américaine. Il s'agitait dans l'herbe, la jambe coincée dans un piège.

Ça, c'était curieux. En penchant la tête, il aperçut une gamine aux cheveux courts qui se précipitait vers son pote par terre. Elle tenait un trousseau de clés (les siennes !). Et là, derrière… une pince volait dans les airs. La porte de la cabane était ouverte.

Le Vieux assembla les morceaux du puzzle.

– Tout s'explique, murmura-t-il.

Ces sales gosses étaient de mèche avec les aliens.

Ils trahissaient leur pays et l'humanité tout entière.

Qu'à cela ne tienne, ils subiraient le sort réservé aux traîtres.

Il se dirigea vers la porte d'entrée, son fusil à la main.

Blue est dans le pétrin

Blue fonçait péniblement vers le barrage, suivie par Cameron qui flottait au-dessus du sol et par des dizaines de corps invisibles. Elle les sentait, elle les entendait reprendre leur souffle avec difficulté, elle respirait leur odeur forte et pleine de vie.

Brusquement, une détonation retentit avec un bruit sec et assourdissant.

Elle mit un instant pour comprendre ce que c'était (un coup de feu) et d'où il provenait (de derrière elle).

Elle tourna légèrement la tête, sans ralentir. Le Vieux était sur le pas de sa porte, un fusil à la main.

Un cri résonna dans sa tête. L'air se fendit et laissa apparaître un trou ovale, on aurait dit le doigt d'un gant. Mais non, il s'agissait du point d'entrée de la balle. Et le rouge qu'elle voyait, c'était du sang. Le sang d'un Vous, semblable au sien.

AIDEZ MIDOÏ!

C'était Safi.

AIDEZ-LE À SE RELEVER MAIS NE VOUS ARRÊTEZ PAS.

Oui, ils avaient intérêt à courir. Ses jambes n'avaient cependant aucune envie de bouger, elle était comme hypnotisée par le Vieux qui ajustait à nouveau son tir, depuis la porte.

Elle se raidit en attendant un autre coup de feu.

Mais, soudain, le gardien s'écroula la tête la première (à cause d'un uppercut en plein dans l'estomac), se releva comme une marionnette, bascula vers l'arrière et vola à l'intérieur de la maison. Blue n'avait pas vu qui l'avait frappé. En revanche, elle entendit des meubles voler en éclats. Juste après, le fusil décolla du sol, fendit l'air en décrivant trois pirouettes dans le ciel et s'écrasa quelque part, du côté du réservoir du barrage.

LUKA !

C'était encore Safi.

J'AVAIS DIT DE COURIR, PAS D'ATTAQUER !

JE N'AI PAS DÉSOBÉI, MÈRE. JE L'AI EMPÊCHÉ DE FAIRE DU MAL À QUELQU'UN, C'EST TOUT.

Hein ? Safi était la mère de Luka ? Une main se posa sur l'épaule de Blue.

ALLONS-Y. GUIDE-NOUS.

Elle hocha la tête et rejoignit l'esplanade qui marquait le début du chemin de ronde. De l'autre côté, un cube en béton se détachait de la montagne. La porte était verrouillée par une barre.

– Quelqu'un peut m'aider ?

À peine eut-elle posé la question que la barre se souleva et retomba par terre. Elle essaya les clés du trousseau et trouva la bonne à la sixième tentative. La porte s'ouvrit et elle tâta le mur jusqu'à ce qu'elle repère l'interrupteur. Les ampoules grésillèrent au plafond.

Par bonheur, elle était là, juste devant elle, la cage métallique du monte-charge. À première vue, ils pourraient tous descendre en une seule fois. Ce qui la libéra d'un poids.

LES VOUS ONT PEUR.

– Pourquoi ? demanda-t-elle, le cœur battant.

LES VOUS SONT DÉJÀ PASSÉS PAR LÀ.

LES VOUS ONT ÉTÉ ENFERMÉS DANS LA CAGE.

LA CAGE BOUGE TOUTE SEULE.

– Normal, c'est un ascenseur. Pas d'inquiétude. Le Vieux s'en est servi pour vous faire monter jusqu'ici, mais il va nous permettre de fuir !

Elle ouvrit la grille de sécurité et monta sur la plate-forme. L'instant d'après, elle se retrouva projetée contre les croisillons métalliques, écrabouillée par des Vous, toujours aussi agités.

– Cameron, ça va ? Et toi, Luka ?

JE SUIS LÀ. CAMERON EST AVEC MOI.

– Le bouton est trop loin pour moi, il faut refermer la porte et appuyer sur celui tout en bas.

De l'endroit où elle se trouvait, Blue n'apercevait qu'un bout de la pièce. Les voix affolées des Vous remplissaient l'air quand elle repéra le Vieux.

Deux petits mètres de distance les séparaient, autant dire rien. Il avait le visage en sang et tenait un autre fusil, plus court, avec deux canons collés l'un à l'autre (c'était l'arme de M. Trevisan, soit dit entre parenthèses).

– Arrêtez ou je tire, saloperies d'aliens ! cria-t-il.

– Fermez la porte et appuyez sur le bouton ! ordonna Blue. Maintenant !

Quelqu'un lui planta un coude dans la colonne vertébrale (à moins que ce soit un genou). La douleur effaça tout le reste. Violemment écrasée contre le grillage, elle entendit l'ascenseur se mettre en branle dans un grand bruit de ferraille.

– Non ! cria le Vieux. Nooon !

Blue le vit courir vers la grille de sécurité mais ils étaient déjà trois mètres plus bas. Elle lui adressa un sourire insolent, du genre, tu as vu, on s'en est sortis. Il poussa un juron et, à travers les mailles de la cage, il glissa le canon de son arme qu'il pointa vers le bas. Vers elle.

Il tira deux coups de feu. L'un après l'autre, *bam*, *bam*.

Quelqu'un cria et Blue aperçut une tache de sang rouge vif se répandre sur le sol de la cabine. Ça criait. Ça s'agitait. C'était le chaos.

À tâtons, écrasée par les corps des Vous, elle attrapa son téléphone. Il y avait une quarantaine de nouveaux messages. Elle verrait ça plus tard.

Elle écrivit un SMS à Abel :

Changement de programme.

Cameron blessé.

Le Vieux nous a grillés.

On descend à la centrale.

Puis elle en écrivit un autre :

Les Vous sont avec nous. RDV à l'hôpital.

Son smartphone lui rappela qu'il n'y avait pas de réseau dans ce tunnel creusé dans la roche : il faudrait qu'elle renvoie ses deux messages dès que possible. Blue se mordit la lèvre et décida d'en écrire un troisième. À sa mère, cette fois. Tant pis.

Maman, aide-moi, j'ai fait n'importe quoi.

Je suis à la centrale avec un ami.

Il a marché sur un piège à loup, il est blessé à la jambe.

Envoie une ambulance !

Et voilà. Elle serait punie jusqu'à la fin des temps. Comment allait réagir sa mère ? Et son père ? Il serait furieux. Non, pire : déçu. Elle lui avait menti.

Elle poussa un long soupir. Il n'y avait pas d'autre solution. Et c'était loin d'être fini.

– Luka ? Safi ? Kékouma ? lança-t-elle.

OUI, BLUE.

NOUS SOMMES LÀ.

– Parfait. On ne va pas tarder à arriver. Dès qu'on aura trouvé la mère de Cameron, on foncera à l'hôpital. Mais avant, il faut décider de ce qu'on fait pour vous, les Vous.

LES VOUS ONT BESOIN D'ÊTRE SOIGNÉS EUX AUSSI.

C'était Kékouma.

CET HÔPITAL POURRAIT S'EN CHARGER ?

Blue hésita avant de répondre.

– Non, malheureusement. Si ma mère ou n'importe quel autre adulte découvre que vous existez… Je ne sais pas comment ils réagiront, en fait.

POURQUOI ? TU CROIS QU'ILS REFUSERONT DE NOUS AIDER ?

– Franchement, aucune idée. Une chose est sûre : tôt ou

tard, ils finiront par vous enfermer à nouveau dans une cage, en attendant de prendre une décision…

LES VOUS NE VEULENT PLUS ÊTRE ENFERMÉS.

– Justement. Est-ce que… vous pourriez vous occuper de vos blessés tout seuls ?

JE N'AI PAS ENCORE COMPRIS COMMENT FONCTIONNE L'ARME DU VIEUX. ELLE CRÉE DES BLESSURES TERRIBLES… EST-CE QU'ELLE EST EMPOISONNÉE AUSSI ?

– Le fusil ? Non… ça tire, enfin, ça lance des balles. C'est comme des cailloux, mais en métal. Ça peut faire très mal, mais il n'y a pas de poison.

DANS CE CAS, AVEC LES BONS INSTRUMENTS… OUI, JE DEVRAIS Y ARRIVER.

– *Les bons instruments*, bougonna Cameron entre ses dents. *Il faut qu'on trouve… la trousse de premiers secours.*

L'ascenseur n'en finissait plus de descendre. Pourquoi était ce si lent ?

– Le camping du Géant ! s'exclama-t-elle. À Montemorso, il y a un vieux camping abandonné avec plein de bungalows. Je suis sûre que vous trouverez une infirmerie quelque part. Cachez-vous là-bas, le temps de laisser passer l'orage.

QUEL ORAGE ?

– C'est une expression, laisse tomber. Cameron ne va pas remarcher avant un bout de temps. Et moi, je serai punie. Mais Abel et Lea vous aideront, promis. Luka…

OUI ?

– Le jour de ton arrivée chez nous, le kayak t'a poussé jusqu'à une île, tu t'en souviens ? Le camping est là. Au milieu des arbres, tu vas tomber sur une clôture, mais il y a des trous pour passer… C'est facile, tu verras. Attendez-nous là-bas, OK ?

D'ACCORD.

L'ascenseur toucha terre avec fracas. Le smartphone de Blue sonna : ça y est, elle avait retrouvé du réseau et ses messages avaient été envoyés (il était temps). Impossible de revenir en arrière.

La suite, maintenant.

– Ouvrez la porte, ordonna-t-elle.

– *Et… laissez-la ouverte*, ajouta Cameron. *Le Vieux ne pourra pas rappeler l'ascenseur, il sera bloqué en haut du barrage… Je crois.*

Cameron retomba doucement par terre et se colla contre Blue en sautillant tant bien que mal sur sa jambe valide.

– Courage, dit-elle pour lui remonter le moral. On n'est plus très loin.

Derrière elle, le sol de la cabine était maculé de traces de sang qui coloraient le vide comme les racines d'un arbre écarlate. Allaient-ils s'en sortir, tous ? Elle ne pouvait que le souhaiter.

– J'espère vous revoir vite, murmura-t-elle.

Façon de dire, elle ne les avait jamais vraiment vus, en réalité…

NE T'EN FAIS PAS, ON VA S'EN TIRER.

C'était Luka.

Blue et Cameron rejoignirent la porte au fond du hangar et l'ouvrirent avec la dernière clé du Vieux.

Ils débouchèrent à proximité des bâtiments de la centrale électrique.

Face au lac, le soleil devant eux.

Lea fait une liste

Tout le monde a ses petites manies, et pour être honnête Lea en avait un paquet. Par exemple, depuis qu'elle était gamine, elle tenait une Liste-des-adultes-que-je-les-aime (oui, il y avait une faute de grammaire, mais bon, elle était gamine quand elle l'avait inventée).

En haut du classement, il y avait toujours eu sa grand-mère. En deuxième et troisième position, sa mère et son père, ou l'inverse, si l'un la grondait moins que l'autre. Et puis tous les autres : sa tante Rina, le père Bomben qui dirigeait les randonnées des scouts, M. Peter…

Au fil des ans, la liste avait changé, comme lorsque sa grand-mère était morte (son père était alors monté quelques jours à la première place), mais il n'y avait jamais eu de changements majeurs.

Or ce matin, Tyrone Woods avait fait une entrée fracassante dans le classement et grimpé sur la troisième marche du podium, juste derrière ses parents. D'un coup d'un seul. Si tous les adultes étaient comme le père de Cameron ! Curieux mais pas envahissant. Drôle. Et surtout : ultra calé en appareils photo.

Quand elle avait insisté pour aller cueillir des myrtilles, il avait vite dit oui, et vu qu'Abel n'était pas très bon en anglais, il avait fait l'effort de parler en italien.

Puis il avait commencé à fatiguer. Et demandé, en anglais cette fois :

– *On fait demi-tour ?*

Et puis un peu plus tard :

– *Il se fait tard…*

Et puis encore un peu plus tard :

– *Blue et Cameron vont s'inquiéter…*

Lea et Abel avaient tout essayé pour le distraire. L'ennui, c'est qu'il avait envoyé des messages à son fils, qui n'avait pas répondu. Il avait donc insisté pour qu'ils reviennent sur leurs pas. Et, à partir de là, tout était allé de travers.

À leur arrivée au refuge, le gérant leur avait dit que les deux autres étaient partis. Il les croyait avec eux !

Tyrone s'était tourné vers elle.

– *Traduis*, avait-il ordonné (d'un ton brusque qui l'avait immédiatement relégué à la cinquième place de sa liste).

Lea avait obéi et il avait franchement commencé à angoisser. Il avait envoyé d'autres messages et Abel avait été forcé d'écrire à Blue.

Lea détestait les portables, à quoi bon perdre du temps à pianoter sur un écran au milieu de toute cette agitation ? Et avec ces paysages sublimes autour d'eux…

– *Où est-ce qu'ils sont passés, vous savez quelque chose ? Si c'est le cas, parlez, ils sont peut-être en danger…*

Lea et Abel avaient menti. Non, ils ne savaient rien. Pas de panique, Blue et Cameron étaient sûrement partis se promener. C'est tout.

– Il n'y a qu'un sentier. S'ils étaient passés par là, on les aurait vus ! avait répliqué Tyrone.

Là-dessus, il avait interrogé le responsable du refuge, en italien :

– C*a*mbien… routes… depuis ici, vers m*ountanié ?*

L'homme s'était gratté la tête.

– Combien de sentiers il y a ? Seulement deux, sans compter celui qui monte jusqu'au Premier Croc et au barrage ?

– Le Cr*uo ?*

Le gérant l'avait accompagné derrière le refuge pour lui montrer l'écriteau.

Et là, Tyrone avait vraiment pété les plombs.

Ça ne pouvait pas aller plus mal. Sauf que M. Woods avait reçu un appel sur son portable. Un appel de Mme Woods.

– Allô ? Ça va, ma chérie ? Qu'est-ce qui…

Une pause.

– Quoi ? Cameron est avec toi à la centrale ? Et il est blessé ? Attends, tu plaisantes, là…

Une autre pause.

– Non, je… On s'était séparés, mais pas longtemps, il voulait rester avec sa petite copine… Ah, elle est avec toi aussi ? Hein ? Je… je me dépêche.

Après avoir raccroché, Tyrone n'était plus le même (ce qui l'avait fait sortir de la liste spéciale de Lea, à tout jamais). L'air sérieux, très sérieux, le visage creusé par des rides profondes, il avait attrapé son sac à dos et filé vers la porte du refuge.

Abel et Lea l'avaient suivi au pas de course.

– Il s'est passé quoi, à ton avis ? avait-elle glissé à Abel.

Il lui avait montré un message de Blue sur son smartphone :

Changement de programme.

RDV à l'hôpital.

– Mince...

Ils n'avaient pas traîné pour descendre le Gorelli. Le record de vitesse (s'il en existait un) avait dû être battu. Tyrone avait dévalé les pentes rocailleuses à deux cents à l'heure, ou presque, en faisant de grands bonds qui avaient soulevé des nuages de poussière. Il ne s'était pas retourné une seule fois. De leur côté, Abel et Lea avaient préféré ne pas se faire remarquer. Comme les Vous.

De retour au parking, ils étaient montés à l'arrière. La voiture avait démarré en vrombissant tandis que la voix sèche du GPS donnait ses instructions, en anglais.

Quelques minutes plus tard, ils étaient à l'hôpital.

Tyrone freina pile devant l'entrée et se précipita à l'intérieur en les laissant dans la voiture.

– La vache, dit Abel. On a de la chance qu'il ne nous ait pas mordus.

Lea l'observa.

– Pourquoi ?

– Parce qu'il était d'une humeur de chien.

Il y eut un silence.

Puis Abel soupira.

– C'était une blague ! Le père de Tyrone était d'une humeur de chien... Il aurait pu nous mordre !

– Ah, commenta-t-elle d'un ton sec. OK. Allons-y.

Elle récupéra les clés que Tyrone avait laissées dans le vide-poches entre les sièges à l'avant et sortit. La voiture émit un bruit suraigu lorsqu'elle verrouilla les portières.

Le hall des urgences était vide. Dans un coin, une affiche annonçait une veillée de prières à l'église, prévue le lendemain. Les scouts l'avaient organisée pour Francesca.

Tyrone était en grande conversation avec l'infirmier de l'accueil. De toute évidence, la communication passait mal. Lea s'avança pour jouer les interprètes.

L'employé les accompagna tous les trois dans une salle d'attente où se trouvaient déjà Tasha et Luisa, debout, en train de discuter. Blue était là aussi, assise sur une chaise, la mine aussi joyeuse qu'un jour de pluie.

Les trois adultes se lancèrent dans une conversation bilingue plutôt animée, Lea et Abel s'assirent près de leur amie.

Abel caressa l'épaule de Blue.

– Qu'est-ce qui s'est passé ? Raconte !

– C'était l'horreur, répondit-elle. J'ai perdu ton sac à dos avec les outils, il est resté dans la cabane du Vieux... Désolée, Abel, tout est allé de travers. Cameron est blessé.

– Ça, tu me l'as déjà dit. Comment c'est arrivé ?

Elle se tordit les mains puis répondit :

– Un piège à loup. Et le Vieux avait un fusil. Non, deux...

Rapidement, elle leur expliqua ce qui s'était passé jusqu'à leur arrivée à la centrale. Elle s'était présentée à la mère de Cameron en lui expliquant qu'elle était une amie de son fils et, malheureusement, qu'il avait une jambe déchiquetée. Aussitôt après, l'ambulance avait débarqué, avec Luisa à son bord.

Blue avait été désignée comme la grande responsable de ce désastre.

– Les dents du piège n'ont attrapé qu'une veine, une chance… Si elles avaient sectionné une artère, Cameron aurait pu mourir, m'a dit ma mère. On vient de lui poser des points de suture et il a pris quelque chose contre la douleur. Il devra éviter de bouger pendant quelque temps. Et moi, je vais être punie jusqu'à mes trente ans.

Lea ricana.

Blue et Abel la fixèrent.

Lea cessa de rire.

– Et les Vous ?

– Tu fais bien d'en parler, je les ai envoyés au camping, expliqua Blue en baissant la voix. Ils pourront s'installer dans les bungalows… mais il leur faudra de quoi manger, je ne sais même pas s'il y a l'eau courante… Ils auront besoin de votre aide.

– Quoi ?

Luisa décocha un regard furieux en direction d'Abel, qui prit une mine contrite.

– Quoi ? répéta-t-il plus bas. J'en ai marre de cette histoire, moi…

– Il faut bien que quelqu'un se dévoue, insista-t-elle. Et comment veux-tu que j'y aille, hein ?

Lea l'observa d'un air grave.

– Tu as raison. On s'en chargera.

– Tu es dingue ou quoi ? s'écria-t-il. Après cette histoire, tu penses qu'on va te laisser te balader toute seule ?

Lea tambourina des doigts sur ses genoux.

– Écoute… Cameron et Blue ne pourront pas sortir de chez eux, chacun pour une bonne raison, alors que nous… Aux yeux de nos parents, on n'a rien fait de mal. Enfin, à part emmener Tyrone sur le Gorelli et perdre les outils de ton père.

Blue et Abel ouvrirent de grands yeux stupéfaits.

– Bref, toi et moi, on est presque innocents, disons. En plus, il est encore tôt. Dix-huit heures trente. Le soleil se couchera dans deux heures minimum. On n'a qu'à aller sur l'île.

– Tu es sérieuse ?

Le soulagement de Blue était palpable.

– On s'occupe de tout, répéta Lea sans hésiter.

Franchement, l'idée lui plaisait.

En jetant un œil derrière Blue et Abel, elle s'aperçut que les parents de Cameron se disputaient encore. Luisa assistait à la scène juste à côté.

Personne ne la vit se lever, attraper la main d'Abel et le traîner hors de la salle d'attente.

Tilly rentre à la maison

Le voyage fut plus long que prévu.

Près d'une demi-heure de bus pour arriver à la gare, perdue au milieu d'une foule de vacanciers en sandales. Tilly dut ensuite attendre une heure avant d'avoir le premier train en direction du nord, avec une heure de voyage supplémentaire à la clé. Elle attendit aussi un second train qui l'emmena jusqu'à une seconde gare, plus petite, et en altitude, déjà.

À partir de là, les voies s'arrêtaient. Elle fut donc obligée de se renseigner, d'attendre encore et de prendre un dernier autobus.

Il était dix-huit heures trente lorsque Tilly arriva à Montemorso. Elle était épuisée, son plâtre la démangeait, elle se sentait sale et la faim lui creusait l'estomac. Elle n'avait pas eu le courage d'entrer dans un bar : elle s'était contentée d'une bouteille d'eau et d'une barre chocolatée achetées à un distributeur automatique.

Calée au fond de son siège, son sac à dos entre les genoux, elle regarda ce panorama qu'elle connaissait depuis sa naissance. Les prés, les maisons, au fond, les reflets du lac et, encore derrière, les Deux Crocs reliés par le barrage.

Elle avait déjà envoyé plusieurs messages à Blue, mais son

téléphone était resté éteint toute une partie de la journée. Les messages avaient fini par lui parvenir, sauf qu'elle ne les avait pas lus.

C'était bien la preuve que Blue était en danger (ce qui était on ne peut plus vrai). Fort heureusement, Tilly était là pour lui venir en aide (ce qui était moins vrai, disons). Quoi qu'il en soit, l'autobus ouvrit ses portes devant l'hôpital de Montemorso cinq minutes plus tard. Terminus !

Le téléphone de Tilly vibra dans sa poche. C'était sa mère. Elle préféra ne pas répondre. Elle avait désactivé l'appli de localisation de son smartphone dès qu'elle était montée dans le premier train : personne ne pouvait voir où elle se trouvait. Oh, il faudrait l'appeler sans trop tarder et tout lui expliquer. Mais, d'abord, elle tenait à retrouver Blue.

Elle se dirigeait vers la maison de Luisa, tout près de là, quand surgirent un garçon et une fille qui sortaient des urgences. Le premier était longiligne, avec des cheveux blonds qui lui arrivaient aux épaules. Abel. Mais l'autre n'était pas Blue, ce qui n'était pas normal : elles étaient les deux seules amies d'Abel (amies avec un *e*, précisons).

La fille se retourna et Tilly reconnut Lea la Chelou, avec son vieil appareil photo autour du cou. Voir ces deux-là ensemble confirmait sa théorie : quelque chose ne tournait pas rond. Elle préféra ne pas se manifester et resta cachée derrière l'arrêt de bus.

Elle attendit qu'ils passent, compta jusqu'à dix et les suivit.

Ils prirent le boulevard qui conduisait au lac. Ils avaient des mines trop sérieuses et, la vache, qu'est-ce qu'ils couraient vite ! À Montemorso, on marchait tout le temps ou on se déplaçait à vélo, on escaladait des rochers et on faisait plein d'autres choses fatigantes, Tilly l'avait presque oublié. Quelques semaines plus tôt, elle était encore très active, elle aussi, mais elle avait perdu l'habitude.

Abel et Lea rejoignirent la route du lac et prirent à droite. Tilly les imita. Elle avait mal aux jambes et son sac à dos lui sciait les épaules.

Elle croisa le curé qui venait en sens inverse, vêtu d'un maillot de bain ridicule, d'un T-shirt orange et d'un sac de plage. Elle s'empressa de tourner la tête. Pourvu qu'il ne la reconnaisse pas ! Comme il avait l'air perdu dans ses pensées, il ne la calcula même pas, ouf.

Son téléphone sonna encore. Un message de sa mère.

Tilly, qu'est-ce qui se passe ? Appelle-moi, s'il te plaît.

Elle pianota tout en marchant :

Tout va bien. Je t'appelle dans un petit moment.

Ne t'inquiète pas, je vais bien.

Moins d'une seconde plus tard, elle avait un appel, signe que sa mère était collée à son portable. Elle laissa sonner sans décrocher.

Encore un message :

Mais qu'est-ce qui te prend, enfin ?

On t'a enlevée ? Mon Dieu, Tilly, dis-moi ce qui se passe ?

Appelle-moi, je t'en prie.

Tilly poussa un long soupir et répondit, le souffle court :

Je n'ai pas été enlevée. J'ai dû partir, c'est tout.

Tu es où, à Montemorso ?

Ça avait le don de la rendre dingue. Sa mère lisait en elle comme si elle avait un don de télépathie, un authentique pouvoir paranormal (et, effectivement, de nombreux parents en ont un, enfin, c'est l'avis de leurs enfants).

Elle répondit :

Tout va bien, je te dis. Je t'expliquerai plus tard.

Fais-moi confiance.

Elle mit la conversation en mode silencieux et poursuivit son chemin sans ralentir.

Au niveau du parking du camping, Abel et Lea prirent la passerelle. Tilly plissa le front. Qu'est-ce qu'ils fichaient sur l'île ? Alors là, aucune idée. Ils portaient des chaussures de randonnée et n'avaient pas l'air de vouloir se baigner.

Arrivés sur la plage, ils disparurent au milieu des arbres.

Tilly compta jusqu'à trente, pressa le pas pour les rattraper et s'arrêta face au grillage rouillé qui séparait la plage publique de celle du camping.

La clôture s'enfonçait dans l'eau et, non loin de là, déjà sur le terrain du camping, on voyait une vieille chaloupe en bois renversée au milieu des cailloux, la coque à moitié écaillée. Et si elle entrait dans l'eau pour contourner le bord du grillage et passer de l'autre côté ? Mauvaise idée : le lac devenait très vite profond, un pas de trop et elle n'aurait plus pied. Alors elle fit comme Abel : elle s'enfonça au milieu de la pinède et passa par le trou dans la clôture.

Hum, curieux. Elle avait le souvenir d'un passage étroit, il fallait veiller à ne pas se piquer. Mais là, il était énorme, comme si un sanglier l'avait défoncé à coups de tête.

Elle repensa à son idée de Bête Invisible et frémit jusqu'à la racine des cheveux. Abel et la Chelou étaient peut-être en grand danger ! Elle se mit à courir. Où étaient-ils passés ? Du côté du Géant ? Elle se rappelait vaguement comment y parvenir : le chemin de l'Aube jusqu'au croisement, puis à gauche dans l'allée principale.

– Hé, vous êtes là ?

C'était la voix d'Abel, quelque part, plus loin.

– C'est nous !

Tilly regarda autour d'elle. Avec qui parlaient-ils ? Ils avaient rendez-vous avec quelqu'un, visiblement, mais qui ? Blue et le garçon américain ?

Elle resta tapie derrière les arbres. Autrefois, ce camping était accueillant, avec ses allées au milieu des pins et ses petites maisons en bois. Mais aujourd'hui, après des mois d'abandon, c'était un village fantôme. Tout était envahi par la végétation et les bungalows n'étaient plus que des ruines qui servaient d'abris aux animaux.

– Oh, vous voilà.

On sentait Abel soulagé. Enfin, c'était l'impression qu'avait Tilly, de loin.

– C'est Blue qui nous envoie. Elle a dit que vous auriez besoin d'aide… Qu'est-ce qui s'est passé ?

– Mort ? s'exclama Lea. On ne savait pas… Blue nous a raconté, mais… on croyait que…

Il y eut une pause. Et Lea poursuivit :

– Les gens d'ici ont été ignobles avec vous, ça me rend vraiment triste.

Mais avec qui parlaient-ils ? Sans un bruit, pas à pas, Tilly approcha encore. Elle contourna la supérette qui avait longtemps fait concurrence à celle de M. Kurt (ce qui le rendait fou de rage) et se pencha prudemment.

Au centre de la place, on avait construit une drôle de tour, d'environ trois mètres de haut, adossée de guingois au rocher du Géant. Elle était faite de vieux meubles, de planches et d'un arbre qui avait été déraciné et débité en morceaux. On l'avait ensuite recouverte de grands bouts de tissu sombre.

Juste à côté, sur une espèce de petit autel réalisé avec des caddies, il y avait un corps.

Tilly l'observa attentivement.

Oui, c'était bien un corps. Mais de quel genre d'animal ? La peau était dans les tons marron et semblait épaisse, rugueuse. Comme celle d'un éléphant.

On aurait dit un homme, avec deux bras et deux jambes, des mains et des pieds, une tête, un zizi (elle eut du mal à ne pas le remarquer, et à ne pas rougir).

Toutefois, ce n'était pas un homme : cette chose était

immense et n'avait que trois doigts aux mains et aux pieds, avec de gros ongles noirs. Le nez était si écrasé qu'il se confondait avec le front. Les lèvres étaient violacées et les oreilles pointues, à la façon des elfes. Et il avait deux trucs dans le dos, qu'elle discernait à travers la grille des chariots. Des espèces d'ailes de chauve-souris, mais en plus petit.

Un démon, se dit-elle.

Bon, il n'avait ni cornes ni queue, mais, pour le reste, il ressemblait comme deux gouttes d'eau aux diables des peintures, dans les églises. Celui-là était peut-être moins effrayant, il lui faisait même de la peine, en un sens. Et, surtout, il était mort.

L'idée que ce soit le cadavre d'un démon la fit frémir. Encore une preuve qu'il se passait quelque chose d'horrible au village !

Tilly activa l'appareil photo de son téléphone. Si on prend un diable en photo, on ne le voit pas sur l'image, elle l'avait lu quelque part. Elle cadra bien et *clic*. Raté. Il était sur l'image. On voyait aussi le chalet abandonné, avec Abel et Lea qui observaient la scène d'un air impassible. Et peiné, presque.

Toute cette histoire était dingue, franchement. Elle prit une autre photo.

Au même moment, elle aperçut un bâton qui bougeait tout seul dans les airs. Oui, il flottait dans le vide.

Abel sortit son portable, puis le lâcha. L'appareil resta en suspens, sans tomber. Et puis il disparut. Comme ça, *pouf*.

Envolé.

Jusque-là, Tilly avait été trop sidérée et absorbée par cette scène pour paniquer, mais, tout d'un coup, la peur lui tomba dessus.

TU ES QUI, TOI ?

Une voix, derrière elle. Toute proche. C'était la voix de Blue, peut-être plus grave, comme si sa meilleure amie était devenue un fantôme.

Pourquoi tu nous espionnes ?

Alors elle cria fort, très fort.

Et prit ses jambes à son cou.

Encore des choses sans importance

Les parents.

Ces créatures étranges. Mythologiques, presque.

Toujours là quand on a besoin d'eux (et parfois quand on s'en passerait bien, pour être honnête). C'est à se demander ce qu'ils font quand leurs enfants ne sont pas dans les parages. Est-ce qu'ils disparaissent, est-ce qu'ils cessent d'exister ? Ou est-ce qu'ils ont une vie à eux ? La réponse à cette dernière question, aussi bizarre que cela puisse paraître, est oui.

Pile alors que Tilly se faisait surprendre par une créature invisible…

Et que Cameron attendait de sortir de sa chambre d'hôpital, ce qui serait le cas dans environ deux heures, c'est ce qu'on lui avait promis…

Alors que Blue était chez sa mère, enfermée dans sa chambre, punie et privée de portable…

Alors qu'il se passait ces différentes choses et que la nuit tombait sur Montemorso, le village fut le théâtre d'autres événements.

Et, cette fois, ce sont eux qui jouèrent les premiers rôles. Eux, les parents.

Le premier événement concerna M. Kurt, qui était d'humeur massacrante, pour changer.

La journée avait mal commencé dès l'instant où il avait accompagné son fils à cette fichue rando en montagne. Et pour cause : il était tombé sur Emilia Santarossa. Après une discussion houleuse, il s'était rendu au magasin... où sa femme et Giulia se chamaillaient pour une broutille. Il avait donné raison à la caissière. Résultat : Anna lui avait fait la tête. Dans l'après-midi, lors d'une réunion à la mairie, il avait encore croisé Emilia Santarossa (la voir deux fois en quelques heures était déjà agaçant en soi) et découvert qu'elle lui avait tendu un piège : elle avait convaincu deux conseillers municipaux de la soutenir sur le dossier du tri sélectif. Toujours la même rengaine.

Et pile en fin de journée, tandis que M. Kurt essayait de mettre de l'ordre dans ce bazar, il avait reçu des dizaines d'appels sur son portable. C'était le père Bomben. Encore un casse-pieds de première, celui-là, tiens.

– Allô, monsieur le maire ? Des esprits démoniaques ont envahi le village !

Le curé s'était lancé dans une histoire invraisemblable. Il était à la plage, sur l'île du Géant, quand il avait vu le lac saigner. Le ciel s'était ouvert et du sang avait coulé de cette espèce d'entaille.

Le père Bomben avait un verre dans le nez, ça se sentait. Le problème, c'est que M. Kurt perdit un temps fou pour le calmer. Et vu qu'il était tard, il décida de rentrer chez lui, ça valait mieux.

Il venait d'ouvrir la porte quand son portable sonna à nouveau. Le nom de Tom apparut sur l'écran.

– Salut, Kurt, désolé de te déranger, ce ne sera pas long. Je voulais te parler d'Abel.

– Qu'est-ce qu'il a encore fichu, ce crétin ?

– Il n'était pas seul dans l'histoire. Ma fille était dans le coup aussi. Avec Lea et l'Américain. Tu ne devineras jamais ce qu'ils ont fait, aujourd'hui... Ils sont allés sur le Gorelli !

M. Kurt serra son téléphone si fort qu'il faillit le casser en deux.

– Quoi ? Mais... pourquoi ?

– Ils souhaitaient peut-être voir où était tombée cette pauvre fille, l'autre jour.

– Ils sont débiles ou quoi ?

– Attends, pendant que ton fils se baladait, ma fille n'aurait rien trouvé de mieux que de descendre jusqu'au barrage. Il a fallu qu'ils marchent sur l'un des pièges à loup que ce taré de gardien avait semés à droite, à gauche.

Le maire n'en croyait pas ses oreilles.

– Tu parles de qui, là ? Agenore Novak ?

– Cameron a été pris à la jambe. Encore un peu et il se vidait de son sang. Là-dessus, ma fille a eu le réflexe de descendre jusqu'au lac avec l'ascenseur et d'appeler la mère de Cameron à la rescousse... Elle travaille là-bas, tu te souviens ? Bref, ils ont fait une belle bêtise.

– Comme tu dis. Et le Vieux aussi. Poser des pièges à loup dans la forêt, franchement... Tant qu'il fait ça en cachette pour attraper un ou deux chevreuils, pas de problème. Mais s'il a blessé un gamin, ça va chauffer pour lui. Ma main à couper que les parents de l'Américain vont porter plainte.

– À mon avis, ils sont déjà passés chez les carabiniers, dit Tom.

– OK, bougonna M. Kurt.

Et il raccrocha.

Tom et lui se connaissaient depuis toujours. Ils étaient allés à l'école ensemble, même s'ils avaient trois ans d'écart. Est-ce qu'ils étaient amis ? Pas vraiment. Disons qu'ils s'étaient suivis de loin, c'est souvent le cas dans les villages.

M. Kurt était sûr d'une chose : Tom faisait tout de travers avec sa fille. Il la gâtait beaucoup trop alors qu'il aurait fallu serrer la vis. Et voilà le résultat. L'important, c'était qu'elle n'ait pas de mauvaise influence sur Abel. Entre son fils et lui, le courant ne passait pas très bien. Il ne passait même pas du tout. Abel était trop timide, trop discret. Et si ça ne tenait qu'à lui, il lui aurait rasé ces cheveux longs façon militaire, sans hésiter.

Il était grand temps qu'ils aient une petite discussion père-fils.

– Fiston ! lança-t-il en entrant enfin chez lui. Tu es là ?

Pas de réponse.

Avec un soupir, M. Kurt descendit dans le studio et alluma la lumière. Abel n'était pas là, mais la fenêtre était ouverte. Il lui avait répété cent fois de la refermer, bon sang !

Il lui suffit d'un simple coup d'œil pour saisir la situation : le canapé-lit déplié, un oreiller gisant dans un coin, les draps froissés, un verre et une assiette avec des croûtes de fromage sur la table…

– Quelqu'un a dormi ici, murmura-t-il.

Et ce n'était pas Abel puisqu'il avait passé la nuit dans son lit, aucun doute là-dessus. Sans compter son intolérance au lactose. De qui s'agissait-il ? De Blue ? Ou de quelqu'un qui s'était glissé dans la maison en cachette ? Un SDF, tiens. Il avait peut-être fauché des trucs. Autant tirer cette affaire au clair.

Tasha, la mère de Cameron, roulait vers la centrale au volant de la Mercedes, l'esprit hanté par cette journée invraisemblable.

Elle n'avait pas vécu exactement la même chose que M. Kurt, mais, comme lui, cela l'avait mise de mauvaise humeur.

De mauvaise humeur ? Elle était folle de rage, oui !

D'abord après son mari, Tyrone, qui s'était laissé embobiner par un groupe d'ados, rappelons-le. Dire qu'il les avait accompagnés pour les avoir à l'œil. Mais non, il avait fallu qu'il les emmène dans l'endroit le plus dangereux de la région (Luisa lui avait raconté l'accident de l'avant-veille).

Ensuite, elle était furieuse après Cameron. D'accord, les hormones le travaillaient et il avait suffi qu'il se retrouve face à une fille aux yeux bleus pour que son cerveau disjoncte. Qu'est-ce qui ne tournait pas rond chez ce gosse, enfin ? C'était un miracle qu'il soit encore vivant après cette escapade en pleine montagne...

Et le gardien du barrage, parlons-en, tiens ! On l'avait prévenue que ce type n'était pas très net, qu'il vivait en ermite et qu'il braconnait sûrement en douce. De là à poser des pièges à loup... Cameron et Blue étaient formels : au lieu de leur venir en aide, ce cinglé les avait poursuivis. Certes, les enfants avaient fait une énorme bêtise, mais ce n'était pas une réaction digne d'un adulte !

Il allait le payer cher.

Tasha s'était déjà rendue chez les carabiniers. Elle avait parlé avec le plus haut gradé, un certain Di Paolo, et porté plainte dans la foulée. À cet instant précis, elle roulait vers la centrale (où elle avait oublié son ordinateur portable) afin d'envoyer un rapport officiel à la compagnie d'électricité. Un tel danger public méritait d'être viré dans la seconde !

En réalité, elle mourait d'envie de monter sur cette fichue plate-forme, de grimper tout en haut du barrage et lui dire ses quatre vérités, les yeux dans les yeux. Pour mettre en rogne une maman ourse, touchez à ses petits, le résultat ne se fera pas attendre.

Elle gara la Mercedes. Le soleil couchant colorait de rose les eaux du lac tandis que l'esplanade était déjà plongée dans le noir.

Au lieu d'entrer dans la centrale, Tasha se dirigea vers le barrage. Pas spécialement dans l'intention de monter (enfin, *a priori*), mais afin de jeter un coup d'œil.

Elle repensa au moment où Cameron était venu à sa rencontre en sautillant, collé contre cette gamine. C'était dans l'après-midi. Il avait bafouillé deux, trois phrases avant d'être interrompu par la sirène de l'ambulance. Il avait débarqué par le hangar qui permettait d'accéder au dédale de tunnels qui servaient à l'entretien du barrage.

Subitement, Tasha s'aperçut que la clôture extérieure était déchiquetée. On aurait dit qu'elle avait été arrachée à coups de patte. Par un animal sauvage, peut-être ? Elle nota dans un coin de sa tête qu'il faudrait signaler les dégâts et ouvrit la porte du hangar. Cameron et son amie avaient laissé le trousseau de clés du gardien dans la serrure. Elle devait le lui rendre, plainte ou pas plainte. De plus, ça lui donnerait une bonne excuse pour utiliser l'ascenseur.

Le hangar renfermait tout un tas de caisses, un vieux chariot élévateur et plusieurs palettes enveloppées dans du film plastique.

Au fond, le monte-charge était bloqué au rez-de-chaussée car les enfants n'avaient pas refermé la grille de protection. Le gardien était donc coincé en haut de la montagne. Et il y avait de grandes chances pour qu'il soit furieux.

– *Mais s'il essaie de hausser le ton avec moi, il trouvera à qui parler*… murmura Tasha.

Elle allait poser le pied sur la plate-forme quand quelque chose attira son attention. Là, par terre, on aurait dit une bille métallique écrasée. Elle se pencha pour la ramasser.

Son père, c'est-à-dire le grand-père de Cameron, était né en Louisiane. Tout au long de sa vie, il avait été un membre fidèle de la NRA, l'association américaine des amis des armes à feu. Chaque année, le jour de son anniversaire, il trouvait normal de l'emmener à la campagne pour qu'elle s'entraîne au tir. Voilà pourquoi elle avait une certaine expérience des fusils.

Elle reconnut tout de suite l'objet déformé qu'elle tenait au bout de ses doigts.

C'était une cartouche de chasse.

Une bouffée d'angoisse l'envahit. Le gardien du barrage n'était pas juste un peu bizarre, il était complètement cinglé. Il avait tiré sur son fils ? Elle leva les yeux. Le haut de la grille était plié, et même déchiqueté à plusieurs endroits. Les balles avaient dû la perforer avant de rebondir dans tous les sens. Pas loin, elle trouva deux autres billes similaires.

Et du sang.

Elle ne l'avait pas remarqué tout de suite, à cause de la lumière grésillante du hangar, mais oui, il y avait bien des taches de sang séché sur la plate-forme de l'ascenseur. Et des gouttes sur le sol en béton du hangar.

Était-ce le sang de la gamine ? Non, elle n'avait rien, Tasha l'avait vue. Et ce n'était pas celui de Cameron : sa pauvre jambe était solidement maintenue par un bandage, il n'avait pas perdu plus de sang. Impossible.

Tasha examina les alentours.

Les enfants n'étaient pas seuls dans cet ascenseur. Quelqu'un avait été touché par une balle avant de repartir de son côté. Quelqu'un que son fils connaissait et qu'il avait choisi de protéger. La preuve : il n'avait pas dit un mot.

L'angoisse lui serra la gorge.

Pour la première fois de sa vie, Vera était dévorée par l'angoisse, elle aussi.

Elle était pourtant du genre décidée, rationnelle. À la mort de son mari, elle avait élevé Tilly toute seule. Dans l'intervalle, elle avait réussi à faire carrière. Même si cela n'avait pas été sans sacrifices, le dernier en date ayant été ce déménagement qui les avait forcées à changer de vie, toutes les deux. Oh, le quotidien était rarement tout rose, mais elle n'aurait jamais pensé vivre une telle épreuve.

Qu'était-il arrivé à sa fille ? Où était-elle, et avec qui ?

Lucrezia, la baby-sitter, avait failli devenir folle en constatant que l'appartement était vide. Vera avait reçu son coup de fil et annulé un rendez-vous de travail pour se précipiter chez elle. Effectivement, Tilly s'était volatilisée. Au début, elle avait tâché de rester calme. Il y avait forcément une explication. Tilly était peut-être sortie se balader, elle avait sans doute laissé un mot qui s'était envolé par la fenêtre. Ou alors elle lui avait envoyé un texto qui n'était jamais arrivé, pour on ne sait quelle raison. Seulement… l'après-midi avait filé. Tilly avait lu ses messages mais n'avait pas répondu.

C'est là que Vera s'était vraiment inquiétée.

L'armoire de sa fille était sens dessus dessous, son sac à dos avait disparu et il n'y avait plus un sou dans la tirelire-chat de la bibliothèque.

Tilly avait fugué.

Ou on l'avait enlevée (non, non, pitié).

Puis, juste au moment où Vera allait craquer, sa fille lui avait envoyé un SMS.

Tout va bien.

Elle avait commencé par crier de joie. Avant qu'une envie de fracasser son portable contre le mur ne l'envahisse.

Tout n'allait pas bien, loin de là.

Elle avait demandé à Tilly si elle était à Montemorso (si elle avait pris la route toute seule, c'était forcément pour se rendre là-bas !). Blue lui manquait peut-être, mais si tel était le cas, pourquoi s'était-elle enfuie, au lieu d'aborder le sujet ? Elle aurait pu retourner là-bas pour les vacances. Chez Luisa, par exemple.

Mais une minute… Rien ne prouvait que Tilly avait écrit ce message. Et si on l'avait vraiment kidnappée ? C'était peut-être son ravisseur qui lui avait envoyé ce texto (oh non, pitié, pitié).

Vera se força à ne pas laisser l'angoisse prendre le dessus. Elle marcha d'une pièce à l'autre, regarda par la fenêtre, alluma la télé. Le temps semblait interminable.

Finalement, le téléphone sonna.

– Ah, Luisa, c'est toi, Dieu soit loué !

– J'ai vu que tu avais essayé de m'appeler, qu'est-ce qui se passe ?

– Tilly est avec toi ?

– Euh… non, pourquoi ?

– Avec Blue, alors ? Tu les connais, elles se sont peut-être vues dans notre dos et là, elles sont en train de s'amuser ensemble…

Il y eut un silence à l'autre bout du fil.

– Non, Vera, je suis sûre que non. Blue a passé la journée dans la montagne, avec des copains… tout en faisant une bêtise monumentale au passage… Ce serait trop long de tout t'expliquer maintenant ; là, elle est seule dans sa chambre. Punie.

– Ah.

– Vera, il est arrivé quelque chose à Tilly ?

– Non, je…

Elle n'en avait pas envie, vraiment pas. Mais elle fondit en sanglots.

– Tilly a disparu, Luisa. Elle a quitté la maison ce matin, avec son sac à dos, sans rien dire à personne. Elle n'a même pas laissé de mot… Je suis terrorisée.

– Elle serait venue ici à Montemorso, tu penses ?

– Oui, je crois. Enfin, j'espère.

– Pardon de te demander ça, murmura Luisa, mais… tu as prévenu les carabiniers ?

Le cœur de Vera se mit à battre de plus en plus fort, et de plus en plus vite.

– Je devrais ?

– Tout va bien, j'en suis sûre. Sûre à cent pour cent. Mais oui, à mon avis, tu devrais. Histoire d'être tranquille. Dès qu'on l'aura retrouvée, il suffira de retirer l'avis de recherche.

– Euh… il ne faut pas attendre vingt-quatre heures avant de signaler une disparition ? Dans les films…

À l'autre bout de la ligne, la voix de Luisa était calme et rassurante. Un ton d'infirmière, de professionnelle habituée à gérer les urgences. Ce qui acheva d'inquiéter Vera.

– Il y a les films et il y a la réalité. Il vaut mieux prévenir les forces de l'ordre sans perdre de temps. Pas la peine de te déplacer, appelle-les. Ça suffira, pour commencer. De mon côté, je rentre à la maison car je suis encore au travail, pardon. Je vais parler avec Blue, et si elle sait quelque chose, je te préviens.

– Entendu, merci. Et si par hasard…

– Promis.

Son portable à la main, Vera se répéta ce qu'elle devait faire. Appeler les carabiniers et signaler la disparition de Tilly, d'accord.

Oui, mais sa fille lui avait écrit, ça voulait dire qu'il n'y avait rien de grave.

Oui, mais l'experte, c'était Luisa, si elle pensait que…

Elle retourna dans la chambre de Tilly et aperçut sa vieille tablette, abandonnée sur la table de chevet, l'écran retourné.

La tablette !

Elle s'en saisit et tapa le code d'accès. Puis ouvrit l'appli de localisation : une carte avec, en dessous, la liste des appareils électroniques de la famille. À côté de « Téléphone de Tilly », il était écrit : « Aucune position partagée. » Qui avait désactivé le dispositif ? Tilly ou son ravisseur (oh non, pitié, non) ?

Vera serra l'appareil si fort qu'elle fit presque crisser ses ongles. Il y avait obligatoirement un indice quelque part. Les photos, par exemple… La tablette était synchronisée sur le portable de sa fille. Si ses souvenirs étaient exacts, dès qu'elle prenait une photo, l'image était enregistrée sur le cloud et la tablette la téléchargeait automatiquement. Oui oui, voilà.

Elle appuya sur une icône pour obtenir les images et une photo s'afficha sur l'écran.

Un chalet au milieu des pins, avec une zone dégagée juste devant. On voyait Abel et une gamine qu'elle était certaine d'avoir déjà vue (mince, comment s'appelait-elle, déjà ?). Un empilement de débris se dressait près d'un énorme rocher. De l'autre côté, on voyait des chariots de supermarché. Quelque chose était étendu dessus. Oh mon Dieu, on aurait dit…

Un monstre.

Un démon.

Vera laissa tomber la tablette et porta les mains à sa bouche. Elle courut dans le salon, attrapa ses clés de voiture et sortit de chez elle à la vitesse de l'éclair.

Blue apprend à voler

Pendant que cette vague de stress déferlait sur Montemorso en emportant tout sur son passage, Blue (qui ne se doutait de rien) dormait dans son lit, encore vêtue de ses habits tachés d'herbe. Elle fit des rêves confus. Avec des chemins de montagne, des gens qui la poursuivaient, des coups de fusil. À son réveil, elle était encore plus groggy qu'un boxeur qui se remet d'un K.-O. et complètement crevée.

La nuit étant tombée, elle alluma sa lampe de chevet et se leva. Ses vêtements sales avaient laissé des traces de terre noire sur les draps. Elle les roula en boule et les glissa sous son bras.

– Maman ?

– Ta maman n'est pas encore rentrée, ma chérie ! Mais je suis là.

C'était Mme Robida.

Blue sortit de sa chambre et tomba sur la voisine, les sourcils haussés et l'air méfiant.

– Tu vas où ? Ta mère a été claire : interdiction que tu sortes de ta chambre.

– D'accord, mais… pour prendre une douche, c'est bon ?

Mme Robida prit une seconde pour réfléchir puis répondit :

– Oui, c'est bon, à mon avis…

– Merci.

Dans la salle de bains, elle jeta les draps dans le panier à linge sale puis resta sous l'eau bouillante un long, un très long moment. Lorsqu'elle retourna dans sa chambre, habillée de pied en cap, elle alluma la lumière.

Une ombre se dessinait sur l'armoire.

SALUT.

Blue se retourna. Vite, la porte !

– Luka, murmura-t-elle. Qu'est-ce que tu fais là ?

IL FALLAIT QUE JE TE PARLE. JE NE SAVAIS PAS COMMENT FAIRE. J'AI DEMANDÉ À ABEL DE SE SERVIR DE SA PETITE BOÎTE...

– De son portable ?

TU N'AS PAS RÉPONDU.

– C'est vrai, soupira-t-elle, ma mère me l'a confisqué. Du coup, j'ai dormi et là, j'ai pris une douche.

TU SENS BON. TA CHAMBRE AUSSI. MAIS C'EST À CAUSE DE TON ODEUR.

C'était la chose la plus mignonne qu'un garçon lui ait jamais dite, si tant est qu'on puisse considérer Luka comme un garçon normal. Il était si différent des autres, à tous les niveaux !

– Oh, euh... merci. Bon, qu'est-ce qu'il y a ? Si tu es venu jusqu'ici, ce n'est pas pour rien. Qu'est-ce qu'il y a ? répéta-t-elle en s'asseyant sur le lit.

MIDOÏ EST MORT. C'ÉTAIT UN GRAND GUERRIER, SON NOM SIGNIFIE CELUI QUI ÉLOIGNE L'ENNEMI.

Blue sentit une boule lui nouer dans la gorge.

– Oh, désolée... Kékouma pensait qu'avec les bons instruments on pouvait pourtant le sauver !

ELLE A SOIGNÉ LES AUTRES. MIDOÏ AVAIT PERDU TROP DE

SANG. ET SA PEAU A FINI PAR REDEVENIR VISIBLE, MALHEUREUSEMENT.

– Ça veut dire quoi ?

QU'IL EST MORT.

Blue secoua la tête.

– Attends, les Vous redeviennent visibles quand ils meurent ?

BIEN SÛR, SOUVIENS-TOI DE MON ONGLE. QUAND UN CORPS EST MORT, IL EST MORT, ET C'EST TOUT.

– Vous croyez que les humains sont des espèces de morts qui marchent, alors ?

La voix de Luka étouffa un petit rire.

AU DÉBUT, J'AI EU PEUR, J'AVOUE.

– Je comprends, dit Blue.

Puis elle répéta :

– Je suis désolée.

DÉSOLÉE, POURQUOI ? MIDOÏ ÉTAIT CONTENT, IL EST MORT EN GUERRIER. CETTE NUIT, LES VOUS VONT LE SALUER AVANT SON DERNIER VOYAGE. C'EST POUR ÇA QUE JE SUIS LÀ. POUR TE DEMANDER SI TU SOUHAITES PARTICIPER À LA CÉRÉMONIE.

– Tu m'invites à son enterrement ?

C'EST UN GRAND HONNEUR. LA MÈRE-LOI VEUT VOUS REMERCIER POUR VOTRE AIDE, TOI ET TES AMIS. MÊME SI VOUS N'ÊTES PAS DES VOUS, VOUS ÊTES COMME NOS FRÈRES ET NOS SŒURS.

– Waouh ! s'exclama Blue. Je veux dire... C'est un honneur pour moi aussi, alors. C'est qui, cette mère-loi, je la connais ?

ÉVIDEMMENT, C'EST SAFI. SON NOM VEUT DIRE CELLE QUI ACCOMPAGNE LES AMIS. LA MÈRE-LOI AIDE LES VOUS À VIVRE.

– Safi est votre chef, alors ?

PAS TOUT À FAIT. À T'ENTENDRE, ON DIRAIT QUE LE CHEF EST

COMME LA POINTE D'UN ARBRE. ALORS QU'UNE MÈRE-LOI, C'EST SES RACINES.

Blue s'agita légèrement sur le matelas.

– Écoute… j'aimerais venir. Vraiment. Tu ne sais pas ce que je donnerais pour participer à votre cérémonie. Mais ce n'est pas possible, je suis retenue prisonnière, tu as vu ?

NON.

– Comment ça, non ?

LES VOUS ÉTAIENT PRISONNIERS. TOI, TU ES DANS TON REPAIRE, À L'ABRI. ET À CÔTÉ, IL N'Y A QU'UNE FEMME QUI REGARDE UNE BOÎTE.

– Mme Robida.

SI TU VEUX, TU PEUX PARTIR AVEC MOI.

– Ma mère sera furieuse.

ELLE EST DÉJÀ FURIEUSE. TU L'AS DIT.

Effectivement, c'est ce que Blue avait dit. Luisa et Tom (qui étaient d'accord, pour une fois) avaient été très clairs : il y aurait des sanctions. Elle pouvait faire une croix sur son smartphone, sur l'escalade et sur pas mal d'autres choses encore. Si elle suivait Luka, la punition serait encore pire, c'était certain.

Elle avait une décision à prendre. Obéir, être bien sage et le regretter, pour le restant de ses jours, peut-être…

– D'accord, je viens. On fait comment ? Je ne suis pas invisible comme toi, je ne peux pas passer par la porte…

ON VA DESCENDRE PAR LA FENÊTRE.

Elle plissa le front.

– On est au premier étage.

JE PEUX SAUTER TRÈS HAUT, N'OUBLIE PAS. POUR MOI, CE N'EST PAS UN PROBLÈME.

– Et moi ?

Tu n'as qu'à grimper sur mon dos.

L'ombre de Luka se replia et Blue comprit qu'il s'était accroupi.

Accroche-toi à mes ailerons. Enroule tes bras autour. Comme ça, parfait. J'attrape tes jambes. Attention, je me relève.

Blue suivit les instructions de Luka et se retrouva collée contre son dos invisible, les bras refermés sur ses ailerons, les jambes enroulées autour de sa taille. Cela lui rappela son enfance, quand elle jouait au cheval avec Abel. Mais c'était très différent. Luka était si grand que sa tête frôlait le plafond, et sous sa peau on sentait la force de ses muscles contractés.

Il avança d'un pas.

– Attention, je vais tomber ! souffla-t-elle.

Il glissa les bras sous ses genoux pour la soutenir.

Accroche-toi.

Être agrippée à Luka de cette façon lui procura une sensation indescriptible. Il était fort, vivant. Mais comme ses yeux n'arrivaient pas à le voir, elle avait aussi l'impression de flotter dans le vide.

Tu es prête ?

– À toi de jouer.

Luka approcha de la fenêtre et l'air du soir fit à Blue l'effet d'une gifle. Ils étaient encore plus haut que le sommet des lampadaires. La rue, en dessous, n'était qu'une bande grise déserte. Blue s'assura qu'il n'y avait pas de voitures ou de piétons qui passaient par là. Ce n'était pas le moment d'être vue.

– Vas-y, Luka, murmura-t-elle. Vole !

Emportée par une force irrésistible, elle franchit la fenêtre et sentit le corps de Luka s'accroupir sur le rebord. Pour être aussi grand, aussi costaud, il devait peser son poids, et pendant une fraction de seconde elle eut peur que le mur s'écroule. Sa tête rasa l'encadrement de la fenêtre et elle regarda en bas. Elle se sentit minuscule et pas rassurée du tout (on aurait dit ce mélange d'angoisse et d'excitation qui nous saisit avant de plonger de trois ou quatre mètres).

– Saute !

Luka s'exécuta. Blue retint un petit cri, le vent soufflait sur son visage. Elle se retrouva projetée vers le ciel bleu cobalt, presque en apnée. L'instant d'après, elle retomba à toute vitesse mais les genoux de Luka amortirent la chute.

– Cours, Luka ! Vooole !

Il prit son élan et bondit tellement haut qu'elle crut toucher les étoiles. Puis ils retombèrent, très vite, si vite qu'elle éclata de rire en ouvrant ses bras comme des ailes.

Blue et Luka volèrent ensemble dans la nuit.

L'espace d'un instant, il n'y eut plus de problèmes, plus de questions.

Plus rien qu'eux deux, leur joie, la lune, le vent et la route sous leurs pieds.

Le Vieux contre-attaque

Un paquet de coton dans une main, un flacon d'eau oxygénée dans l'autre, Agenore Novak se regarda dans la glace de la salle de bains.

Il faisait peine à voir. Et tout ça à cause de ces saletés d'aliens.

Après l'avoir arraché du sol, ils l'avaient balancé contre la bibliothèque (qui s'était renversée au beau milieu du salon, envoyant des bouquins à droite, à gauche). Là-dessus, ils lui avaient donné un coup de poing en plein dans le menton ; il avait failli perdre une dent, en plus de récolter deux vilaines coupures sur la joue et un œil au beurre noir.

Mais ça, c'était le cadet de ses soucis. Ces salopards s'en étaient sortis, ils avaient réussi à se tailler. Ils étaient dans la nature, libres comme l'air, en train d'échafauder leur plan pour détruire l'humanité.

Et pour lui, le Gardien, c'était un échec.

– Hé, le Vieux, tu es là ?

La voix venait de l'extérieur. C'était Trevisan. Qu'est-ce qu'il fichait ici ?

La porte s'ouvrit à toute volée et le collègue du Vieux entra en essuyant ses grosses chaussures sur le paillasson juste à l'entrée. Il laissa tomber par terre une sacoche et son sac à dos de montagne.

– Tu es fier de toi ? Je n'aurais pas dû t'écouter, je le savais… À cause de toi, on est dans la mouise, tous les deux.

– Mais… tu sors d'où ? bafouilla le Vieux. Tu es monté comment ?

– Avec le monte-charge. L'ingénieure américaine était à la centrale, elle m'a donné tes clés. Quelqu'un avait laissé la grille de sécurité ouverte, c'est pour ça que la plate-forme ne remontait pas. Enfin, ça y est, tout est arrangé. Tu peux redescendre, ne te gêne pas.

– Vraiment ? murmura le Vieux.

– Oui. Rentre chez toi ou va au diable, c'est ton problème. Merde, qu'est-ce que tu as foutu ?

Trevisan ne tenait pas en place, une vraie pile électrique. Il regarda la bibliothèque au milieu du salon, puis l'œil au beurre noir de son collègue.

– J'ai eu… un souci.

– Comme tu dis, espèce de taré. Tu as besoin que je te rafraîchisse la mémoire ? On a échangé nos tours de garde, mais c'était *ton* idée. Tu as insisté, tu m'as forcé la main alors que je n'étais pas d'accord. Je n'ai pas l'intention de finir en taule avec toi. J'ai une femme et une gosse, je te signale !

Le Vieux retint une grimace, mais uniquement parce que sa joue lui faisait un mal de chien.

– En taule ? De quoi tu parles, là ?

– Les types de la boîte m'ont appelé cet aprèm, et laisse-moi te dire qu'ils étaient furax. Ils m'ont ordonné de foncer ici et de prendre le relais. C'était ça ou j'étais viré. J'ai dû prendre cinquante prunes en cours de route, tellement j'ai roulé vite…

– Hum. Et ils t'ont expliqué pourquoi tu devais me remplacer ?

Le Vieux s'avança d'un air menaçant, pour se planter sous le nez de son collègue. Et Trevisan, dont le courage n'était pas la qualité première, recula d'un pas.

– Eh, pas la peine de me parler sur ce ton-là, Novak. Je n'ai rien à voir là-dedans et tu le sais…

– Ah bon, pourquoi ?

– À ce qu'il paraît, tu as disjoncté et tu as posé des pièges à loup un peu partout. Mais il a fallu qu'un gamin mette le pied dessus. Le fils de l'ingénieure, en plus, pas de bol ! Et toi, au lieu de lui venir en aide, qu'est-ce que tu as fait ? Tu as pris un fusil et tu t'es mis à jouer au cow-boy.

– Comment savent-ils que…

Trevisan recula encore.

– La mère du gamin a porté plainte contre toi. Et, juste avant que je monte, elle était en train d'écrire un mail à la compagnie d'électricité, pour que tu sois viré. Pour le moment, l'enquête suit son cours, tout est couvert par le secret de l'instruction, comme on dit, mais à mon avis c'est dans leur intention. Bref, les types de la boîte sont déjà au parfum et ils m'ont chargé de te mettre dehors à coups de pompe dans le…

Trevisan n'eut pas le temps de finir sa phrase, car son collègue venait d'attraper le col de son pull et de le pousser contre le mur. Même s'il avait près de quinze ans de moins que lui, ce n'était pas un athlète. Et là, le Vieux était en colère.

Très en colère.

– Pour me mettre dehors, ah oui ? Ils ne se sont pas demandé comment ces petits anges s'étaient pointés ici, en haut du barrage ? On est quand même sur une propriété privée… Ça n'intéresse personne de savoir ce qu'ils fichaient là, tout seuls ?

– Lâche-moi…

– Vous ne comprenez pas qu'il y a urgence, bande d'idiots ? Quand vous aurez enfin ouvert les yeux, ce sera trop tard. Votre dernier espoir de sauver vos fesses, c'est moi. Exactement. Moi, le Vieux. Le Gardien. Celui qui a un œil sur tout. Et qui est là pour prendre les bonnes décisions.

– Lâche-moi, je te dis…

– Je vais te lâcher, ne t'en fais pas. Allez tous vous faire voir, toi et les autres.

Le Vieux poussa violemment Trevisan avant de le flanquer par terre. Là-dessus, il tourna les talons et grimpa jusqu'à sa chambre. Il attrapa son sac à dos dans son armoire et y fourra les vêtements qui lui tombèrent sous la main. Posés sur le lit, il y avait son fusil à lunette et l'arme de Trevisan, nettoyés et huilés. Allez hop, dans le sac eux aussi. Il enroula un pull autour des canons qui dépassaient légèrement (autant les cacher). Pour finir, il glissa une poignée de cartouches dans la poche à l'avant.

De retour au rez-de-chaussée, il passa devant son collègue sans se soucier de ses jérémiades. Il sortit de la maison.

Le trajet jusqu'au village, par le monte-charge puis à bord de son 4 x 4, se déroula comme dans un rêve. Il ne recouvra ses esprits qu'une fois au comptoir du Foxy, les deux mains autour d'un petit verre de grappa qui brûlait l'estomac pire que de l'essence.

Qu'ils aillent rôtir en enfer, tous. Trevisan, l'Américaine, son gosse et la gamine aux cheveux courts.

Ils lui avaient tout pris.

Son travail, sa dignité. Tant qu'il était sur le barrage, il avait une place dans ce monde. Mais là, en bas, il n'était personne. Non, personne.

– Hé, regarde, c'est le Vieux !

Il n'y avait pas grand monde au bar, ce soir-là. Des vieux pépés qui jouaient aux cartes. Un homme et une femme assis à l'une des tables en terrasse, qui parlaient sans se regarder.

Et les trois autres, encore plantés devant les machines à sous. Les petites racailles.

Le garçon à la mèche, celui qu'il avait à moitié étranglé, eut un sourire :

– Content de nous revoir ?

– Non, répondit le Vieux.

Et c'était sincère.

– Je n'en ai rien à cirer de vos tronches et j'ai eu une journée pourrie. Je n'ai pas envie de vous coller des gifles. Alors barrez-vous, ça vaudra mieux. Vous vous rappelez comment ça s'est terminé la dernière fois, pas vrai ?

Les jeunes le regardèrent en ricanant. Oui, ils se rappelaient. Et puis celui à la mèche se chargea des présentations.

– Moi, c'est Croco. Lui, c'est Hans et là, c'est Mathias.

– Croco ? C'est quoi, ce nom débile ?

Le Vieux allait poursuivre mais il s'arrêta net.

La gamine.

La gamine aux cheveux courts et aux yeux aussi bleus que le lac en été.

Celle qui lui avait volé ses clés.

Et qui avait filé juste sous son nez.

Elle traversait la place à pas de loup, en rasant les murs comme si elle avait peur de se faire repérer.

Trop tard, je t'ai vue, cocotte, pensa le Vieux tandis qu'un sourire déterminé s'étirait sur ses lèvres.

– Écoutez, dit-il aux trois autres. Si vous avez envie d'émotions fortes, mais alors, vraiment fortes, arrêtez de faire joujou, j'ai un truc intéressant à vous proposer.

Les yeux de Croco brillèrent comme des lames de couteau.

4
CŒURS

Cameron s'envole à son tour

Imaginez la scène.

La nuit vient de tomber, ce qui veut dire que les ruelles de Montemorso sont plongées dans le noir. C'est un vieux village, et à l'époque de la construction du centre-ville, on n'avait pas encore inventé les réverbères. Quant à l'électricité, n'en parlons pas.

Bref, nous sommes dans une rue étroite et silencieuse, c'est le calme plat. Sauf dans une maison, tout au bout, avec des murs en pierre. À l'intérieur, ça crie, ça braille. Tasha et Tyrone Woods se disputent, mais, comme leurs histoires ne nous regardent pas, laissons-les tranquilles et concentrons-nous sur la fenêtre au premier étage, petite et carrée, tout juste de la taille d'un velux.

Voilà.

Par la fenêtre, on voit surgir un short.

Oui, un short rouge, plus exactement, qui se penche au-dessus du vide, et puis un garçon entier qui vient avec (Cameron, bien sûr).

Il brandit sa béquille comme une lance de chevalier du Moyen Âge. Et il s'envole.

Il a la jambe bandée, des écouteurs fluo autour du cou, on dirait un jockey courbé sur sa monture. Il plane.

Et puis il fonce vers le sol.

Pousse un grand cri sous le coup de la peur ou de l'excitation (non, des deux à la fois).

Et atterrit en douceur.

– C'est cool, hein ?

Blue était sortie de l'embrasure de la grande porte d'entrée.

OUI, MAIS N'ABUSEZ PAS TROP. J'AIMERAIS ÊTRE AUSSI RÉSISTANT QUE VOUS. JE NE ME SUIS PAS ENCORE REMIS DE NOTRE BALADE D'AUJOURD'HUI DANS LA MONTAGNE.

– *Moi aussi, j'étais bien dans ma chambre, en train d'écouter de la musique. C'est vous qui m'avez appelé*, répliqua Cameron.

Exactement. Blue indiqua la maison au-dessus de leurs têtes, puis indiqua son oreille.

– Ce sont tes parents qui crient ?

Cameron haussa les épaules. Il ne les avait jamais entendus se disputer, avant. Ils se chamaillaient de temps en temps car ils n'étaient pas toujours d'accord, mais ils ne hurlaient pas comme ça, d'habitude. Pff, la honte. Il ne s'était jamais demandé si Tasha et Tyrone formaient un couple parfait (c'était ses parents, il avait des sujets de préoccupation plus urgents). Mais, si quelqu'un lui avait posé la question, il aurait répondu que oui, c'était le cas.

– *Pas grave*, répondit-il.

– OK. Alors allons-y.

– *Où ça ?* demanda-t-il après avoir laissé Luka traduire.

Blue lui fit un résumé rapide. La mort du guerrier, l'enterrement. Le grand honneur que ça représentait.

– *Oh, j'aimerais beaucoup*, finit-il par dire. *Mais, à mon avis, on a fait assez de bêtises pour aujourd'hui, vous ne croyez pas ? Et puis il y a ma jambe, tu as oublié ? À l'hôpital, la médecin m'a expliqué...*

– Cameron, l'interrompit-elle, avec des yeux plus profonds, plus intenses que jamais. Le grand moment, c'est ce soir. Ne pense pas à demain. Les « mais » et les « si », on s'en fiche. C'est maintenant ou jamais. Choisis.

Comment faisait cette fille pour être aussi convaincante ?

Elle avait raison.

Cameron pensa à ses parents qui se disputaient à cause de lui, à tout ce qu'ils s'imagineraient quand ils frapperaient à la porte de sa chambre sans avoir de réponse. Il allait (encore) s'attirer des ennuis. Et il faudrait qu'il assume.

Il pensa à ses nouveaux amis : Blue, Luka, Abel, Lea. Et aux Vous qui les attendaient sur l'île et à la cérémonie qui les unirait à tout jamais.

– *Ça marche, on y va.*

Blue sauta de joie et se cala sur le dos de Luka.

Un instant plus tard, ce drôle de trio avait déjà disparu au bout de la rue.

Personne ne les vit.

À part le Vieux et les trois jeunes qui l'accompagnaient.

Blue écoute une histoire

La passerelle était comme un ruban de velours sur la peau argentée du lac.

SALUTATIONS, PAKI. SALUTATIONS, PADEN.

SALUTATIONS.

Deux voix répondirent sur le terre-plein vide du parking. Blue murmura :

– Euh… bonsoir.

Et demanda juste après :

– C'est qui ?

PAKI VEUT DIRE GARDIEN DES FAMILLES. PADEN VEUT DIRE GARDIEN DES PEUPLES. TU AS TA RÉPONSE : CE SONT DES GARDIENS.

Blue se mordit la lèvre. Elle avait beau savoir que Luka répondrait à toutes ses questions, elle avait encore peur d'abuser, d'avoir l'air intrusive. Alors qu'elle était pleine de curiosité, en réalité.

– Chez vous, on donne les prénoms en piochant des petits cailloux au hasard, n'est-ce pas ? Ça indique aussi votre futur métier, ce que vous ferez plus tard dans la vie ?

EXACTEMENT.

– Mais alors, si le tien veut dire Rêve de l'Âme ou Lune du Destin, ce serait quoi, ton travail ?

JE NE SAIS PAS COMMENT VOUS APPELEZ ÇA, ICI. UN RÊVEUR ?

– *Ce n'est pas un vrai métier*, intervint Cameron.

CHEZ LES VOUS, SI. C'EST MÊME TRÈS IMPORTANT. LE RÊVEUR IMAGINE DES CHOSES QUI N'EXISTENT PAS. IL RACONTE DES HISTOIRES. IL INVENTE. IL FAUT LONGTEMPS ÉTUDIER... JE SERAI VIEUX AVANT D'Y ARRIVER.

– On passe un temps fou à l'école, nous aussi, tu sais ?

Ils traversèrent la pinède et rejoignirent la place centrale du camping où les Vous avaient construit leur grande tour. Tout en haut, on voyait quelque chose, une ombre.

Non, il s'agissait plutôt d'un corps nu.

C'était vrai, alors, les Vous cessaient d'être invisibles à leur mort ! Sans trop savoir pourquoi, Blue sentit une grande tristesse l'envahir.

– Te voilà.

Abel surgit par la porte arrachée du chalet-restaurant, en enjambant des bouts de bois et des éclats de verre.

– Salut, dit Lea.

– Salut.

Entendre cette troisième voix la cloua littéralement sur place.

– Ti... Tilly ?

La jeune fille prit son élan, sortit du chalet à toute vitesse et se jeta sur Blue en la serrant de toutes ses forces.

Blue était sous le choc, elle avait du mal à y croire.

– Tilly, qu'est-ce que tu fais ici ? Comment...

– Tu ne répondais plus à mes messages, tu ne m'appelais pas, j'étais inquiète, je me posais des tas de questions...

– Elle est venue toute seule, précisa Abel avec un sourire en coin.

– Hein ? Et ta mère ?

– Elle n'est pas au courant. Je vais l'appeler et lui demander pardon, elle a dû stresser toute la journée. Seulement...

Tout ça avait l'air d'amuser Abel.

– Raconte-lui comment tu nous as retrouvés, insista-t-il.

– C'est à cause de la photo, expliqua Tilly. La photo que tu m'as envoyée, de lui, là.

Cameron se rendit compte qu'on le regardait et lança gentiment :

– *Salut.*

– *Je suis une amie de Blue*, dit Tilly dans un anglais assez approximatif mais compréhensible.

– Explique, allez ! la coupa Blue qui commençait à perdre patience.

– Bon, bref. Tu te souviens que tu m'avais envoyé une photo de lui ? C'était pendant que vous marchiez au bord du lac. Il y avait des empreintes bizarres sur l'eau.

– C'était Luka. Quand il marche, on voit la trace de ses pieds, expliqua Abel. C'est assez flippant, en fait.

– Oui. J'ai carrément cru qu'il y avait des monstres à Montemorso. Enfin... ne le prenez pas mal, hein.

Tilly s'était tournée vers le vide qui l'entourait.

– Bref, me voilà.

– Waouh, tu as été super courageuse !

Blue serra à nouveau son amie dans ses bras.

Et, en la voyant sourire, elle s'aperçut qu'au cours de ces quatre jours interminables et complètement dingues, elle avait beaucoup souffert de son absence. Un vrai déchirement.

Mais, maintenant, avoir Tilly près d'elle lui faisait chaud au cœur.

– Je suis tellement contente.

– J'avais peur que tu sois fâchée après moi. Parce que… tu ne m'avais pas parlé de… ce truc de fou. C'était ton secret.

– Oui, ça m'ennuyait de tout garder pour moi, seulement… j'aurais fait comment pour t'en parler ? Réponds-moi sincèrement, tu m'aurais crue ?

Tilly prit le temps de la réflexion.

– Non, je ne pense pas, tu as raison.

EXCUSEZ-MOI.

C'était Luka.

LA FAMILLE ATTEND.

– Quelle famille ? demanda Blue.

LA FAMILLE, C'EST L'UNION DES MÈRES DES VOUS. LA MÈRE-LOI, LES TROIS MÈRES-SCIENCE, LES DEUX MÈRES-DE-LA-CHASSE ET LA MÈRE-DES-NOMS.

– C'est votre gouvernement, en gros…

OUI. ET IL EST TRÈS IMPORTANT.

On sentait un immense respect dans la voix de Luka.

MALGRÉ TOUT, LA FAMILLE EST BLESSÉE, CAR ELLE N'EST PLUS AU COMPLET. SEULES SIX MÈRES ONT SURVÉCU À LA GRANDE LUMIÈRE ET À LA GRANDE NUIT.

Les Vous se décidèrent alors à sortir.

Des bungalows, du chalet, de derrière le rocher du Géant. Blue ne les voyait pas, mais ses autres sens ne se trompaient pas. Les yeux fermés, elle se concentra sur ces pas lents, sur ces corps qui respiraient.

Elle sentit une foule qui restait à l'écart, en simples spectateurs, et d'autres qui approchaient. La chaleur qu'ils dégageaient était si rassurante.

Elle laissa Tilly attraper sa main et la serra.

POUR COMMENCER, NOUS VOUDRIONS VOUS REMERCIER.

C'était Safi, la mère-loi, la première Vous que Blue avait libérée dans l'abri du Vieux. Curieusement, elle avait une voix jeune, même si elle parlait en pesant chaque mot, comme une personne très âgée. Blue l'imaginait exactement comme ça.

DEPUIS QUE NOUS SOMMES ARRIVÉS DANS CE MONDE, LES VOUS ONT VÉCU DES MOMENTS TRÈS DIFFICILES. NOTRE PEUPLE S'EST SÉPARÉ LORS DE LA TRAVERSÉE ET CETTE FAMILLE A ÉTÉ BRISÉE. PERDUS ET EFFRAYÉS, LES VOUS ONT ÉTÉ FAITS PRISONNIERS. L'ESPÈCE QUI DOMINE CET ENDROIT NOUS A SEMBLÉ CRUELLE ET FÉROCE. MAIS NOUS AVONS FINI PAR RENCONTRER DES SŒURS ET DES FRÈRES PRÊTS À NOUS AIDER.

– Vous nous remerciez ? Oh, franchement, il n'y a pas de quoi…

Blue envoya aussitôt un coup de coude à Abel pour qu'il la boucle.

PENDANT NOTRE FUITE, PLUSIEURS VOUS ONT ÉTÉ BLESSÉS. ET L'UN D'EUX NOUS A QUITTÉS POUR TOUJOURS. MIDOÏ LE GUERRIER, QUI A FAIT HONNEUR À SON NOM. LE VOILÀ NU, CHACUN PEUT LE VOIR. IL EST TEMPS POUR LES VOUS DE LUI DIRE ADIEU. LA FÊTE DU DERNIER SALUT EST AUSSI UN MOMENT DE PAIX. EN DEVENANT VISIBLES, LES VOUS DEMANDENT À CEUX QUI ASSISTENT AU RITUEL DE REJOINDRE LA FAMILLE.

Il y eut un silence. Troublé par le seul bruit du vent dans les feuilles.

Et puis Safi reprit :

Avant que la cérémonie ne commence, vous méritez de connaître l'histoire des Vous et la façon dont nous sommes arrivés ici. Et si tu la racontais, Luka ?

La brise souffla encore.

Safi, je… je ne me rappelle rien, ou presque. Et je n'ai pas les mots qu'il faut. Je ne suis pas une mère-science.

Un jour, tu seras un rêveur. Et tu es l'ami de ces jeunes gens. Ils seront heureux de t'écouter.

Je… Bon, d'accord. Je ferai de mon mieux.

Blue sourit de le voir si ému (on la sentait réellement, cette émotion).

Puis Luka se tourna vers elle. Même si elle ne le voyait pas, elle devina ses yeux qui la regardaient. Deux mains attrapèrent les siennes.

Blue, et vous aussi, les amis, je ne sais pas comment vous remercier de tout ce que vous avez fait pour nous aider jusqu'ici. Vous souhaitiez que je retrouve les miens. Et que je puisse rentrer chez moi. Mais il y a une chose que je ne vous ai pas dite.

Le vent souffla plus fort, puis s'apaisa.

Les Vous n'ont plus nulle part où aller.

– Co… Comment ça ? bafouilla-t-elle.

L'endroit dont nous venons n'existe plus. Et nous ne pourrons plus jamais y retourner.

Il se passa une chose à laquelle Blue ne s'attendait pas.

Un silence absolu tomba sur la petite place. Et lorsque Luka reprit son récit, ses mots se transformèrent en lumière, en images qui surgirent devant ses yeux, qu'elle avait pourtant fermés.

Ce n'était ni de la magie ni un film qu'elle aurait regardé. C'était la force de ce récit qui l'emportait complètement.

Car c'est ça, la force des bonnes histoires.

Elles vous absorbent.

Elles vous transforment.

Et quand vous en ressortez, rien n'est plus comme avant.

C'est ainsi que Blue imagina une mosaïque d'étoiles, les plus lumineuses, les plus éblouissantes qu'elle ait jamais vues. La lune était là, toute ronde, immense, et malgré tout si proche, elle n'aurait eu qu'à sauter pour la toucher.

Luka reprit :

Les Vous sont les enfants de l'eau et de l'air. L'eau nous crée, l'air nous garde en vie.

Blue se retrouva dans une forêt couverte de fougères gigantesques. Les feuilles dentelées étaient si larges qu'elles auraient pu recouvrir une voiture. Elle marcha jusqu'aux abords d'une rivière, mais ce n'était pas celle qui coulait à Montemorso : il n'y avait pas de montagnes autour et elle était si large qu'on avait presque du mal à apercevoir la berge d'en face.

Sur le rivage, un groupe de Vous était en train de se baigner. Leurs corps creusaient les flots comme une sculpture, les gerbes d'eau dessinaient des visages et des épaules, ce qui lui permettait de les voir, même de l'endroit où elle se trouvait. Est-ce qu'ils jouaient ? Peut-être. Ils avaient l'air heureux, en tout cas.

Je crois que le monde des Vous et celui des hommes sont les versants opposés d'une montagne, deux gouttes d'un même océan.

La lune disparut, le soleil se leva, et Blue commença à courir.

Autour d'elle se dressait une jungle à la végétation luxuriante, parfumée, si haute qu'elle l'empêchait de voir au-delà. Mais elle sentait les autres qui couraient derrière elle. Ils chassaient, mais elle n'aurait pas su dire quoi.

Un cri parvint à ses oreilles et elle se précipita dans sa direction, électrisée, prête à frapper cette créature qui était sa cible, elle le sentait.

LES VOUS ÉTAIENT PARFOIS DES PRÉDATEURS, PARFOIS DES PROIES. PARFOIS LES FAMILLES PROSPÉRAIENT, PARFOIS ELLES CRIAIENT FAMINE.

Blue était maintenant dans une autre forêt, face à des arbres qu'elle n'avait jamais vus. Denses. Certains étaient tombés et lui barraient la route. Et elle avait peur. Son cœur se mit à cogner fort dans sa poitrine. Quelqu'un la traquait pour la tuer. Elle se réfugia derrière un tronc, en espérant qu'il la cacherait.

MAIS NOUS AFFRONTIONS COURAGEUSEMENT CETTE CHOSE MYSTÉRIEUSE ET INFINIE QU'ON APPELLE LA VIE.

Ce fut à nouveau la nuit, le noir total. Blue était pelotonnée au fond d'une grotte. Aucun feu ne brûlait mais elle n'avait pas froid. Autour d'elle, les corps des autres membres de sa famille la réchauffaient. Une voix chantait, peut-être celle d'un autre rêveur, comme Luka. Elle aurait voulu lui poser la question, mais ce récit était tellement prenant…

ET PUIS UN JOUR, LA GRANDE LUMIÈRE EST ARRIVÉE ET ELLE A EMBRASÉ LE CIEL.

Les corps se levèrent et se ruèrent vers la sortie de la grotte. Blue les imita. Elle venait de l'atteindre quand elle la vit.

On aurait dit une étoile filante.

Si aveuglante qu'un nouveau soleil semblait éclairer le

monde. L'étoile grossit et se lança dans une folle traversée du ciel en laissant une traînée incandescente dans son sillage.

La terre rugit et Blue poussa un cri avant de prendre ses jambes à son cou. Elle suivit sa famille qui fuyait à droite, à gauche. Ils devaient s'éloigner, cette clarté était insupportable.

Et puis ce fut la Grande Nuit.

Elle avait la forme d'un gros nuage menaçant.

Blue le vit arriver par l'ouest, il effaçait tout sur son passage. Il était d'un noir profond, gonflé d'éclairs, et remplissait tout l'espace entre la terre et le ciel. Une horde d'ouragans lui ouvrait la route, l'air s'inclinait sur son passage et une suie dense, épaisse, recouvrait tout.

Blue n'avait plus la force de courir. Les membres de sa famille avaient passé des jours à marcher pour fuir la Lumière et voilà qu'ils cavalaient les uns derrière les autres pour échapper aux ténèbres. Autour d'eux, au milieu des rochers, des troupeaux entiers suivaient le même chemin, proies et prédateurs ensemble. Blue n'arrivait même pas à les regarder, la fatigue était trop forte. Et puis à quoi bon, surtout? Rien ni personne ne courait assez vite. Il fallait essayer, pourtant: c'était la seule solution, la seule chose à faire.

Un vent de mort déferla sur elle, pareil à un mur de sable qui l'empêchait d'ouvrir les yeux. Une douleur atroce envahit ses poumons. Elle devait se mettre à l'abri, n'importe où, pour s'arrêter et se reposer.

Une grande pierre triangulaire, aussi pointue qu'une dent cassée, se dressait au milieu de ce désert. Leur ultime espoir.

Blue s'y agrippa, le corps plaqué contre sa surface froide. Cela suffirait-il à la sauver de ce cataclysme?

Le premier ouragan frappa la roche si fort que les pieds de Blue se détachèrent du sol. La pierre se mit à murmurer. Un son grave et profond qui ne tarda pas à se transformer en un bourdonnement assourdissant. Le nuage l'enveloppa et devint encore plus noir que cette nuit terrible, tandis que la roche et le ciel se mélangeaient.

Blue fut engloutie par les ténèbres et sentit que son cœur ralentissait. Tout son corps bougeait, s'étirait et se resserrait d'une façon qu'elle n'aurait jamais crue possible.

Elle voyagea dans le néant absolu.

Elle traversa des univers informes, des espaces infinis et d'éphémères éternités.

Une soif terrible desséchait sa bouche, ses yeux, la moindre parcelle de son corps.

Blue cria.

Mourut.

Et atterrit subitement dans le lac.

Oui, son lac, cerné par les montagnes et baigné par le soleil. Elle vit l'eau se couvrir d'écume autour d'elle et distingua le fond d'un bateau.

Il lui fallut un moment pour comprendre.

Comprendre que c'était le kayak de Cameron.

VOILÀ CE QUI S'EST PASSÉ.

La voix de Luka résonnait à nouveau.

VOILÀ LA FAÇON DONT LES VOUS SONT ARRIVÉS SUR CES TERRES. DANS LE MONDE QUI ÉTAIT LE NÔTRE, NOUS ÉTIONS NOMBREUX, NOUS ÉTIONS FORTS. COMBIEN S'EN SERONT SORTIS ? D'AUTRES FAMILLES SONT PEUT-ÊTRE ARRIVÉES. MAIS SI CELLE-CI ÉTAIT LA SEULE À AVOIR SURVÉCU ? LES VOUS NE SAVENT PLUS

RIEN HORMIS CECI : UN ROCHER EST TOMBÉ AU FOND DU LAC ET NOUS SOMMES LÀ, MAINTENANT, EN CETTE NUIT DE PLEINE LUNE.

Luka cessa de raconter son histoire et Blue de l'imaginer.

Un grand silence tomba à nouveau sur les arbres.

Que dire ? Jusque-là, elle était certaine d'aider les Vous à retourner jusque chez eux, comme dans les contes.

Mais elle avait ressenti à quel point laisser leurs compagnons derrière eux et abandonner leur terre les avait fait souffrir. Elle avait éprouvé leur nostalgie écrasante de ce monde perdu à jamais.

– Vous ne pouvez plus revenir en arrière, murmura-t-elle tout bas. Vous êtes obligés de rester dans notre univers, pour toujours.

C'EST ÇA.

Safi avait répondu.

LES VOUS SONT PACIFIQUES. NOUS NE DEMANDONS QU'UN ENDROIT POUR VIVRE. LES NOMBREUX SECRETS QUE NOUS CONNAISSONS, NOUS SOMMES PRÊTS À LES PARTAGER. NOUS POUVONS MÊME APPRENDRE DES HUMAINS. MAIS QU'ON NOUS LAISSE EN VIE, C'EST TOUT.

S'IL VOUS PLAÎT.

Une autre voix résonna.

S'IL VOUS PLAÎT.

Le cœur de Blue battait la chamade.

– Je... je ne peux pas prendre une décision pareille, nous ne sommes que des enfants...

C'était tout sauf évident. Aux adultes de régler ça. Et encore, sauraient-ils quoi faire ? Pas sûr. Blue non, en tout cas.

Et si elle présentait les Vous au reste du village, seraient-ils bien accueillis ? Les rayons du supermarché de M. Kurt seraient-ils remplis de clients invisibles qui paieraient leurs courses auprès d'une caissière invisible, vous réglez comment, Mme Safi, par carte ou en espèces ?

N'importe quoi.

TU PEUX LE FAIRE.

Ah oui ? Hum… pourquoi pas, qui sait ?

Après tout, Luka était bien entré dans sa vie.

Il était à ses côtés, maintenant.

Est-ce qu'on choisit vraiment ses amis ? C'est ce qu'elle avait toujours cru, mais ce n'était pas vrai. Non, une amitié, ça vous tombe dessus, parfois.

C'est un risque à prendre, une chance à saisir.

Et il en faut, du courage.

– Je ne sais pas comment cette histoire va finir, mais on essaiera. D'une façon ou d'une autre. Bientôt, on sera frères et sœurs. C'est ce que vous avez dit, pas vrai ? Moi, je ne suis la sœur de personne. Mais je me suis toujours demandé comment c'était.

QUEL EST TON NOM, JEUNE FILLE ?

– Blue, répondit-elle. Comme le ciel.

FAIS TROIS PAS VERS MOI.

Elle obéit et avança sur la place. Elle aurait voulu demander pourquoi, mais était-ce nécessaire ?

Ses yeux lui disaient qu'elle avait ses amis près d'elle. Mais il y avait tous les autres, aussi.

TENDS LA MAIN.

Elle obéit à nouveau.

LA MÈRE-DES-NOMS ACCUEILLE DANS LA FAMILLE BLUE, LA JEUNE FILLE QUI EST COMME LE CIEL.

Quelque chose de dur et pointu piqua le creux de sa main. C'était quoi, un couteau ? Non, un ongle, une griffe qui se planta dans sa chair. L'entaille était petite mais profonde. Ça faisait trop mal, elle se mordit la lèvre. Une goutte de sang s'en échappa. Puis, dans l'obscurité, on vit se former une autre goutte, exactement la même, qui s'échappa d'une main invisible.

Ça y est, Blue avait compris ce qui se passait.

Elle sourit. Ce rituel ne lui était pas inconnu, elle avait fait pareil, quand elle était petite. Un pacte de sang. Mais cette fois, c'était différent. Plus profond, plus réel.

– Je te vois, dit-elle.

Oui, petite. Je te vois moi aussi.

Les doigts de la mère-des-noms se refermèrent autour des siens.

Ma fille, merci pour ta lumière.

Soudain, Blue plongea dans des bras inconnus qui la serraient fort.

Et, l'espace d'un instant, elle se sentit chez elle.

Pas mal de coups de fil

Laissons Blue et ses amis répéter ce geste solennel, chacun son tour, et revenons un bref instant à Montemorso. Le stress avait eu le temps de se propager dans tout le village, de bouche en bouche, de portable en portable.

S'ils l'avaient su, nos héros auraient pris peur, et pas qu'un peu. Car, souvent, celles et ceux qui ont définitivement franchi le cap de l'âge adulte (et qui ont donc oublié ce que c'était d'être jeune) ne soupçonnent pas les préoccupations des ados. La réciproque est vraie. Et, dans le cas présent, tout le monde avait cédé à la psychose, oui, mais presque en secret, et une seule personne avait réellement saisi la gravité du problème.

Cette personne, c'était le brigadier Michelangelo Di Paolo, cinquante-trois ans. Il travaillait ici depuis qu'il en avait vingt-neuf. Les gens du coin le voyaient encore comme un étranger (et ce n'était pas près de changer) mais tant pis : il se sentait montemorsien à cent pour cent. Être né dans le centre de l'Italie, pile au bord de la mer, ne l'avait jamais empêché d'apprécier les montagnes, le calme, la tranquillité. Surtout la tranquillité.

Enfin, on était loin de chômer à la caserne, entre les dépôts de plainte, la paperasse à remplir et les accidents sur la départementale. Mais bon, c'était la routine… alors que, depuis quatre jours, ils ne savaient plus où donner de la tête.

Il y avait d'abord eu cet éboulement qui avait coûté la vie à un pêcheur. Puis cet accident dans la montagne, avec cette gamine dans le coma. Ensuite, le curé s'était mis à voir des fantômes rouge sang sur les plages et le gardien du barrage n'avait rien trouvé de mieux que semer des pièges à droite, à gauche. Il avait même blessé des gosses, ce dingue ! Cerise sur le gâteau, une gamine avait fugué de chez elle, à trois cents kilomètres de là, et d'après ses collègues de la vallée il y avait de grandes chances pour qu'elle soit au village, oui, parfaitement, à Montemorso.

Le téléphone sonna.

Allons bon, quoi encore ? Il était près de dix heures du soir et Di Paolo n'avait toujours pas dîné.

– Brigade de Montemorso, j'écoute.

Une avalanche de phrases en anglais s'abattit aussitôt sur lui.

– Oh non, bon sang, c'est encore vous ? *Aille donte spik innegliche*, madame, vous entendez ? *Aille spik* pas du tout, désolé. Je vous aurais bien passé mon collègue, mais il est rentré chez lui.

Et il avait bien de la chance, tiens.

Le brigadier attendit patiemment que l'Américaine le laisse en placer une, marmonna quelques mots d'excuse supplémentaires et put enfin raccrocher.

Qu'est-ce qu'elle voulait, celle-là ? Elle pensait qu'ils avaient déjà arrêté le gardien du barrage, ou quoi ? Cela se passait peut-être comme ça en Amérique, mais en Italie, il y avait une procédure à suivre, une enquête à mener et des perquisitions à faire. Une affaire pareille ne se bouclait pas en une demi-journée montre en main !

Le téléphone sonna à nouveau.

– Brigade de Montemorso, j'écoute… Oh, salut, Luisa… Comment ça, « disparue » ? Mais non, elle doit être chez un copain, le fils du maire, par exemple, ce n'est pas son petit ami ? Tu as essayé de le joindre ? Ah, au fait, tu es au courant qu'une autre gamine a disparu ? Une certaine… Mirtilla. Elles sont copines ? OK, je vérifie… Bien sûr, rassure-toi, allez.

Il venait tout juste de raccrocher quand la sonnerie retentit une nouvelle fois. En vingt-quatre ans de service, il n'avait jamais vu ça !

– Ah, monsieur le maire, je parlais de vous, justement… Votre fils est introuvable, lui aussi ? Ils se sont donné le mot ou quoi ? Quelqu'un est entré dans votre studio au sous-sol ? Oui, je ne fais que répéter ce que vous dites, je sais, mais essayez de me comprendre, c'est le troisième gamin qui… oui, il y a aussi la fille de Luisa et une autre gamine… Je parie qu'ils sont tous ensemble. Quant à votre fils, il va revenir, vous verrez…

Le carabinier raccrocha en sachant bien que le téléphone sonnerait une fois de plus, il était prêt à mettre sa tête à couper.

Alors il resta là, l'air mauvais, à fixer l'appareil.

Qui finit par sonner, cela va sans dire.

– Allô, oui ? Ah, c'est vous, père Bomben. Vous avez vu d'autres fantômes ? Non ? Ah, vous me rassurez. Seulement… il y a des types louches qui rôdent sur l'île ? Qu'est-ce qui vous fait croire ça ? Vous aviez décidé de surveiller les environs ? J'ignorais que vous étiez agent de sécurité, mon père. Mais non, je ne me moque pas de vous. Bah, ne vous inquiétez pas, c'étaient sûrement des gamins qui cherchaient un endroit pour se bécoter. Oui, croyez-moi, on dirait que pas mal de jeunes du village ne sont pas encore rentrés chez eux…

Il n'y avait pas que les jeunes, en réalité.

Après un déluge de coups de fil, Tom se décida à prendre l'air. C'était ça ou étouffer.

M. Kurt avait eu la même idée. Sur le pas de sa porte, il était tombé sur sa pire ennemie, Emilia Santarossa, qui cherchait sa fille, Lea.

Ils se retrouvèrent tous sur la place de l'église, où les rejoignirent Luisa et les deux Américains.

– Nous voici au complet, commenta M. Kurt avec un soupir agacé. Ce matin, nos enfants sont partis se balader, et j'ai comme l'impression qu'ils jouent les prolongations.

– *Cameron a disparu. Il s'est enfermé à clé dans sa chambre… mais, comme il ne répondait pas, on a pris peur. Mon mari a enfoncé la porte, la pièce était vide !*

Emilia Santarossa se chargea de traduire pour les autres.

– *Le problème, c'est que sa chambre est au premier, la fenêtre est minuscule, et avec sa jambe mal en point il n'est quand même pas descendu par là, c'est impossible !*

– Impossible ou pas impossible, il l'a fait, grommela le maire. Bon, concentrons-nous sur le problème numéro un : où sont-ils, à votre avis ?

Au milieu du méli-mélo de réponses négatives et incertaines qui résonnèrent sur la place, Tom intervint :

– Moi, je sais.

Luisa le regarda d'un air perplexe.

– Ah oui ?

– Bien sûr. Toi aussi, tu pourrais deviner où est ta fille si tu l'écoutais un peu, de temps en temps. Si tu passais du temps avec elle au lieu de jouer les gardiennes de prison.

– Dit celui qui se comporte encore comme un gamin à quarante ans passés. Tu as beau te prendre pour le papa le plus cool du monde, elle s'est bien fichue de toi !

Le maire coupa court à cet échange (ça valait mieux : les parents de Blue se fixaient avec des éclairs dans les yeux).

– On se calme, s'il vous plaît. Nous sommes tous sur les nerfs, inutile d'en rajouter. Bon, nos gosses, ils seraient où, d'après toi ?

– Au camping abandonné, sur l'île, répondit Tom. Ils y vont toujours en cachette. C'est à cause de ce gros rocher, le Géant. Ils s'amusent à l'escalader.

– Et tu la laisses faire ? Tu as envie que ta fille ait un accident ?

– Écoute…

– Non, toi, écoute…

– *Maintenant que j'y pense…*

Tyrone Woods avait pris la parole.

– *Moi aussi, je sais où est mon fils. Regardez.*

Il montra son portable. Sur une carte de Montemorso, un petit point clignotait. Et indiquait l'île.

– Eh bé, les Américains et la technologie, c'est pas des blagues !

– Vous voyez que j'avais raison !

– *Cameron est là-bas, c'est sûr ?* demanda Emilia à Tyrone.

– *Non, mais son portable est là-bas.*

– Alors on fait quoi ? On va au camping ?

– Évidemment.

– Il se passe des trucs bizarres sur cette île !

Subitement, les portes de l'église s'ouvrirent et le prêtre surgit, ses cheveux gris dressés sur la tête.

– J'ai vu des silhouettes s'agiter dans l'obscurité, tout à l'heure !

– Nos enfants ?

– Ça, c'est ce que prétend le brigadier Di Paolo. Moi, je dis que c'étaient des monstres !

– Quels monstres ?

Andrea, le barman du Foxy, venait de passer la tête par la porte du bar.

Et tandis qu'un grand brouhaha commençait à résonner, Giulia, la caissière du supermarché, sortit d'une ruelle :

– Monsieur Kurt, je viens de croiser votre femme, elle vous cherche partout…

– Il commence à y avoir un monde, sur cette place…

D'autres personnes les rejoignirent. Les clients du bar se mirent à défiler dehors. Les conversations se mélangèrent (Des enfants sont au camping… avec des monstres. Des monstres, ben voyons, c'est bien une idée du père Bomben. Ah, les curés, je te jure… Mais bon, il y a des trucs bizarres, j'avoue. Imagine qu'ils escaladent le Géant, ils risquent de se faire mal !).

On vit arriver Anna, la femme du maire, suivie par trois amis de Tom qui rentraient chez eux après avoir mangé à l'auberge. Puis des gens qui se promenaient et un vieux monsieur qui n'entendait plus sa télé, avec tout ce vacarme. Mais aussi le Dr Nardini qui venait de finir son service à l'hôpital et la bibliothécaire qui habitait à deux pas de là.

– Rentrez tous chez vous, ordonna le maire. Allez, circulez, il n'y a rien à voir ici ! Avec les parents concernés, nous allons au camping.

Mais est-ce que les autres avaient envie de rentrer ? Évidemment que non.

– Et si on y allait tous ensemble ? suggéra quelqu'un.
– Bonne idée.
– Oui, pourquoi pas ?
– Quelqu'un peut me prendre dans sa voiture ?

Le brigadier avait essayé de commander une pizza. Aucune réponse. Décidément, tout allait de travers, ce soir. Tant pis, il était déjà tard et il avait le droit de rentrer chez lui. Il avait faim, il était rincé, et la journée du lendemain serait infernale, avec toutes ces enquêtes à gérer.

Le téléphone sonna alors qu'il était sur le pas de la porte.

Il aurait pu refermer derrière lui et ne pas s'en soucier. L'appel aurait été redirigé vers les services d'urgence. Ce serait leur problème, pas le sien.

Encore que… Que comprendraient-ils à ce qui se tramait ici, ses collègues de la ville ?

Il décrocha.

– C'est vous, Di Paolo ?

À nouveau le maire.

– On a compris où sont les enfants. Dans l'ancien camping de l'île. On part les récupérer.

Il y eut un silence.

– Je vous ai appelé pour vous prévenir.

M. Kurt avait subitement baissé la voix.

– Disons qu'on commence à être assez nombreux ici… et vous savez ce que c'est, dans les petits villages, les gens aiment bien se mêler des affaires des autres. Or dès qu'il y a beaucoup de monde au même endroit, ça peut créer des problèmes.

Michelangelo Di Paolo détestait M. Kurt, c'était un type

brutal et imbu de lui-même. En revanche, il n'était pas bête. Et, cette fois, il avait raison : qui dit beaucoup de monde dit beaucoup de problèmes. Autant qu'il y ait un carabinier sur place.

Il poussa un soupir, pour la énième fois de la soirée. Et attrapa les clés de son véhicule de service, direction le camping.

Blue retente sa chance

– *Tu veux le faire, tu es sûre ?* demanda Cameron.

– Moi, je suis d'avis que ce n'est pas une bonne idée, répondit Tilly d'un ton boudeur.

– C'est même une très mauvaise idée, renchérit Lea.

– Laisse tomber, je t'assure, fit Abel en écho. Nos profs d'escalade te diraient pareil, je suis sûr. Même en plein jour, c'est super dur de grimper en haut du Géant. Tu n'y es jamais arrivée, en plus. Et là, tu comptes essayer de nuit et en *free solo*, sans harnais, sans mousquetons, sans cordes de sécurité. Tu n'as même pas de lampe torche !

ÉCOUTE, NE TE SENS PAS OBLIGÉE. JE PEUX LE FAIRE.

L'immense rocher se dressait au-dessus de leurs têtes, à côté de la tour sur laquelle reposait le corps de Midoï. Celui d'une créature sans vie dont il n'y avait pas à avoir peur. Les Vous, le peuple invisible auquel il appartenait, lui adresseraient un dernier adieu en allumant un brasier étincelant. Enveloppé par les flammes, il deviendrait une brise légère qui n'aurait plus qu'à monter jusqu'au ciel.

Pour que ce soit le cas, le rituel exigeait qu'on lance la première étincelle d'en haut, comme une étoile filante.

Et c'était à Blue qu'ils souhaitaient confier cette mission.

Elle escaladerait le Géant et jetterait le projectile qui embraserait le bûcher funéraire.

– Je veux le faire, affirma-t-elle. J'en rêve depuis toujours. Et ce soir encore plus.

Abel marmonna quelque chose mais elle ne l'écoutait plus. Sa décision était prise.

Des mains invisibles firent flotter un objet jusqu'à elle. Une espèce d'œuf de poule, en plus petit, et entouré d'une coquille grise.

– Si je le lance, ça va exploser ?

OUI, MAIS CE N'EST PAS DANGEREUX. TANT QUE TU LE GARDES DANS TA POCHE, TU NE RISQUERAS RIEN.

– Et en admettant que je glisse, on fait quoi ? Abel a raison, tenter du *free solo* la nuit, c'est tout sauf évident…

LES VOUS SERONT TOUS SOUS LE ROCHER. LES YEUX BRAQUÉS SUR TOI. SI TU TOMBES, ON TE RATTRAPERA.

Blue se débarrassa de ses chaussures, ôta ses chaussettes et remua les orteils pour les dégourdir. N'ayant pas de chaussons d'escalade sous la main, elle resterait pieds nus, tant pis. Impossible de tenter l'ascension en baskets, de toute manière. Enfin, si elle n'avait que ce problème à gérer ! Il y avait aussi cette coupure à la main que la mère-des-noms lui avait faite tout à l'heure : elle la brûlait un peu et risquait de la déconcentrer durant son effort. Et puis l'obscurité. Ça, c'était plus ennuyeux. Malgré le clair de lune, elle devrait grimper à l'aveuglette, ou presque.

Allez, pas de panique. Un mouvement à la fois et tout ira bien.

– *Bonne chance*, murmura Cameron en lui adressant un regard appuyé.

– Courage, Blue, souffla Lea.

Abel et Tilly restèrent muets. Luka aussi.

Blue se plaça au pied du rocher, exactement à l'endroit où avait débuté son escalade, trois jours plus tôt, lorsque sa tentative avait été interrompue par la disparition tragique de M. Peter.

Elle leva les bras, chercha la première fente, afin d'y glisser les doigts, puis posa le pied sur un rebord rocheux et se hissa.

Elle commença à prendre de la hauteur.

Elle entendait des voix murmurer. Pas loin, on voyait ce corps immobile, ce corps à la peau grisâtre et aux muscles parfaitement dessinés, ces pectoraux, ces abdominaux, ces cuisses et ces mollets qui ressemblaient tant à ceux d'un humain.

Ils étaient tous si proches d'eux, au fond, surtout à l'heure de quitter la vie.

Pendant ce temps, Blue montait.

Elle venait de dépasser la dégaine qu'elle avait laissée dans la paroi trois jours plus tôt quand elle loupa sa prise d'appui. Elle se balança au-dessus du vide en se tenant d'une seule main. En dessous, un grand cri retentit.

Voilà ce qui s'appelait une erreur de débutante.

Quand on fait de l'escalade, réfléchir peut s'avérer dangereux. Il faut avoir la tête vide pour laisser l'intelligence du corps s'exprimer.

Blue prit une grande inspiration et décontracta ses avant-bras qui commençaient à lui faire mal. Allez, c'est reparti.

Mais alors qu'elle était à plus de neuf mètres de hauteur, bien au-dessus du bûcher et du toit du chalet, elle se retrouva bloquée.

La roche la surplombait comme une lame lisse et insaisissable. Elle chercha autour d'elle.

Pas le moindre point d'appui, nulle part.

Zut ! Elle pencha la tête en arrière pour mieux apercevoir la paroi.

Une ombre se dessinait dans l'obscurité, peut-être une espèce de bosse. L'ennui, c'est que celle-ci était trop haut, trop excentrée sur la gauche, et vraiment hors de portée. Impossible de l'atteindre.

Blue chercha encore une prise, en décollant son pied de la paroi rocheuse pour toucher ce qu'il y avait juste en dessous. Rien.

Le seul point d'appui possible était donc cette ombre, trop éloignée pour qu'elle l'atteigne. Sauf si elle arrivait à sauter. Cela voulait dire détacher sa jambe gauche du mur, la balancer d'avant en arrière pour prendre de l'élan, puis se servir de sa main et de sa jambe droites comme d'un ressort. En résumé, il s'agissait de sauter en diagonale le long du mur. Avec un peu de chance, elle aurait assez d'élan pour se rapprocher et s'agripper au vol à cette fente, avec sa main gauche. On appelait ça un jeté. Pendant une fraction de seconde, il n'y aurait plus aucun point de contact entre son corps et la roche. C'était un geste très technique et très dangereux, trop dangereux pour une paroi aussi difficile. Et si elle atterrissait sur le versant le plus compliqué du rocher ?

Blue chassa toutes ces questions de son esprit. Elle était face à l'obstacle. Sans corde de sécurité. Elle crut entendre sa mère, qui lui répétait toujours d'être prudente. Et aussitôt, la peur l'envahit, un vrai raz-de-marée.

Et la peur, ça fait du bien, ça force à réfléchir.

Pour le moment, elle était dans une position confortable, les deux pieds bien plantés, les épaules et le dos détendus. La roche était fraîche, mais pas trop froide. Elle se concentra sur le mouvement qu'elle allait tenter, en le visualisant, en s'imaginant dans les airs puis accrochée là-haut. Elle calcula l'effort à produire, les distances.

Elle pouvait y arriver. Elle pouvait renoncer, aussi.

Mais non, hors de question.

Elle détacha son pied. Puis le reposa sur la roche, pour trouver des aspérités qui lui serviraient de marchepied. Rien à faire, tout était vraiment lisse. Elle serra les dents. Pas grave, le contact entre sa peau et la pierre suffirait.

Elle se balança afin de prendre son élan, la jambe tendue, une fois, deux fois, telle une danseuse. Elle retint son souffle, pivota...

Et sauta.

Un grand cri monta d'en bas mais Blue ne l'entendit même pas. Le bras déjà tendu comme un crochet, elle n'avait qu'une idée en tête: se raccrocher à la paroi. Lorsqu'elle heurta la pierre, elle eut peur d'être projetée dans l'autre sens. De rebondir. Mais non. Elle se cramponna à la fente en pesant de tout son poids. Il ne lui restait plus qu'à trouver des points d'appui pour ses pieds. Elle n'en trouva qu'un seul (une chance, cela suffisait) et se pencha de ce côté, de travers. Elle reprit son souffle. L'autre main, maintenant. Tiens, là, elle avait de quoi s'accrocher sans problème.

Elle avait réussi.

À partir de là, l'ascension devenait beaucoup plus facile. Blue franchit les derniers mètres et se hissa au sommet du Géant. Pfiou.

Alors qu'elle se relevait, les mains plantées sur les hanches, elle eut comme une sensation de vertige.

Elle avait escaladé le Géant.

Douze mètres. Elle était douze mètres au-dessus du sol, au niveau de la cime des arbres. On apercevait l'île, les montagnes, le village au loin. Et, juste en dessous, le chalet, des visages, ceux de ses amis qui l'observaient, et puis ce bûcher prêt à s'embraser.

C'EST BEAU, PAS VRAI ?

– Luka ?

JE SUIS LÀ, TU M'AIDES ?

Une main frôla sa cheville. Elle s'accroupit pour l'attraper et le tirer vers elle.

– Qu'est-ce que tu fais là ? C'est Abel qui t'a demandé de monter ?

IL ÉTAIT INQUIET... COMME CAMERON, LEA, TILLY. ET MOI. MAIS ON SAVAIT QUE TU RÉUSSIRAIS, ALORS NON, JE NE SUIS PAS VENU POUR AVOIR UN ŒIL SUR TOI. JE VOULAIS JUSTE ÊTRE AVEC TOI.

Pour une raison qui lui échappait, ces mots lui firent l'effet d'une décharge électrique, des pieds jusqu'à la tête.

ÇA T'ENNUIE ?

Si ça l'ennuyait ? Ils partageaient ce moment unique et elle était heureuse. Non, ça ne l'ennuyait pas.

Blue secoua la tête et il lui prit la main.

Elle fouilla dans sa poche où était glissé l'œuf explosif.

– Tu veux le lancer ? demanda-t-elle.

CET HONNEUR TE REVIENT. TU SAIS POURQUOI LE RITUEL IMPOSE D'ENFLAMMER LE BÛCHER D'EN HAUT, ET PAS D'EN BAS ?

Ah non, tiens. Bonne question.

Pour que la fumée enveloppe d'abord la personne qui l'a allumé. Les Vous croient que ce souffle renferme l'esprit du défunt. Il te transmettra sa force.

– Oh.

Blue soupesa l'œuf dans sa main. Soudain, ce qui l'attendait prit une autre dimension. C'était encore plus puissant. Encore plus beau.

– Il faut juste… le lancer et c'est tout ?

Oui, mais vise bien, hein ?

Elle s'agenouilla sur la roche, posa les deux mains et regarda en bas. Tilly lui faisait coucou.

Brusquement, sans trop savoir pourquoi, Blue poussa un grand cri, un cri de guerre et d'adieu, l'expression d'un bonheur absolu.

D'autres cris de joie lui répondirent. Les Vous saluaient leur compagnon tombé. C'était le moment. Elle lança l'œuf, qui se transforma sous ses yeux.

On aurait dit une pierre incandescente, qui fendit l'air pendant une éternité, même si cela ne dura qu'un instant. Le projectile tomba en plein sur le bûcher, qu'il embrasa en cernant le corps du guerrier de flammes immenses.

Blue ferma les yeux pour accueillir l'esprit du défunt. Quelque chose sembla frôler son visage. Oui, c'était comme une caresse, forte et douce à la fois.

En bas, les Vous se mirent à chanter. Dans la lumière du brasier, Lea attrapa la main de Cameron et esquissa quelques pas de danse, tandis que Tilly et Abel sautaient comme des puces.

On va les rejoindre ?

La voix de Luka ramena Blue à la réalité.

– Comment ?

Accroche-toi et on saute. Ce n'est pas si haut.

Elle eut un sourire.

– D'accord.

Blue sentit le dos de Luka se coller contre elle afin qu'elle s'y agrippe.

Elle regarda une dernière fois en bas.

– Attends, ça t'ennuie qu'on ne descende pas tout de suite ? Ce serait dommage de ne pas profiter du spectacle…

Le Vieux se ravitaille

Agenore Novak arrêta son 4x4 au croisement. Le bitume était constellé de poches de lumière orange. Personne à l'horizon. Aucun passant, aucune voiture. Ce qui était parfaitement logique, vu que la moitié du village était en train de foncer vers l'île. Mais ça, le Vieux n'en savait rien ; au contraire : il pensait être le seul à avoir le camping en point de mire, cette nuit-là. Il était convaincu qu'ils seraient seuls. Lui, les gamins et ces saletés de pourritures d'aliens.

– Ils sont passés où, tous ?

C'était Mathias, vautré sur la banquette.

Hans se gratta le nez.

– Aucune idée, mais je n'aime pas ça.

– On s'en fout, de ton avis, mec.

Croco venait d'intervenir quand le Vieux s'arrêta.

– On y est, lâcha-t-il d'un ton sec.

Il indiqua le magasin de M. Peter. Avec son rideau de fer baissé, on avait du mal à faire la différence avec un simple garage. Pas d'enseigne, juste les reflets de la vitrine qu'on devinait derrière la grille métallique, et puis ce petit bout de papier triste qui disait : FERMÉ POUR CAUSE DE DÉCÈS.

Croco était perplexe.

– Hé, attends, ce n'est pas le chemin de l'île.

– Tout juste. On s'arrête cinq minutes ici et on repart.

– Au magasin d'articles de pêche ? C'est fermé.

Le Vieux hocha la tête.

Et les regarda.

Croco, qui était le moins bête du groupe en dépit de sa mèche de débile, fut le premier à piger.

– Ah, tu veux le cambrioler ?

– Eh bé, il y en a, là-dedans ! Exact.

– Et nous, qu'est-ce qu'on gagne ?

– Une soirée que vous ne risquez pas d'oublier et le contenu de la caisse.

– Hum. Et toi ?

– Moi, j'aurai vos bras. Parce que, après le magasin, vous m'accompagnerez jusqu'au camping.

– Hum.

Tandis que l'autre réfléchissait, le Vieux attrapa une flasque glissée en bas de la portière, but une gorgée et la tendit à Croco, qui but un coup lui aussi, sans la filer à ses deux crétins de potes assis derrière.

Le Vieux apprécia ce détail.

– C'est jouable, finit par dire Croco.

– Sérieux ? firent les deux autres.

– Le plan est ultra-simple. Le magasin est vide, le proprio est mort. Personne ne viendra pleurer si on lui pique son matos. Il y a un paquet de fric à gagner, les gars.

– Ensuite, direction le camping, ajouta le Vieux.

– Je vous jure, ça va être un truc de ouuuf !

Croco était tellement excité qu'il se mit à hurler.

Ses deux acolytes beuglèrent eux aussi, mais on les sentait moins convaincus.

Novak se frotta les tempes. Il s'était lancé dans une véritable croisade pour sauver l'humanité d'une armée d'envahisseurs. Mais son projet l'obligeait à s'en remettre à ces trois décérébrés. Cela dit, il ne ressemblait pas tellement aux chevaliers qu'on croise dans les livres. Son cheval blanc à lui, c'était un vieux 4x4. Tant pis. Bah, l'important, c'était qu'il mène à bien sa mission.

Et c'est ici, dans ce magasin d'articles de pêche et de chasse (mais avec une armurerie), qu'il trouverait tout ce dont il avait besoin.

Il sortit de voiture, replia son siège pour laisser sortir Hans et Mathias, puis ouvrit le coffre. À l'intérieur, son sac à dos d'où sortaient les canons des fusils. Les trois débiles se firent aussitôt des films, tout excités.

– Pour le moment, oubliez-les, grogna le Vieux avec un soupir agacé. On n'aura besoin que de ça pour entrer.

Il souleva le tapis au fond du coffre pour en sortir le cric et une barre de fer.

– Allez, aidez-moi. Plus vite on en aura terminé, mieux ce sera.

Le Vieux inspecta rapidement le rideau de fer et glissa son pied-de-biche d'un côté. C'était beaucoup plus dur que prévu, mais, au bout de plusieurs tentatives, la grille se souleva de quelques centimètres, parfait.

– À vous, ordonna-t-il. Coincez le cric en dessous.

– Allez, les mecs, dit Croco.

Hans et Mathias s'agenouillèrent aux pieds du Vieux et

obéirent. Le cric leur permit de bloquer le store métallique qui était complètement tordu, à présent.

Le Vieux planta son pied-de-biche de l'autre côté. Il commença à pousser et à tirer en jurant comme un charretier. Au bout de quelques minutes, le bloc métallique qui retenait le store finit par céder. Ils purent alors soulever la grille à cinquante centimètres du sol.

Puis, en se servant de la barre de fer comme d'une matraque, il défonça la vitrine. Il retint son souffle quelques secondes. Et si une alarme se déclenchait ?

Mais non, rien (M. Peter était du genre prévoyant, mais il n'aimait pas la technologie, vous vous en souvenez ?).

Ils entrèrent. Lui d'abord, puis Croco, qui se jeta sur la caisse. Impossible de l'ouvrir. Il se mit à taper dessus avec un marteau de camping. Au septième coup, le tiroir s'éjecta.

– Waouh, tout le fric qu'il y a là-dedans ! s'exclama-t-il en remplissant ses poches de billets.

Le Vieux resta muet. Les trois morveux n'avaient qu'à s'amuser de leur côté. Ce qui l'intéressait, c'était l'arrière-boutique, avec le stock, ainsi que le coffre-fort où Peter gardait les pièces d'armurerie. La clé était dans le troisième tiroir derrière le comptoir, il le savait bien, il l'avait vu la prendre à cet endroit des milliers de fois.

Gagné, elle était bien là.

Le temps de passer dans l'autre pièce, il ouvrit le coffre. Une loupiote éclaira le contenu : des munitions, des pistolets, des fusils à air comprimé et des fusées de détresse (personne ne s'était jamais servi de ce genre de trucs à Montemorso, à part M. Peter, avant de mourir).

Le Vieux glissa les fusées dans un gilet de chasseur qu'il avait attrapé sur un présentoir. Il remplit ses poches de balles, de billes de plomb et de briquets tempête.

Là, tout en bas d'une étagère, il repéra une rangée de bidons de dix litres.

Sur l'étiquette, on pouvait lire : MÉTHANOL.

Et, juste en dessous :

Carburant pour générateurs électriques portatifs de camping.
Produit dangereux. Hautement inflammable.

Un sourire féroce se dessina sur son visage.

– Eh, les jeunes, venez par là. Prenez des pistolets et aidez-moi à charger les bidons dans la bagnole.

– OK pour les armes, mais… les bidons, c'est pour quoi ?

– Vous verrez bien.

Son sourire s'étira encore plus.

– Et vous ne serez pas les seuls. Tout le monde va profiter du spectacle.

Tilly choisit son camp

Les flammes embrasaient la nuit en déversant leur lumière sur Blue, toujours en haut du Géant, les mains plantées sur les hanches.

Même d'en bas, Tilly la voyait sourire.

Autour, la place était peuplée d'ombres qui dansaient et des voix résonnaient dans sa tête comme des plaintes funèbres, de plus en plus fort. Elle avait l'impression d'être dans l'une de ces séries d'horreur que Blue et elle adoraient regarder en cachette, la nuit, sur sa tablette, bien à l'abri sous les couvertures.

Tout était vrai, pourtant. Ces fantômes existaient. Ils parlaient. Et le pire, c'était que ses amis (à commencer par Blue) n'avaient pas peur, pas du tout. Ça avait l'air de les fasciner, au contraire !

Avant cette espèce d'enterrement, ils avaient été catapultés dans l'histoire de ces monstres (grâce à leurs pouvoirs démoniaques, bien sûr, et ils avaient traversé des moments absolument horribles). Ils avaient assisté à la fin du monde. Pour se sauver, les Vous s'étaient agrippés à une pierre magique.

Ses amis avaient vécu la même chose, exactement comme elle, mais ils n'avaient pas essayé de fuir, ils n'avaient pas appelé à l'aide.

Non, ils avaient fait de grands sourires !

Blue avait ensuite accepté qu'on lui entaille la main pour échanger son sang avec celui des monstres. Comme dans *Dracula* !

Pire : Cameron, Lea et Abel s'étaient soumis à ce rituel horrible, l'un après l'autre. Au dernier moment, des gouttes de sang étant tombées sur le sol, elle avait posé le creux de la main par terre.

Juste après, son tour était venu. Une pointe acérée avait piqué sa peau. Elle avait reculé, refermé la main et dit :

– Arrête, s'il te plaît, j'ai déjà beaucoup saigné, regarde.

COMME TU VEUX.

– Je te vois, avait-elle balbutié en réponse à la voix fantôme.

JE TE VOIS MOI AUSSI.

Tilly s'était demandé si l'autre était tombée dans le panneau ou si sa petite entourloupe avait été repérée.

La voix stridente de Blue l'arracha à ses pensées.

– Faites attention, on arrive !

Tilly serra les poings. Et si son amie était contaminée, à présent ? Elle serait condamnée à devenir une monstre-vampire, elle aussi. Cette idée la fit frémir des pieds à la tête.

Au même instant, Blue ouvrit les bras comme un ange noir et sauta. Tilly poussa un cri de terreur, son amie allait finir écrabouillée par terre ! Non, elle se mit à flotter. En touchant terre, elle exécuta une espèce de petit bond, les pieds toujours en suspension dans les airs.

Un spectre l'avait portée jusqu'en bas, voilà ce qui s'était passé.

– Tu as vu ? lui lança-t-elle. C'était ouf, hein ?

– Bravo, mentit Tilly. Bon, euh… on peut y aller ? J'aimerais appeler ma mère. En plus, je ne sais pas où dormir cette nuit.

– Ne t'inquiète pas pour ça, tu peux venir à la maison.

– D'accord, mais toi aussi, tu as fugué, en un sens, pas vrai ? Il faudrait qu'on…

Eh, c'est la fête.

C'était le fameux Luka.

Essayez de vous amuser un peu !

Tilly vit Blue lui sourire.

– Tu as entendu ? On ira à la maison après.

– Pourquoi est-ce qu'on devrait s'amuser, Blue ? C'est un enterrement ! Sur ce bûcher, il y a un mon… une chose, morte, qui brûle !

– Midoï n'est pas une chose, il était Vous. Et il a fait honneur à son nom… C'est leur façon de lui dire adieu, OK ? Lâche-toi un peu, Tilly, danse avec nous.

Ça ne servait à rien, Blue ne comprenait pas. Ce n'était pas possible ! Elles avaient toujours été sur la même longueur d'onde. Et brusquement, tout avait changé.

Ne pouvant pas marcher, Cameron s'était assis et battait la mesure en tapant sa béquille par terre. Des ombres dansaient autour d'eux. Lea remuait dans tous les sens, l'air possédée. Même Abel s'agitait bizarrement, les yeux fermés, les bras comme des serpents.

Avec ce rituel démoniaque, les Vous s'étaient peut-être emparés de leurs âmes… Elle était perdue. Que faire ? Fuir ? Non, il valait sans doute mieux qu'elle téléphone à sa mère (qui était en train de rouler vers Montemorso, pied au plancher).

Tilly était en pleine réflexion quand la suite des événements la prit de vitesse…

Les cris des Vous résonnèrent sur la place.

ATTENTION !

DES INTRUS, DES INTRUS !

IL Y A DES GENS SUR L'ÎLE.

QUI ?

DES HUMAINS. ILS SONT ARRIVÉS DANS CES DRÔLES DE BOÎTES EN MÉTAL...

– Des voitures ? demanda Blue.

ILS SE SONT ARRÊTÉS DEVANT LA PASSERELLE. ILS VIENNENT PAR ICI. ILS SONT TRÈS NOMBREUX !

Tilly attrapa son amie par un bras.

– Partons, allez, l'implora-t-elle.

– Nous, on peut, mais... les Vous, qu'est-ce qu'ils vont devenir ?

On s'en fiche ! Voilà ce que Tilly aurait voulu répondre.

Mais Blue s'était déjà détournée d'elle.

– Vite, cachez-vous dans les bungalows, dans le chalet. Et ne sortez pas.

POURQUOI ? LES VOUS SONT INVISIBLES. LES HUMAINS NE PEUVENT PAS ENTENDRE LEURS VOIX...

Tilly tenta d'insister. L'angoisse lui nouait l'estomac.

– Blue, s'il te plaît, écoute-moi...

Il y eut un bruissement dans les arbres, des bruits de pas qui couraient.

Et puis on entendit :

– Blue !

– Cameron ! Qu'est-ce que tu fais là, avec ta jambe blessée ? Qu'est-ce qui t'a pris ?

– Lea ! Oh, mon Dieu, quel soulagement !

– Abel, j'espère que tu as une explication valable...

Les adultes du village sortirent de la pinède et envahirent la place. Il y avait Tom et Luisa, M. Kurt et sa femme, ainsi que Giulia, la caissière. On vit également surgir un couple d'Afro-Américains très élégants, sûrement les parents de Cameron, et une dame que Tilly n'avait jamais vue. Comme elle serrait fort Lea, c'était sûrement sa mère.

Et ce n'était pas fini. Le défilé se poursuivit avec le barman du Foxy, deux grands fans d'escalade qui venaient souvent au camping pour se mesurer au Géant, une femme médecin…

– Qu'est-ce que vous fichez là, bon sang ?

Luisa était toute rouge, on aurait dit qu'elle avait avalé un piment. Elle se précipita vers Blue et la prit dans ses bras (mais rien ne dit qu'elle n'essayait pas de l'étrangler).

– Vous êtes devenus fous, ou quoi ? Tilly, ta mère était morte d'inquiétude. Elle a dû signaler ta disparition chez les carabiniers, tu le sais, ça ?

– Bien !

M. Kurt venait de se frayer un chemin dans la foule et avait pris le contrôle de la situation. Abel se recroquevilla, comme pour disparaître dans le sol.

– Déjà que vous aviez fait une belle bêtise ce matin, dans la montagne… mais ça ne vous a pas suffi, il a fallu que vous fuguiez, tous. Vous êtes entrés sur une propriété privée, jugée dangereuse, en plus, et vous avez allumé ce… feu de joie. C'est un miracle que vous n'ayez pas déclenché un incendie ! Quelqu'un peut me donner une explication ?

Tous les amis de Blue se tournèrent vers elle.

– Désolée, dit-elle. On ne voulait rien faire de mal.

– Sans rire ?

– Tu me déçois beaucoup, Blue ! s'exclama Tom.

Les mots de son père étaient aussi durs que des pierres.

Elle releva la tête. Dans le passé, elle l'aurait baissée, mais pas cette fois.

– Pourquoi, papa ?

– Tu as trahi ma confiance. Et celle de ta mère.

– Parce que j'ai fait une randonnée sur le Gorelli ? Il y avait un adulte avec nous, je te signale.

– Je t'avais interdit d'aller là-haut. Ensuite, il a fallu que tu t'aventures jusqu'au barrage ! Et ce soir, tu as quitté la maison sans prévenir.

Dans la lumière des flammes, le visage de Tom était presque écarlate.

– Et alors ? insista-t-elle. Tu crois que ça me plaît de passer l'été seule dans ma chambre pendant que vous êtes au travail ? Vous voulez toujours savoir où je suis, toujours m'avoir à l'œil. OK, je suis juste une enfant, mais vous, vous êtes pires que des gosses. Vous passez votre temps à vous disputer, à vous faire la gueule et à vous raconter des bobards. Alors arrêtez de vous prendre pour des gens responsables !

Tom eut l'air déboussolé par cette réponse.

– Blue…

– J'ai des amis, on s'entend tous très bien, on vit dans un village sans histoires et c'est l'été. Si on est venus ici, avec Cameron, Abel et Lea, c'est pour passer du temps ensemble. On comptait faire un feu de camp et rigoler un peu. Tilly est partie de chez elle parce qu'elle n'a jamais le droit de sortir, elle non plus, et puis on lui manquait…

– Bon ! tonna M. Kurt. Que je comprenne bien. Si vous

avez mis tout ce foutoir, c'était juste pour organiser une petite boum entre copains ?

– Oui, monsieur le maire, répliqua-t-elle.

– On réglera ça tout à l'heure, dit Tom.

M. Kurt reprit :

– Les autres, vous confirmez ? Vous êtes venus jusqu'ici pour vous amuser dans notre dos ?

Pas de réponse.

On ne voyait que des mines gênées.

Pendant ce moment de silence interminable, Tilly eut comme une illumination. Personne ne s'était aperçu de la présence des Vous. Blue, son amie, sa petite sœur, était en train de rouler dans la farine la moitié du village. Elle les prenait pour des imbéciles.

Et tout ça pour protéger ces monstres. Ça ne pouvait plus durer.

– Non.

Aussitôt après avoir pris la parole, elle se mordit la lèvre (l'air hésitant, pas parce qu'elle s'en voulait, mais avec un peu de chance, personne n'avait rien entendu).

– Qu'est-ce que tu as dit ? demanda le maire.

Tilly sentit le regard furieux de Blue posé sur elle.

Il n'était pas trop tard pour faire marche arrière. Pour se taire. Et laisser ces monstres conquérir le monde, alors ?

– Non, répéta-t-elle. On n'est pas juste venus pour s'amuser. Blue ne vous a pas tout raconté.

– Tilly !

– C'est la vérité, arrête de mentir. Arrêtez de mentir, tous. Il se passe un truc… horrible. Et j'ai peur…

Elle fondit en larmes, presque sans s'en apercevoir, et, comme toujours quand elle se mettait à pleurer, les adultes furent touchés par sa bouille ronde et douce.

Ils s'approchèrent d'elle.

– Qu'est-ce qui se passe ?

– Raconte…

– Il y a des monstres sur l'île, dit-elle entre deux sanglots. Les Vous, ils s'appellent. Ils sont invisibles, sauf quand ils sont morts, et ils sont vraiment horribles, avec leurs serres, leurs espèces d'ailes… Ils ont atterri dans le lac quand M. Peter est mort, mais moi, je suis sûre que c'est eux qui l'ont tué. Ils ont failli recommencer avec Francesca, quand ils l'ont poussée en haut du Gorelli. Ils rôdent dans le village. Vous ne pouvez pas les voir, mais ils vous écoutent, vous comprenez ? Ils vous espionnent, ils sont super forts, ils font des bonds de plusieurs mètres, ils volent dans les maisons…

– N'importe quoi !

– C'est toi qui dis n'importe quoi. Tu es devenue folle, Blue, je ne te comprends plus, tu as échangé ton sang avec… ces créatures démoniaques. Tu les aides, tu es en train de trahir tout le monde, pourquoi ?

– Les Vous ne sont pas des voleurs et ils ne sont pas méchants. Ils n'ont pas choisi de se retrouver ici, ils ont besoin d'aide.

Tilly avait les yeux remplis de larmes, les flammes du feu de joie faisaient danser des étincelles colorées dans son regard.

– Vous avez entendu ? Ce sont des monstres horribles et elle veut les aider !

Elle partit dans un grand éclat de rire qui ressemblait fort à un cri de désespoir.

M. Kurt n'en revenait pas.

– Mais… ça n'a aucun sens !

– Moi, je la crois ! intervint le père Bomben. Je les ai vus, ces monstres dont elle parle.

– C'est la vérité, je vous jure ! D'ailleurs… j'ai les preuves !

Sur ces mots, Tilly attrapa son smartphone et ouvrit la galerie d'images.

Un murmure horrifié s'éleva de la foule réunie.

Lea sent une drôle d'odeur

La conseillère municipale Emilia Santarossa traînait sa fille comme un poids mort et Lea ne savait pas quoi faire pour résister : elle freinait des quatre fers, avec son appareil photo qui tressautait à chaque pas.

Il faisait nuit noire (il devait être vingt-trois heures, ou minuit). C'était la fin de cette journée, la plus incroyable de toute son existence, et de loin.

Pour commencer, elle s'était fait des amis. Pour la première fois depuis sa naissance, elle s'était sentie heureuse en compagnie d'autres personnes de son âge. Elle n'avait jamais eu besoin d'une Liste-des-amis-que-je-les-aime car cette liste aurait été vide. Alors que, maintenant, elle en avait au moins quatre : Blue, Cameron, Abel. Ainsi que Luka.

Elle n'était plus Lea la Chelou, mais Lea tout court, celle qui avait escaladé le Gorelli et accompli un tas d'autres choses, comme participer à un serment solennel, serrer une mère-des-noms dans ses bras et assister à l'enterrement d'un guerrier.

– Je m'attendais à mieux de ta part, tu sais. Comme si on n'avait pas assez de problèmes à la maison ! Déjà que ton frère a quitté l'école et qu'il ne fiche rien de ses journées… mais non, tu t'y mets, toi aussi, on dirait.

Elles passèrent par le grand trou dans la clôture et débouchèrent sur la plage de galets.

Quand elle était petite, c'était là qu'ils venaient passer leurs week-ends d'été, elle, sa mère, son père et Mathias (malheureusement). Ils étaient toujours chargés comme des baudets, entre le parasol, le transat et tout l'attirail qu'ils portaient à bout de bras, le long de cette passerelle interminable…

– Je suis vraiment très en colère…

Le vent lui faisait l'effet d'une gifle. Ça sentait le pin, et puis autre chose, une odeur qu'elle avait du mal à identifier. Qui lui rappelait le cagibi de la maison, là où étaient rangés les produits d'entretien.

– Maman…

– Tu ne t'en tireras pas à si bon compte, crois-moi, continua Emilia. Certains parents ont appelé les carabiniers, non mais tu te rends compte ? Dire que je n'avais aucun moyen de te contacter, vu que tu n'as pas de portable. Encore une chose qui devra changer…

– Maman, répéta-t-elle. Arrête-toi.

– Quoi ?

– Tu sens cette odeur ?

Lea vit alors une lumière entre les arbres, près des voitures garées. Une lumière jaune, qui se déplaçait. La langue de feu lécha un tronc d'arbre et serpenta à droite, à gauche. Tel un dragon à la queue enflammée.

Elle resta là à regarder l'herbe qui brûlait, tout autour du parking, tandis que cet arbre en flammes brillait comme une bougie.

– Il y a le feu, bégaya-t-elle.

– Les voitures, fit sa mère en écho. Il va arriver jusqu'aux voitures !

Peu après, une première explosion retentit.

Une voiture (en l'occurrence la Mercedes de location de M. et Mme Woods) sauta dans un bruit assourdissant : les vitres éclatèrent, des flammes rouges s'échappèrent de l'habitacle et un immense nuage noir enfla jusqu'au ciel.

La mère de Lea tomba à la renverse sur la passerelle. Une deuxième voiture explosa, puis une troisième.

Le parking était devenu une vraie fournaise.

Et, dans cet enfer, des silhouettes s'agitaient. Un homme aux cheveux longs, d'un certain âge, avec un gilet, un sac à dos et un fusil. Et trois jeunes, armés, eux aussi.

On aurait cru voir une de ces vieilles photos de guerre en noir et blanc. À ceci près que ce n'était pas une photo. Et qu'elle n'était pas en noir et blanc.

– Restez pas là, madame, c'est dangereux !

Ils foncèrent dans leur direction. Lea était trop troublée pour comprendre que l'un des trois jeunes… était son frère Mathias !

– Maman ? Lea ? Qu'est-ce que vous faites là ?

– Et… Et toi, alors ? bégaya Emilia.

– Votre fils m'apporte son aide, madame, expliqua l'homme âgé (le Vieux). Question de vie ou de mort. Des aliens ont envahi Montemorso. Ils sont violents et dangereux. J'essaie de les traquer avec l'aide de ces trois garçons, avant qu'ils dévastent tout.

Lea n'en croyait pas ses oreilles.

– Ce n'est pas vrai ! Les Vous ne sont pas dangereux.

– Qu'est-ce que tu racontes, toi ? Tu les as vus ?

– On ne peut pas les voir, ils sont… ils sont invisibles.

Le Vieux partit dans un éclat de rire diabolique.

– Alors ils sont sur l'île ? Parfait. On fonce, les gars.

Mathias sembla hésiter :

– Mais… Et ma mère ?

– Exact. Emmène ta famille à l'abri sur la terre ferme. Et donne l'alerte. Il faut rameuter tout le monde : l'armée, la police. Les télés. Les gens doivent savoir. Cet incendie n'est que le début. Tout sera détruit si on ne les arrête pas !

– Vous mentez, c'est vous qui avez mis le feu à ces voitures, j'en suis sûre ! dit Lea.

– Tu es sous le choc et c'est normal, mais n'aie pas peur. Allez, emmène-les.

Mathias aida sa mère à se relever, puis voulut attraper la main de Lea. Qui le mordit. De toutes ses forces.

D'un pas mal assuré, elle essaya de s'enfuir, mais le Vieux la retint par les épaules.

– Reste ici, toi !

– Il faut que je les prévienne, gémit-elle. Mes amis… ils sont tous sur l'île…

– Ils sont combien ? demanda le Vieux.

– Je ne sais pas… Au moins vingt. Peut-être trente.

– Mais c'est pas vrai !

En tournant les talons, il fit tourbillonner Lea sur elle-même, comme une toupie, et la poussa dans les bras de Mathias.

– Occupe-toi d'elles. Nous, on va sur l'île. Vous avez entendu ? Il y a des gens du village, ça n'arrange pas nos affaires. Faites gaffe.

– C'est toi qui dois faire gaffe quand tu me parles comme à un chien, mec, siffla Croco.

Le Vieux lui donna un coup de crosse qui lui arracha un petit cri de douleur.

– À partir de maintenant, bouclez-la, soyez de bons soldats et obéissez. Il est temps de supprimer ces aliens.

Blue brise un cœur

Mesdames, messieurs, s'il vous plaît, laissez-moi vous expliquer.

– Qui a dit ça ?

– C'est toi, Maria ?

– Non, je suis là…

– Ah bon ? J'avais cru reconnaître ta voix…

– Mais non, c'était celle de Giuseppina Knavs, tu sais, celle qui…

Mes amis, s'il vous plaît !

Sur la place, le feu de joie continuait de brûler. Une ombre se glissa hors du vieux chalet. Et comme elle était en plein dans la lumière, tout le monde put la voir. Certains poussèrent un cri.

Di Paolo ouvrit l'étui de son arme de service.

– Ne tirez pas, ne tirez pas, par pitié ! cria Blue.

Par pitié.

La voix de Safi lui fit écho.

Si les humains restent calmes… nous allons nous expliquer. Nous aimerions… nous présenter. Les Vous sont venus en paix. Les Vous sont pacifiques.

Blue hocha la tête.

– Je confirme.

– *C'est la vérité*, ajouta Cameron (même si personne ne le comprit, en dehors de ses parents).

Une nouvelle ombre se glissa hors d'un des bungalows. Puis une troisième, de derrière les arbres. L'une et l'autre se rapprochèrent de Safi. Elles se découpaient sur le bitume, aussi nettement que des taches d'encre.

(Une quatrième ombre se plaça auprès de Blue, mais personne ne la remarqua. Elle sentit une main caresser son dos. Luka.)

– Les Vous sont apparus dans notre monde il y a trois jours. On ne sait pas comment. Une chose est sûre : ça a quelque chose à voir avec la Main de Pierre qui est tombée dans le lac. Ce que vous voyez, là, c'est leur ombre. Ils sont invisibles, mais ils existent. On peut les toucher. Et ils nous ressemblent. Ils sont juste un peu plus grands et un peu plus forts, c'est tout. Ils mangent, ils respirent, ils parlent, ils pensent. Et ils ont besoin de notre aide, car ils n'ont nulle part où aller.

– Comment tu sais tout ça ? demanda Tom en la dévisageant.

Il semblait complètement dépassé.

– Je le sais parce que… parce que l'un d'eux est venu me parler, l'autre jour. J'avais peur d'être suivie, j'entendais des voix et des bruits de pas, mais il n'y avait personne derrière moi. Alors j'ai couru jusqu'à la maison et j'ai verrouillé la porte. Tu t'en souviens, maman ? Quand tu es rentrée, toutes les fenêtres étaient fermées. C'était à cause de ça. Le soir, en allant dormir, j'ai allumé la lumière dans ma chambre et j'ai vu son ombre sur mon armoire. On s'est mis à discuter. Il s'appelle Luka.

Elle faillit ajouter qu'il était tout près d'elle, mais se ravisa.

– Il y avait une… une de ces créatures… chez nous ? lui demanda sa mère d'une voix étranglée.

– Oui, mais ne t'inquiète pas. Luka est mon ami.

– Ton « ami » ? Tu ne le connais même pas ! Il a peut-être des maladies, tu y as pensé ? Toute cette histoire n'a aucun sens, alors si ces créatures existent…

Les Vous existent. Les Vous sont là.

– Rien ne dit qu'elles ne sont pas contagieuses. Imagine qu'elles aient des virus incurables…

– Luisa a raison, intervint le Dr Nardini. Quand Christophe Colomb a découvert l'Amérique, les populations indigènes ont été décimées par la grippe et la rougeole, des maladies qu'elles ne connaissaient pas… Et, dans le cas présent, le risque est mille fois plus grand. On aurait intérêt à mettre en place une quarantaine sans perdre une seconde…

La foule recula d'un pas et Blue sentit la peur circuler comme un serpent venimeux parmi tous ces gens.

Les Vous sont prêts à se laisser examiner par les mères-science humaines.

– Par des docteurs, si vous préférez, précisa Blue.

Les Vous sont venus en paix. Les Vous sont prêts à respecter toutes les décisions de la mère-loi de cet endroit…

L'ombre s'agita, la foula recula encore d'un pas.

Ce qui eut le don d'agacer Blue.

– Oh, arrêtez ! Je les ai touchés et il ne s'est rien passé. Vous ne risquez rien. Luka, dis-leur…

Elle attrapa la main de son ami, qu'elle serra fort.

– Ne le touche pas ! s'écria Luisa. Si ce monstre est là, avec toi, ne le touche pas, c'est dangereux !

– Maman, Luka n'est pas dangereux.

C'est vrai, madame.

– Espèce de sale…

Tom bondit droit devant lui, tête baissée, mais l'ombre de Luka l'évita avec une pirouette.

– Papa, arrête, il s'est écarté. Tu n'as pas le droit de le frapper comme ça.

– Ils sont vraiment invisibles, fit remarquer quelqu'un.

– C'est vrai, ça, pourquoi ne voit-on pas leurs vêtements ?

LES VOUS N'ONT PAS DE VÊTEMENTS.

– Tout nus, ces monstres sont tout nus !

– Et ils étaient chez Luisa !

– Ils nous espionnent peut-être depuis le début et on ne s'en est même pas rendu compte !

– Mon Dieu, et s'ils m'avaient vue pendant que je prenais ma douche ?

Blue s'avança, les bras ouverts.

– Calmez-vous, s'il vous plaît. Je sais que c'est difficile à accepter, il nous a fallu du temps, à nous aussi. Pas vrai, Cameron ? Et c'est pareil pour toi, Abel. Tilly raconte n'importe quoi.

Maintenant qu'elle les avait trahis, Tilly continuait de pleurnicher. Une dame lui avait même donné un mouchoir. Blue n'aurait pas été mécontente de lui coller une gifle, tiens (à Tilly, hein, pas à cette dame qui ne lui avait rien fait).

– Les Vous ne sont pas des monstres, ils sont… un peu différents, c'est tout. Ils viennent de loin, ils ne vivent pas tout à fait comme nous, mais ça ne les a pas empêchés de nous aider, cet après-midi, quand Cameron a été blessé. Sans les Vous, on ne serait jamais redescendus du barrage.

– Sans eux, vous ne seriez jamais montés tout là-haut, objecta son père.

Tom se planta devant Blue. Elle n'avait jamais vu son père en colère à ce point. De gros cernes creusaient son visage et ses mains tremblaient.

– Allez, ça suffit, cette comédie a assez duré. Je ne sais pas qui sont ces Vous et je m'en contrefiche. C'est la police, l'armée ou le gouvernement que ça regarde, pas moi ! N'empêche, Blue, pendant trois jours, tu nous as bien pris pour des poires, ta mère et moi. On s'est toujours tout dit, toi et moi... Quand tu t'es aperçue que quelque chose ne tournait pas rond, pourquoi est-ce que tu ne m'en as pas parlé ? On aurait affronté ça ensemble.

Blue le regarda d'un air grave.

– C'est ce que je te demande, papa. Aide-moi à faire accepter les Vous. Pour qu'on arrive à vivre tous ensemble, au village.

Tom secoua la tête.

– J'ignore ce qu'ils t'ont fait... mais tu n'es pas dans ton état normal. Tu ne te rends pas compte.

Elle soutint son regard sans sourciller.

– Papa, regarde-moi : c'est moi. Je suis dans mon état normal et, non, je ne t'ai pas tout raconté avant, désolée. Mais je le fais maintenant. S'il te plaît, aide-nous.

– Cesse de discuter, Blue, on rentre à la maison.

Tom fit un pas et l'attrapa par le poignet. Un véritable étau.

– Luka !

Tout à coup, Tom s'immobilisa et se retrouva soulevé dans les airs.

– Qu'est-ce que...

– Luka, non ! Repose-le par terre, je...

Les larmes lui montaient aux yeux, elles se pressaient pour sortir, mais Blue lutta pour les ravaler.

– Stop !

Elle se réfugia derrière le corps invisible de son ami et le prit dans ses bras pour qu'il arrête. Les muscles du dos de Luka se détendirent et Tom reposa les pieds par terre.

Il recula. Perdu, effrayé.

– Blue…

Il lui suffit de ce petit mot, pas plus, pour entendre le bruit du cœur de son père qui se brisait.

Tout ce qu'ils avaient vécu ensemble, les rires, les larmes, ses bobos au genou quand elle était petite, les films jusque tard le soir, ses mauvaises notes en maths, leurs sorties au ski.

Tous leurs souvenirs.

Ils venaient de s'effacer.

D'un seul coup.

Cameron joue les héros

Il fallait qu'il apprenne l'italien. Sérieusement, studieusement. Finies, les petites leçons deux après-midi par semaine.

Et pour cause : il s'était passé des tas de choses en l'espace d'une heure, mais Cameron Woods n'avait pas saisi un mot de ce qui s'était dit. Il était resté dans son coin, avec sa blessure qui lui faisait un mal de chien, à essayer de décrypter ce qui se jouait autour de lui.

En revanche, il n'eut aucun mal à reconnaître le type qui venait d'émerger de la pinède, armé de son fusil. C'était à cause de lui (le Vieux, donc) qu'il avait la jambe dans cet état. Et les deux jeunes qui l'accompagnaient étaient ceux qui avaient failli le tabasser lorsqu'il avait rencontré Lea. Ils avaient des pistolets.

– Novak ! Posez votre arme, et tout de suite.

La voix du carabinier avait retenti sur la place. Comment arrivait-il à parler d'un ton aussi calme ?

– Dans vos rêves, brigadier, répondit le Vieux. Ouvrez grand vos oreilles, si vous voulez sortir d'ici vivants. Les monstres avec qui vous parlez sont des aliens assoiffés de sang, ils sont venus conquérir la Terre.

– Ce n'est pas vrai ! s'exclama Abel.

Croco pointa son arme vers le ciel et tira.

– Laisse-le finir.

– Je les avais capturés, continua le Vieux, mais ces petits crétins les ont délivrés. Malheureusement, mes jeunes camarades et moi sommes arrivés trop tard. Les Vous ont incendié le parking. Toutes les voitures sont en train de cramer.

Un vent de panique souffla sur la place.

– Quoi ?

– Ma voiture aussi a brûlé ? Oh non, je n'avais pas encore fini de la payer…

– C'est vraiment eux qui ont fait le coup ?

– Bien sûr, affirma le Vieux au milieu de ce brouhaha. Et l'incendie risque de se propager jusqu'au village. Ce sont des monstres, des brutes sanguinaires. Alors évacuez l'île dans le calme, mes chers amis, on se charge du sale boulot.

M. Kurt avança d'un pas.

– Quel sale boulot ?

– Les éliminer, tous.

– Mais…

– Il a raison, le parking brûle ! cria le barman qui s'était éloigné pour vérifier. Regardez, on voit la fumée d'ici…

À ce moment précis, sans avoir besoin de traduction, Cameron décida qu'il était temps de prendre la tangente.

Il profita de la confusion pour s'écarter de ses parents, attrapa Abel par le T-shirt et, en s'appuyant tantôt sur lui, tantôt sur sa béquille, il fit le tour du chalet avant d'entrer par une porte sur le côté.

– Tu m'expliques, tu veux ?

– *Écoute… je sais que tu ne m'apprécies pas beaucoup, à cause de Blue…*

– C'est quoi, le problème avec Blue ?

– Tu es fou d'elle et tu crois que je veux te la piquer... Eh bien laisse-moi te dire un truc, tu n'as rien compris. Blue est amoureuse de Luka, pas de moi.

– Luka ? Pourquoi tu me parles de Luka ?

– Je ne aime pas Blue, balbutia Cameron dans son italien approximatif. Blue très très aime Luka. Tu compr*uis* ?

Abel se laissa tomber par terre comme un sac vide. Il avait compris, parfaitement, même.

– Blue et Luka... tu penses que... elle et lui...

En matière de situation absurde, on ne faisait pas mieux.

– Exactement. Désolé, tu ne t'en étais pas aperçu, mais, à mon avis, tu n'y changeras rien, c'est trop tard. Enfin, si tu es vraiment son ami, tu peux toujours être content pour elle. Façon de parler.

On lisait une grande tristesse dans le regard d'Abel.

– Par contre, c'est Lea qui a un petit faible pour toi, je crois.

– Hein ?

– Lea très très aime toi.

– Tu rigoles ou quoi ? Tu as vu comment je lui parle !

Cameron soupira et boitilla vers le comptoir.

– Il y a quelqu'un ? Vous êtes là, les Vous ?

Pas de réponse.

Soudain, la porte du chalet s'ouvrit en grand et une cascade de lumière envahit la pièce.

Et, dans le silence, il y eut un grand bruit.

Un bruit assourdissant, pire que le tonnerre. Cameron l'avait déjà entendu dans la montagne, sur le barrage, tandis qu'il s'échappait. Il le reconnut aussitôt : un coup de feu. Dehors, sur la place, on entendit des cris. Puis un autre, plus fort que les précédents, si profond qu'il résonna jusque dans les tréfonds de son corps et son âme.

Abel se releva d'un bond.

– C'est… C'était quoi ?

– *Qu'est-ce qui se passe ?*

Des bruits de pas.

Aidez-nous ! Safi est morte, il l'a tuée !

Safi ? Morte ?

– *Mais… qui a fait ça ?*

Le Vieux.

– *Quoi ? Mais… pourquoi ?*

On ne sait pas. Il dit que les Vous veulent détruire le village, que les Vous ont mis le feu aux boîtes qui roulent… Mais les Vous n'ont rien fait.

Trop déboussolé pour articuler un mot, Cameron fila vers la porte (enfin, façon de parler) et se pencha pour regarder dehors. Sur la place, la panique s'était répandue comme une épidémie, tout le monde fuyait.

Il découvrit alors un corps étendu par terre, près du bûcher. Il était bien visible, et sans vie.

Des mains invisibles le repoussèrent à l'intérieur.

Kékouma ?

Je suis là, avec la mère-des-noms.

Cet homme a tué Safi !

Il faut réagir, nous ne pouvons pas le laisser nous massacrer !

Cameron hocha la tête. Le chœur de voix qui remplissait sa tête était si fort, c'en était presque douloureux. Mais ils avaient raison. Ils étaient en danger.

– *Partez d'ici*, murmura-t-il. *Mettez-vous l'abri.*

Mais où ?

Cameron regarda Abel.

– *Tu peux les conduire en lieu sûr ?*

– Pardon ?

Kékouma se chargea de faire la traduction.

– Peut-être... finit-il par répondre. Il y a des bungalows dans le nord de l'île, vous n'aurez qu'à me suivre.

MERCI.

C'était Manapi, le guerrier.

MERCI À VOUS, MAIS LES VOUS PEUVENT SE DÉBROUILLER SEULS, ILS N'ONT PAS BESOIN QUE...

Le jeune Américain le coupa aussitôt :

– *Si, justement. Vous devez vous mettre à l'abri et Abel sera là pour vous guider.*

– Tu ne viens pas avec nous ? lui dit le jeune garçon en le fixant comme s'il venait enfin de comprendre (et c'était le cas).

– *Non,* répondit-il en agitant sa béquille. *Je vous ralentirais, avec ce truc... Allez-y. Je vais tenter quelque chose pour distraire le Vieux et l'empêcher de vous courir après.*

C'EST DANGEREUX.

Cameron sentit un rire nerveux s'emparer de lui.

– *Tu m'étonnes... mais, comme je suis un humain, le Vieux n'osera pas me tirer dessus. Il aura peur de finir en prison, enfin, j'espère. Suivez Abel, je m'occupe du reste.*

Il aurait aimé s'exprimer avec plus d'assurance, d'une voix fière et posée, comme les superhéros dans les films... Les autres avaient dû le sentir mort de trouille.

Tant pis.

L'habit ne fait pas le moine, la voix ne fait pas le superhéros.

Lea prend une photo

Rien de tel que tirer un coup de fusil à hauteur d'homme pour disperser une foule pacifique.

La détonation retentit, un nuage de fumée s'éleva dans les airs et un grand corps svelte qui avait surgi de nulle part s'écroula par terre. Il n'en fallut pas plus pour qu'un vent de panique souffle sur les villageois. Les voix se mélangèrent et grimpèrent dans l'aigu. Tilly et le Vieux avaient raison, il y avait des aliens à Montemorso, ils existaient vraiment !

Entre cette sidérante découverte, ces cris et ces explosions qui s'enchaînaient au fur et à mesure que les voitures du parking prenaient feu, on assista à une véritable débandade.

Voilà pourquoi Lea se retrouva toute seule quand elle rejoignit la place, son frère Mathias sur les talons. Elle ne s'attendait pas à ça. Elle était venue donner l'alerte, mais tout le monde avait disparu !

Pire : son frère n'était plus très loin. S'il la rattrapait, elle allait passer un sale quart d'heure, elle le connaissait !

– Arrête-toi, espèce de débile !

– Tu peux toujours rêver ! répondit-elle.

Elle se retourna juste à temps pour s'apercevoir qu'on l'observait depuis la porte entrouverte du chalet.

– *Cameron, au secours !*

Lea se précipita dans sa direction. Mathias l'imita, avec un sourire mauvais.

Le jeune Américain sortit du restaurant, en équilibre sur sa béquille, et s'avança d'un pas mal assuré. Il resta immobile un instant. Puis il écarta sa béquille, d'un geste presque machinal, en apparence (alors qu'il était évidemment calculé au millimètre près).

Mathias buta sur le tube métallique et roula par terre. Tout son corps craqua douloureusement.

– *Filons*... souffla Lea.

Hélas, son frère s'était déjà relevé. Il s'était écorché le genou et un filet de sang lui coulait sur le menton parce qu'il s'était mordu la lèvre.

– Tiens, tiens... ricana-t-il. Mon copain black. Moi qui attendais de te donner une leçon depuis l'autre jour...

Mathias se rapprocha d'un air menaçant mais Cameron ne bougea pas d'un cheveu. Il devait être paralysé par la peur. Il fallait qu'elle réagisse, vite !

Ce ne fut même pas nécessaire. Car Cameron attendit que son frère soit à la bonne distance pour se pencher brusquement et lui envoyer un grand coup de tête en plein dans le nez !

Mathias s'effondra à nouveau par terre, en criant comme un putois.

– M*a*n nez, m*a*n nez...

Lea attrapa Cameron par la main et l'entraîna vers les arbres.

– *La vache, tu as appris ça où ?*

– *Ce serait trop long à t'expliquer. Pourquoi est-ce que ton frère te courait après ?*

– Ce serait trop long à t'expliquer.

– Écoute… Abel emmène les Vous aux bungalows dans le nord de l'île, il faut qu'on les rejoigne. Mais je ne connais pas le chemin…

Lea eut un grand sourire.

– Moi si !

Ils contournèrent le rocher du Géant et coupèrent vers la droite, le long de la route. Le bitume permettait à Cameron de marcher un peu plus vite, mais elle remarqua des taches de sang sur son bandage. Mauvais signe…

– Dépêchons-nous, il faut qu'on essaie d'arrêter le Vieux, lui dit-il. *J'ai peur qu'il les suive.*

– Il n'est pas seul, il y a aussi les potes de mon frère. Ils ont mis le feu au parking, c'est l'enfer, là-bas. Tout est en train de brûler.

Ils s'enfoncèrent dans les bois. La pinède n'était pas entretenue depuis un bout de temps. Et les emplacements pour les tentes n'étaient plus qu'un amas de ronces.

– On est dans la bonne direction, tu es sûre ?

– J'espère… Je n'étais jamais venue avant cet après-midi.

Il l'arrêta brusquement.

– Tu as entendu ?

Elle tendit l'oreille, puis acquiesça. Des murmures, un peu plus loin, au milieu des arbustes.

– Approchons-nous… doucement, susurra-t-elle.

Ils avancèrent prudemment, ce qui était tout sauf évident pour Cameron, qui risquait de coincer sa béquille dans les ronces. Ils s'immobilisèrent en apercevant la lumière d'une torche électrique et les ombres de Croco et Hans, un gros bidon à la main. Ils versaient un liquide sur le sol.

– Qu'est-ce qu'ils disent ? demanda Cameron.

– Qu'ils ont choisi le bon endroit. Parce que le feu prendra vite.

– Tu penses que…

– Oui, malheureusement, répondit Lea tout en réfléchissant. *Je crois que je suis partie du mauvais côté, tout à l'heure. Au lieu d'aller vers le nord, on a marché vers le nord-est. La clôture du camping n'est sûrement pas loin. Le vent souffle vers l'ouest, alors s'ils mettent le feu à la pinède…*

Lea déglutit difficilement. Et Cameron parvint à la même conclusion qu'elle.

– L'incendie va ravager toute l'île ! Ils veulent débusquer les Vous comme des animaux, il faut qu'on prévienne Abel !

– Pas tout de suite.

Lea attrapa l'appareil photo qui pendait à son cou.

Elle ne l'avait pas lâché de la journée en se doutant qu'il aurait son utilité. C'était le moment ! Elle était peut-être incapable d'arrêter les coupables, mais elle avait les moyens de les coincer.

– On verra quelque chose, tu penses ? Il fait nuit noire.

Elle sourit en cadrant la scène.

– C'est l'avantage des reflex à pellicule. Si tu sais t'en servir, tu peux faire des photos dans n'importe quelle situation.

Un instant plus tard, le visage de Croco fut éclairé par la flamme d'un grand briquet.

Clic-clac.

Juste après, le briquet tomba par terre.

Clic-clac.

Il suffit que la flamme atterrisse sur les feuilles sèches imprégnées de méthanol pour que l'incendie se déclenche.

Croco et Hans reculèrent (ce qui permit à Lea de prendre une belle image en gros plan) avant de détaler.

La chaleur qui s'élevait devant Lea et Cameron était ahurissante, plus solide qu'un mur.

– *Il faut qu'on file, nous aussi. Allez, vite, ou on va finir carbonisés.*

La voix de Cameron était étranglée par l'angoisse. Lea hocha la tête.

Elle lui donna le bras et, ensemble, ils fuirent la forêt en flammes.

Blue traverse la forêt

Blue et Luka couraient dans la nuit, eux aussi.

J'ai peur.

– Je sais.

Cet homme a tué Safi. Pourquoi ? Elle ne faisait que parler. Pourquoi l'a-t-il tuée ?

Silence.

Parce qu'il nous déteste ?

Blue ne savait pas quoi répondre. Est-ce qu'il fallait avoir une raison pour tuer quelqu'un ? Possible. Le Vieux avait sans doute peur. Mais parmi les gens qui ont peur, il y a ceux qui essaient de comprendre. Et ceux qui préfèrent ouvrir le feu.

Elle continua de slalomer au milieu des arbres de cette forêt plongée dans la nuit. Elle avait l'impression d'être aveugle. Chaque pas risquait de la faire buter sur une racine. Pour couronner le tout, elle était pieds nus (elle avait retiré ses chaussures pour escalader le Géant mais n'avait pas eu le temps de les remettre) et ces saletés d'aiguilles de pin la piquaient.

Bref, Blue ne courait pas vraiment. Disons qu'elle avançait, la main dans celle de Luka.

Et justement, c'était ça qui était bizarre. Elle avait beau ne rien voir, elle sentait encore plus nettement la présence de

Luka, son souffle, sa main, ses pas. Il était là, dans le noir, avec elle.

Et comme ses yeux pouvaient l'induire en erreur, elle était libre de suivre son cœur. Ce qui rend les choses plus faciles, parfois.

– Si je me souviens bien, il y a des bungalows abandonnés sur la rive nord, murmura-t-elle. On n'a qu'à se cacher là-bas.

LE VIEUX VA ESSAYER DE NOUS RETROUVER. CET HOMME EST FOU.

– Je sais, Luka, mais les Vous sont invisibles. Vous serez à l'abri.

Elle amorça un grand virage vers le nord (en espérant qu'elle ne se trompait pas), toujours en restant à couvert derrière les arbres.

Au loin, on entendait des voix, des cris. Était-ce la bonne direction ? Oui. Non. Elle n'en savait rien, en fait.

BLUE.

– Oui ?

LES AUTRES VOUS. ON LES A TROUVÉS.

– Où ça ? Je n'entends rien.

TOI NON. MOI SI. SUIS-MOI.

Ils sortirent de la pinède et traversèrent une route goudronnée. Par terre, on voyait des canettes vides, des mouchoirs, des seringues.

– Évite de marcher dessus, lui dit-elle.

C'EST QUOI ?

– Je t'expliquerai une autre fois.

Plus loin, dans un dédale de sentiers désormais envahis par la végétation, on voyait se dresser les premiers bungalows. Tous sur le même modèle, en bois, avec de petites vérandas sur le devant et des bennes à ordures renversées. Des portes et des fenêtres étaient barricadées avec des planches. D'autres avaient été arrachées et défoncées.

– On est là, chuchota Blue.

Abel sortit par une porte, blanc comme un linge.

– Blue... tu es seule ?

– Je suis avec Luka.

Il fit une moue de chien abandonné sous la pluie. Ah non, il n'allait pas piquer une crise de jalousie alors qu'il y avait urgence ! Elle fut tentée de l'envoyer joyeusement se faire cuire un œuf mais se contenta d'avancer d'un pas.

Elle ouvrit les bras, se jeta à son cou. Et le serra fort contre elle, comme une amie.

– Eh, tu me fais mal...

– Et toi, tu as vu ta tête ? Arrête tout de suite ou tu auras mal pour de vrai... Où sont les autres ?

LES VOUS SONT LÀ.

C'était la voix profonde de Manapi. Blue sentit sa présence, il sortit du même bungalow qu'Abel.

– Les autres ont quitté le camping, je crois... dit-il. Tilly est avec eux.

En entendant ce nom, Blue eut comme un nœud à l'estomac, mais fit mine de ne pas s'en soucier.

– Et Cameron ? Et Lea ?

– Aucune idée... Cameron est resté au chalet pour ne pas nous ralentir, il va tenter d'arrêter le Vieux.

– Hein ? Il est devenu fou ou quoi ?

– Il pense que le Vieux n'osera jamais tirer sur un enfant. On s'est séparés juste après qu'il a pris cette décision.

Le problème, c'est ce qu'il a fait à Safi.

Manapi avait repris la parole.

Tuer la mère-loi d'une famille est un crime impardonnable. Les Vous ont le devoir de venger sa mort.

– Si vous vous en prenez au Vieux, c'est vous qu'on accusera, murmura Blue.

Pourquoi ? Les Vous n'ont rien fait de mal. Ils sont arrivés dans ce monde et ce vieil homme les a enfermés dans une cabane, attachés avec des chaînes. Les Vous se sont échappés et il a tué un guerrier. Les Vous se sont réfugiés ici et il a tué la mère-loi. Alors de quoi accusera-t-on les Vous ? De s'être vengés ? Ce ne serait que justice.

– Oui, admit-elle, et je comprends que vous soyez en colère… seulement, les gens d'ici ne vous connaissent pas, ils ont encore peur. Ils vous ont pris pour des créatures maléfiques, pour des monstres. Le Vieux a raconté mensonge sur mensonge. Pareil pour Tilly. Si vous répondez par la violence, tout le monde pensera qu'ils avaient raison. M. Kurt, mes parents et les autres… Ils croiront tous que vous êtes dangereux.

Les Vous ne sont pas dangereux. Mais ils peuvent le devenir.

Ça suffit.

La voix de Luka avait résonné, près d'elle.

Ce n'est pas à toi de prendre cette décision, Blue.

– C'est de la folie et toi, tu es d'accord ? Tu plaisantes, j'espère ?

J'ai dit que cette décision ne t'appartenait pas, c'est tout. Les Vous sont une famille, ils évoquent les problèmes et les règlent ensemble. Et même si la mère-loi a été assassinée, les autres mères sont toujours là.

– C'est vrai qu'il reste les autres. Elles sont où ?

ELLES SONT RÉUNIES EN CE MOMENT MÊME.

C'est Manapi qui avait répondu.

ET J'ESPÈRE QU'ELLES NOUS AUTORISERONT À ATTAQUER. LES VOUS EN ONT ASSEZ DE SE CACHER COMME DES LÂCHES.

– Blue…

Elle regarda Abel. Les mots du guerrier résonnaient encore dans sa tête.

– Il y a un bruit bizarre, tu entends ?

Dans les bois, on voyait flotter des lueurs qu'elle n'avait pas remarquées jusque-là. À l'est, les étoiles avaient disparu du ciel. Des flammes. Et de la fumée.

Un autre incendie.

Ce fut un vrai cri du cœur.

– La forêt, elle brûle !

Le Vieux se met à l'affût

En l'espace d'une journée, Agenore Novak avait perdu son travail. On l'avait frappé. On avait porté plainte contre lui et il y avait de grandes chances pour qu'on le traîne devant un tribunal.

Mais, bizarrement, cette journée avait donné un sens à sa vie.

Ces nuits passées à lire, à s'informer pour ne pas se laisser manipuler par la propagande des gouvernements. Ces journées dans les bois, à courir, à guetter ses proies, à apprendre les secrets de la chasse, armé de son fusil. Tous les moments difficiles, tous les efforts, toute la frustration qu'il avait accumulée dans son existence, son existence qu'il avait consacrée à défendre les autres, sans jamais rien recevoir en échange.

Ça y est, il découvrait que tout cela avait servi à forger son caractère, à le préparer à ce qu'il était en train de vivre.

Il se sentait enfin lui-même. Vivant.

Le Vieux courait vers la clôture avec son fusil de chasse, prêt au combat. Il avait déjà éliminé deux de ces monstres, au tour des autres.

La Terre devait être purgée de ces abominations, par le feu et par le plomb. La survie de l'espèce humaine en dépendait.

Il avait expliqué à Croco et Hans comment utiliser le méthanol. Si ces débiles profonds avaient obéi à ses ordres, à cette heure-ci, toute la partie est de l'île était en proie aux flammes.

Le vent pousserait les flammes vers l'intérieur. Les Vous seraient donc forcés de fuir. Et on allait vraiment se marrer.

Ils atterriraient de son côté, c'est-à-dire à proximité de la passerelle, ou, au pire, vers la plage privée du camping, sur le versant ouest (il y avait aussi la plage au nord, mais elle était trop éloignée de la terre ferme pour qu'ils tentent de s'échapper dans cette direction).

Oh, ils pouvaient se terrer où ça leur chantait. Invisibles ou pas, c'étaient des êtres de chair et de sang, ils laisseraient des traces sur les galets de la plage. Une fois dans l'eau, ils seraient faciles à repérer. Et là, il n'aurait plus qu'à les dégommer les uns après les autres. Une vraie partie de plaisir.

Le vent poussa des vapeurs de fumée dans sa direction.

Tiens, les deux abrutis avaient rempli leur mission, ce qui lui procura un plaisir fou. Et une énergie de jeune homme.

– Hé, Novak !

Il se retourna. Le brigadier Di Paolo courait vers lui, son arme de service à la main.

Le Vieux lui fit le salut militaire.

– Vous... vous voyez les choses comment ? Ces monstres... je crois qu'ils ont enlevé nos enfants.

– C'est possible, brigadier. Ça n'a aucune pitié, des saletés pareilles. Il resterait combien de gosses dans le camping ?

– D'après mes calculs, quatre. Une seule est sortie avec nous : Mirtilla, celle dont on avait signalé la disparition...

– C'est déjà ça.

– Qu'est-ce qu'on fait ?

Le Vieux savoura cette question avec un bonheur indescriptible. Un carabinier s'en remettait à lui. Enfin un peu de reconnaissance !

– La situation est grave, expliqua-t-il. J'ai peur que les aliens aient mis le feu à l'île.

– Hein ? Mais pourquoi ?

– Allez savoir. Ce sont des monstres, mon vieux. De la vermine. Et nous avons le devoir de protéger la Terre, vous comprenez ? Toute la planète est en danger, c'est à nous de la défendre.

Ils se regardèrent.

Au bout de longues secondes, le carabinier acquiesça.

– Je dois faire quoi ?

– Les deux jeunes qui m'épaulent sont encore sur l'île, ils essaient de rabattre les aliens de ce côté. Et, s'ils y arrivent, il va y avoir du sport, croyez-moi…

Il souleva son fusil.

– Laissez-moi m'en charger, déclara le Vieux. J'étais un excellent tireur pendant mon service militaire. Et, depuis, je n'ai pas perdu la main.

– Pareil pour moi. Et si je vous aidais ?

– Avec ça ?

Il indiqua le pistolet du carabinier.

– Ce n'est pas une arme de précision, vous risquez de blesser les gamins. Non, c'est à moi de m'en occuper. Où sont les autres ?

– Les gens du village ? M. Kurt a appelé les pompiers, il faut éteindre cet incendie…

– Allez les rejoindre, vieux. Ils auront besoin qu'on les guide. Ce sera à vous de jouer.

Di Paolo hocha la tête.

– Et si j'y laisse ma peau… racontez à tout le monde comment est mort Agenore Novak.

Le brigadier posa une main sur son épaule.

– Bonne chance.

Le carabinier passa par le trou du grillage puis fonça vers la passerelle qui menait à la terre ferme. Pas mal de villageois étaient rassemblés là-bas. Derrière, l'incendie qui avait détruit les voitures faisait rage.

Le Vieux regarda Di Paolo traverser le lac, le cœur gonflé d'une étrange mélancolie. Tandis que son nouvel ami partait remplir sa mission, il restait là, à son poste. Comme toujours. Il était le Gardien. Le défenseur des habitants de Montemorso, ces braves gens parfois ingrats, mais qu'importe. Après cette nuit, ils seraient tous conscients de sa valeur.

– Il est temps de passer à l'action, marmonna-t-il dans sa barbe.

Il avait toujours rêvé de dire ça.

Il scanna la zone du regard. Où avait-il intérêt à s'installer? Il lui fallait un endroit à couvert qui lui permettrait de surveiller à la fois la passerelle et la berge de l'île. L'idéal aurait été un lieu surélevé, comme le toit d'une maison ou le sommet d'un arbre. Manque de chance, il n'y avait pas de maison à l'horizon et il ne tenait pas à grimper en haut d'un arbre alors que toute la forêt était en train de flamber.

Même chose pour la passerelle: trop exposée. S'il se postait là, il serait une cible facile, et cela pouvait être dangereux (ne jamais sous-estimer l'adversaire).

Finalement, ses yeux se posèrent sur un vieux bateau de

pêche qu'on devinait après les arbres, au bout de la plage privée du camping, tout près du grillage.

Le Vieux évalua la situation.

Cette épave lui servirait partiellement de bouclier. Grâce à la lunette de son fusil, il contrôlerait le théâtre des opérations sans trop de difficulté. En plus, les galets crissaient au moindre mouvement, la surface était assez meuble pour y laisser des empreintes profondes et le clair de lune soulignerait les ombres.

– Et n'oublions pas l'incendie, songea-t-il à haute voix.

La forêt commençait à brûler sérieusement.

– La lumière triomphe des ténèbres. Alors vas-y, guerrier de la justice. Pour toi, c'est maintenant ou jamais.

Blue plonge dans le lac

Blue s'attendait à voir n'importe qui, mais pas Lea et Cameron qui marchaient péniblement vers elle, leurs visages et leurs vêtements noircis par la fumée.

– Qu'est-ce qui s'est passé ? demanda-t-elle d'une voix inquiète. Tout va bien ?

– Le Vieux a ordonné à Croco et à Hans de mettre le feu à l'île, expliqua Lea. Pour nous pousser à sortir de notre cachette.

ET JUSQUE-LÀ, ÇA FONCTIONNE.

Luka semblait tendu.

CES MAISONS SONT EN BOIS. LA FORÊT EST SÈCHE ET ARIDE. ET LE VENT SOUFFLE DANS NOTRE DIRECTION.

– C'est vrai, dit Blue. Il faut qu'on regagne la plage. À la nage, ou en prenant la passerelle.

LES AUTRES PERSONNES DE TON PEUPLE SERONT SUR LE RIVAGE.

C'était Kékouma, l'une des mères.

– Peut-être, on verra bien. Allons-y.

Blue avait le ventre noué.

Le vent charriait une fumée irrespirable. Derrière, on apercevait les flammes, pareilles à de longs doigts étincelants. Luka avait raison, l'île brûlait comme une boîte d'allumettes.

Les Vous se rassemblèrent sans perdre une seconde. L'un

d'eux prit Cameron sur ses épaules et ils se mirent à courir en suivant l'allée principale, qui menait directement à la plage.

Environ une minute plus tard (ou moins, on a du mal à jeter un œil à sa montre quand il y a urgence), un grand cri résonna :

– À l'aide, au secours !

Blue s'arrêta. Oh non, quoi encore ?

À sa gauche, une silhouette pliée en deux en tirait une autre par les pieds. On aurait dit... Hans. Et Croco, qui s'était évanoui.

– Il a respiré trop de fumée, expliqua Hans. Il a fait un malaise.

Lea s'approcha.

– C'est eux qui ont mis le feu !

Hans ne répondit pas. Un bungalow s'embrasa, juste derrière eux, et les flammes grimpèrent sur les poteaux de la véranda pour se propager jusqu'au toit.

Le feu était si rapide, c'était effrayant. Blue était à la fois fascinée et terrifiée par ce spectacle.

– Aidez-moi, s'il vous plaît, pleurnicha le garçon.

Le corps de Croco s'éleva au-dessus du sol.

LAISSE-MOI FAIRE.

C'était la voix d'un Vous.

JE VAIS LE PORTER.

Hans n'en croyait pas ses yeux. Blue remarqua qu'il pleurait, oui, il pleurait, mais elle n'avait pas le temps de s'en préoccuper. Ils devaient fuir.

OÙ EST LE VIEUX ? OÙ EST-CE QU'IL SE CACHE ?

Luka avait posé la question.

– Je... je ne sais pas, il avait dit que...

Hans était sous le choc. Ou alors il mentait. Quoi qu'il en soit, il ne leur apprendrait rien d'utile.

Ils reprirent leur course et traversèrent le camping sans s'arrêter. Progressivement, les bâtisses se firent plus rares et la pinède laissa place aux galets.

Le groupe était poursuivi par un mur de fumée de plus en plus haut quand les reflets scintillants de l'eau apparurent.

– Courage, on y est presque !

Elle fut la première à se précipiter sur la plage, suivie par Luka, Abel et le Vous qui transportait Cameron.

Et puis il y eut un coup de feu.

Net, sec.

Cameron roula sur les galets.

– *Ah, qu'est-ce que…*

Du sang presque noir se répandit sur les contours d'un bras musclé, d'un cou, d'un visage, un corps se dessina dans la nuit, tomba à genoux et s'effondra sur la plage, la tête la première.

Le Vous qui transportait Cameron avait été mortellement blessé. Blue le comprit et cria :

– Attention !

UNE EMBUSCADE !

– *Le Vieux, où est le Vieux ?* hurla Cameron.

IL DOIT ÊTRE LÀ-BAS, DERRIÈRE CE BATEAU.

Blue avisa la chaloupe renversée au bout de la plage. Quelque chose bougeait derrière ! Non, une seconde, c'était peut-être son imagination.

Quelle importance ?

Plus rien n'avait d'importance, désormais.

Blue était fatiguée.

Furieuse.

Folle de rage.

– Toi, dit-elle à Hans.

Elle se rua sur le garçon, toujours planté là comme une statue. Elle l'attrapa par le col de son T-shirt, même s'il la dépassait d'une bonne tête.

– Tu avais un pistolet, tout à l'heure, il est où ? cria-t-elle avec une force qu'elle n'aurait jamais soupçonnée.

– Le… le pistolet à air comprimé ?

Il n'avait pas répondu à sa question. Blue allait s'énerver pour de bon quand elle aperçut le renflement dans son dos. L'arme était là, glissée dans sa ceinture.

Elle l'attrapa. La serra.

– Qu'est-ce que tu comptes faire ? demanda Abel d'une toute petite voix.

– Agir, répondit-elle.

Et elle s'élança vers le bateau.

La nuit était devenue claire, avec tous ces feux qui l'illuminaient, comme au 15 août. Ce jour-là, le père Bomben menait une procession religieuse. Derrière lui, les habitants de Montemorso marchaient le long du lac, une bougie à la main.

Mais, pour l'heure, Blue avait une arme, pas un cierge. Sur la rive d'en face, un second incendie faisait rage. Une fumée épaisse s'élevait au-dessus des voitures brûlées et des gens étaient rassemblés au bord de l'eau. Tiens, c'était M. Kurt, là-bas. Elle reconnut aussi ses parents, entre autres.

Et puis le Vieux, derrière le bateau, qui la tenait en joue avec son fusil.

Elle vit (ou imagina) le canon noir pointé contre son cœur,

le doigt du Vieux sur la gâchette, l'œil dans le viseur. Est-ce qu'il allait tirer ? Tirer sur une enfant ?

La réponse tomba une seconde plus tard.

Il y eut un sifflement, suivi d'une détonation.

À sa gauche, une gerbe d'eau se souleva et éclaboussa son pantalon.

Il avait visé à côté, mais il l'avait peut-être fait exprès. Blue s'écarta rapidement, en zigzaguant, pointa le pistolet, appuya sur la gâchette…

Et rien, rien du tout, ce machin devait avoir un cran de sûreté, un bouton à enfoncer… Tant pis. Ce n'était qu'une arme à air comprimé. Si elle l'avait prise, c'était surtout pour faire du bruit.

Sans cesser de courir, elle lança l'arme comme un boomerang et la vit atterrir au milieu des cailloux. Le cœur rempli de peur, de courage, de mille choses qu'elle n'aurait pas su expliquer.

(Vite, Blue !)

Le bateau n'était plus très loin, elle discernait les cheveux longs du Vieux, sa grimace torve dans l'obscurité.

Le fusil se tourna à nouveau dans sa direction et Blue s'écarta d'un bond, de l'autre côté cette fois, avant de combler les derniers mètres, prête à attaquer, à frapper. Elle, encore une gamine. Lui, un homme mûr, durci par la montagne. Face à face.

Elle le vit hésiter, baisser son fusil et se relever.

– Qu'est-ce que tu t'imagines, petite ?

Blue sauta sur lui, les ongles droit devant elle, en poussant un cri.

Le Vieux l'empoigna par les épaules. Il la serra de toutes ses forces, puis la repoussa sans le moindre effort.

– Tu comptes m'arrêter, toi ?

– Non, c'est lui qui va s'en charger.

Le Vieux hésita et elle le vit écarquiller les yeux. Une forme se dessina sur son cou. Les empreintes de trois doigts qui serraient.

– Qu'est-ce que…

Il lâcha prise et Blue bascula contre la coque renversée de l'épave. Elle se releva, le souffle coupé, cabossée, endolorie. Luka soulevait le Vieux au-dessus du sol, la main toujours autour de son cou.

– Ne le tue pas, s'écria-t-elle en toussotant.

JE N'EN AI JAMAIS EU L'INTENTION. CET HOMME PAIERA. MAIS CE N'EST PAS MOI QUI ME SALIRAI LES MAINS AVEC SON SANG.

– Tu me fais mal, dit le Vieux d'une voix étranglée. Vous allez le regretter, saloperies d'aliens, le peuple de la Terre se rebellera… Vous serez obligés de nous tuer, les uns après les autres. Tant que le dernier d'entre nous sera debout, on vous traquera…

Il donnait des coups de pied, en essayant de se libérer. Luka le frappa dans le bas du dos, ce qui lui arracha un râle de douleur, le jeta sur la plage et posa un genou sur lui, afin de l'immobiliser.

C'était fini.

Le Vieux continuait à s'agiter. Il était le seul à ne pas accepter l'évidence, pourtant.

C'était fini, terminé.

Leurs amis les rejoignirent. Blue fouilla dans le sac à dos du Vieux. Il était venu avec un attirail impressionnant, dont des hameçons et un filet de pêche.

Pendant que Luka et les deux autres Vous le maintenaient

fermement, Abel lui attacha les mains et les pieds. Le fil était en nylon, aussi fin qu'un cheveu et aussi solide que l'acier. Et Abel faisait des nœuds comme personne. Au bout du compte, le Vieux était à mi-chemin entre un saucisson et un ver à soie.

Vu qu'il continuait de les abreuver d'insultes, Lea lui fourra un mouchoir dans la bouche.

Et le silence revint.

Au même moment, sur l'autre rive, on vit débarquer le reste du village et un camion de pompiers, avec ses gyrophares bleus sur le toit. Tout semblait calme, l'incendie sur le parking avait été éteint, on ne voyait plus que de gros panaches de fumée.

C'EST CET AUTRE INCENDIE QUI M'INQUIÈTE.

Luka avait raison, l'île et le camping du Géant étaient devenus un immense brasier.

Blue balaya du regard les arbres désormais réduits à l'état de torches incandescentes.

– Filons d'ici, décida-t-elle.

Lea se plaça auprès d'elle.

– De quel côté ?

– Le trou dans le grillage est hors de portée, toute cette zone est en flammes.

LE FEU PRENDRA SOIN DE NOS DÉFUNTS.

C'était Manapi.

CE SERA LEUR GRAND BÛCHER.

Blue se mordit la lèvre.

– D'accord, mais on va finir carbonisés… Il faut traverser à la nage, on n'a pas le choix.

– Génial, je rêvais de me baigner dans une eau glaciale, soupira Abel.

– Au moins, on peut nager, répondit-elle en tâchant de garder son calme. Ce n'est pas le cas de Cameron, avec sa jambe. Pareil pour le Vieux et Croco.

– Le bateau, proposa Lea. Servons-nous du bateau pour les transporter !

– *Hé, attends, il y a des trous dans le fond…* la coupa Cameron.

Ils ne sont pas bien gros, fit observer Luka. Il se remplira d'eau lentement. Et le trajet n'est pas très long. On mettra les blessés à l'intérieur et les Vous le pousseront en dessous.

– *Je ne la trouve pas terrible, ton idée…*

– Moi non plus, avoua Blue.

Il y eut un bruit sec. Un pin de près de vingt mètres de haut se plia et s'effondra sur la plage. Les branches immenses étaient en flammes.

Ça commençait à chauffer, c'était le cas de le dire…

– Non, rectification : c'est une super idée. Allez, on se dépêche.

L'eau se remplit d'empreintes pendant que les Vous entraient dans le lac pour se préparer à la traversée. Ils se mirent à trois pour soulever le bateau. Luka avait raison, il y avait des trous dans le fond mais ils n'étaient pas bien gros. L'embarcation ne coulerait pas tout de suite, surtout si quelqu'un se chargeait d'écoper.

– Cameron ! s'exclama-t-elle. Essaie de vider l'eau pendant qu'on vous pousse…

– Hein ?

– *Vide l'eau au fur et à mesure ! Et évite d'éclabousser mon Olympus, je l'ai rangé dans le sac à dos du Vieux*, lui cria Lea en anglais.

La lumière des flammes était de plus en plus forte, de plus en plus inquiétante. Un autre arbre s'effondra, assez loin, heureusement.

Ils poussèrent la chaloupe sur le lac et Cameron grimpa à bord. Quelqu'un installa sur le fond le corps inanimé de Croco et celui du Vieux qui gigotait dans tous les sens pour se détacher.

QUE VA-T-IL SE PASSER QUAND NOUS ATTEINDRONS L'AUTRE RIVE ?

C'était la voix de mère Kékouma.

– Ne vous inquiétez pas, tout ira bien.

Blue n'était sûre de rien, pour être honnête, mais elle s'accrochait à l'espoir. Et surtout (répétons-le pour la énième fois), elle n'avait pas le temps de se poser des questions. Il fallait qu'elle envisage la situation étape par étape, exactement comme quand elle faisait de l'escalade.

Elle entra dans le lac. Le sol s'enfonçait brusquement. Un pas et elle se retrouva avec de l'eau jusqu'à la taille. Encore un, et elle cessa d'avoir pied. Plus moyen de reculer.

– Luka, tu es là ?

OUI.

Elle se retourna et le vit.

Pour la première fois.

Le corps de Luka fendait l'eau. On aurait dit une statue en verre. Elle pouvait distinguer ses pieds à trois orteils, plus grands, plus noueux que ce qu'elle imaginait, ainsi que les muscles de ses jambes, ses genoux, son zizi (non mais, franchement, Blue, ce n'est pas le moment, se dit-elle, n'empêche, il en avait un, ça voulait dire que les Vous étaient exactement comme tous les autres habitants de la Terre) et son ventre, ses bras…

Elle tendit la main, attrapa la sienne et plongea complètement, les yeux grands ouverts.

Le monde devenait flou, avec la surface du lac qui miroitait sous l'effet des flammes.

Luka fit la même chose. Et voilà, ils étaient là. Face à face. Il avait une jolie bouche, longue et fine, mais légèrement plus grande que celle des humains, peut-être. Il avait un nez vraiment bizarre, plat et relié au front, avec des narines sur les côtés et pas en dessous (bizarre, donc, mais pas moche, il fallait juste s'habituer). En revanche, il avait des yeux magnifiques, grands ouverts, eux aussi, et était presque dépourvu d'oreilles, mis à part deux petites excroissances douces de chaque côté de sa tête. Blue avait envie de les prendre entre ses doigts. Quant à son crâne, il était bien rond, et sans un cheveu dessus.

Luka poussa sur ses jambes et l'attira vers lui. Ensemble, ils descendirent vers le fond du lac en tournoyant dans un tourbillon d'écume, collés l'un contre l'autre. C'était un instant fort, vrai. Il la voyait, elle le voyait. Une tempête de bulles s'échappa de la bouche de Blue. De celle de Luka aussi.

(Il y eut peut-être un baiser, allez savoir, difficile à dire entre l'obscurité et toutes ces bulles.)

Seule certitude : ils poursuivirent leur danse, heureux comme des enfants. Au-dessus d'eux, là-haut, Lea donnait le cap en nageant sur le dos, les Vous poussaient le bateau, Abel avançait en crawl d'une façon très personnelle, Cameron essayait d'écoper le bateau avec un seau et l'île brûlait.

Le monde entier brûlait, mais ils étaient ensemble.

D'eau et de feu

Il était environ deux heures du matin quand un bateau, rempli aux trois quarts d'eau, s'échoua au bord du lac. Un carabinier se précipita pour en faire sortir un garçon à la jambe ensanglantée, un autre dans les pommes et un vieil homme saucissonné avec du fil de pêche.

Dans le même temps, deux parents s'étaient jetés dans l'eau, tout habillés, et en étaient ressortis avec leur fille, trempée jusqu'aux os. Elle avait les cheveux courts et les yeux d'un bleu incroyable.

On vit ensuite sortir du lac un grand échalas et, à côté, une fille tellement frigorifiée qu'elle avait les lèvres toutes noires.

Juste après, ce fut leur tour. Le tour des êtres invisibles qu'on distinguait parfaitement quand ils étaient mouillés.

Le carabinier, toujours enfoncé dans l'eau jusqu'aux genoux, s'arrêta, comme le maire du village, une conseillère municipale, une ingénieure qui venait d'Amérique et son mari, bref, comme tous les autres.

Les humains.

Ils restèrent là à les regarder.

Eux, les non-humains.

Les Vous.

Qui n'avaient plus l'air aussi effrayants et monstrueux, oh non, car ils étaient rassemblés, serrés les uns contre les autres. Il y avait des hommes et des femmes, des jeunes et des vieux.

Et, pour la première fois depuis le début de cette histoire extraordinaire, Blue aperçut des enfants parmi eux, accrochés aux ailerons de leurs papas comme de minuscules koalas.

– *Qu'est-ce que vous attendez pour les aider ? Dépêchez-vous !*

Même si personne n'avait compris Cameron, plusieurs adultes réagirent et entrèrent dans l'eau. Les pompiers, qui s'étaient contentés d'observer la scène, incrédules (et pas très rassurés), attrapèrent des couvertures et les distribuèrent aux uns et aux autres, qu'ils soient visibles ou invisibles.

Et comme le Vieux mugissait, le brigadier Di Paolo ne trouva rien de mieux que de lui retirer son bâillon. Il se mit aussitôt à brailler :

– Les aliens ! Là, c'est eux, tuez-les, exterminez-les !

– N'importe quoi ! répliqua Blue.

– C'est vous qui avez mis le feu à l'île, avec vos complices, renchérit Lea. C'est votre faute si l'île est détruite.

– Tu mens !

– J'ai les preuves.

Elle sortit du sac à dos son fidèle appareil photo, un peu mouillé.

– Hum, bougonna Di Paolo. Il y aura pas mal de choses à éclaircir.

(Ce qui était à peu près l'avis de tout le monde.)

Tom approcha, l'air furieux.

– Vous avez vu ? Ce dingue a tiré sur ma fille.

– J'ai visé à côté exprès.

– Vous avez braqué votre fusil sur elle, espèce de sale…

Au lieu de finir sa phrase, il lui envoya un énorme coup de poing, ce qui porta à deux le nombre de nez cassés cette nuit-là, après celui de Mathias.

Novak poussa un gémissement, Di Paolo s'empressa de retenir Tom.

– Papa… dit Blue en frôlant le bras de son père.

– Désolée de ce qui s'est passé tout à l'heure.

– Moi aussi, je suis désolé.

Luisa sourit.

– Bon, tu vas accepter de nous présenter ton ami, cette fois ?

– Mes amis, la corrigea-t-elle. Vous connaissez déjà Abel… Elle, c'est Lea, qui est en classe avec moi. Lui, c'est Cameron, il vient d'Amérique et il est nouveau ici. Et lui… lui, c'est Luka.

BONJOUR.

En entendant cette voix, Tom et Luisa sursautèrent un peu. Le père de Blue tendit la main dans le vide et resta une seconde sans bouger, puis sourit et l'agita de haut en bas.

Il manquait un nom dans cette liste : Tilly. Blue s'aperçut qu'elle l'avait effacée. En se retournant, elle la vit collée contre Vera. Tiens, à quel moment était-elle arrivée à Montemorso ? Elle reconnut sa voiture garée en travers sur la route du lac, près du camion des pompiers. Il y avait de grandes chances pour que ce soit le seul véhicule encore intact de tout le village.

– Quel foutoir, mais quel foutoir… soupira M. Kurt. On avait déjà assez de problèmes avec ces histoires de tri sélectif, il ne nous manquait plus qu'une invasion d'êtres invisibles.

LES VOUS NE VEULENT PAS VOUS ENVAHIR. LES VOUS VEULENT JUSTE… UN ENDROIT POUR VIVRE.

– Et il faut que ce soit ici ?

LES VOUS N'ONT PAS DE CHOIX. LES VOUS SONT TOMBÉS LÀ.

M. Kurt s'éclaircit la voix, secoua la tête, puis la redressa d'un air respectueux (ce qui était rare, vu le personnage).

– À qui ai-je l'honneur, au moins ?

KÉKOUMA. JE SUIS L'UNE DES MÈRES-SCIENCE. AVEC LA DISPARITION DE LA MÈRE-LOI, C'EST MOI QUI DIRIGE LA FAMILLE.

– Ah, une élue ! Ça tombe bien, on aura pas mal de choses à discuter.

– Pas sans moi, intervint Emilia Santarossa. C'est une question qui concerne l'ensemble du conseil municipal, y compris l'opposition.

CE CONSEIL, C'EST COMME LA FAMILLE CHEZ LES VOUS ? ALORS OUI, NOUS POUVONS NOUS RÉUNIR.

– Docteur, il était bien question de mettre ces gens en quarantaine ?

Dans l'obscurité, le Dr Nardini hocha la tête.

– C'est indispensable, j'en ai peur. Ces êtres…

NOUS SOMMES LES VOUS.

– Les Vous sont une espèce allochtone, pardon pour ce terme technique. Une espèce est dite allochtone quand elle se trouve hors de son habitat naturel, pour une raison ou pour une autre… Ils sont peut-être porteurs de maladies. Des maladies mortelles, même, qui sait. Et inversement, c'est peut-être nous qui sommes dangereux pour eux. Il faudra procéder à des tests, des examens…

– Compris, intervint le maire. Faites le nécessaire. Enfin, commencez. Le quotidien du village risque de sacrément changer. Et tant que nous n'aurons pas éclairci la situation, évitons d'ébruiter cette histoire.

Vera, qui serrait sa fille contre elle, s'écria :

– Vous êtes devenus fous ou quoi ? Ces horreurs auraient pu nous tuer ! Et rien ne les empêchera de le faire, puisqu'on ne les voit pas ! Il faut appeler l'armée. Et les télés, le monde doit savoir…

– Le monde saura quand nous l'aurons décidé, la coupa M. Kurt. Pour l'heure, pas question d'avoir des caméras dans les pattes. D'ailleurs… Di Paolo, soyez gentil, confisquez tous les téléphones portables.

– Je ne suis pas à vos ordres, monsieur le maire.

– Oh, par pitié, pourquoi est-ce que tout le monde recule devant le moindre obstacle ?

La discussion continua dans cette veine un bon moment. Et les adultes, chez les humains comme chez les Vous, se perdirent dans des détails à n'en plus finir (un grand classique, chez les adultes).

Pendant ce temps, Blue s'assit sur le rivage, sa couverture sur les épaules et Luka près d'elle. Puis ce fut au tour de Cameron, d'Abel et de Lea.

Ils regardaient l'île mourir. La fumée montait jusqu'aux étoiles en cachant les Deux Crocs et le barrage.

Même le bout de la passerelle avait pris feu, ce n'était plus qu'une espèce de tronc coupé, couché sur le lac.

C'est Blue qui brisa le silence.

– Pff. Ce n'est pas demain qu'on escaladera à nouveau le Géant, pas vrai ?

– Ouais, commenta Abel. Et ça m'ennuie parce que j'aimerais grimper tout là-haut moi aussi, juste une fois.

– Tu le feras un jour. Et je t'assurerai.

Cameron poussa un long soupir.

– *On a tous été bons, pas vrai ?*

OUI, ON A TOUS ÉTÉ BONS.

Luka éclata de rire, sa voix résonna sur l'eau en faisant comme des ricochets. Blue l'imita, les autres aussi.

– On rentre, ma puce ? Ce soir, tu dors à la maison.

Elle tourna la tête pour regarder Tom.

– Oui, papa.

– Si Luka a besoin d'un endroit où dormir, il peut venir et prendre le canapé. Tant qu'il est d'accord pour mettre un pyjama…

Le garçon invisible se leva en laissant une trace dans les galets.

AVEC PLAISIR, MERCI. J'AI UN PEU SOMMEIL, C'ÉTAIT UNE LONGUE JOURNÉE.

Blue se leva à son tour.

Maintenant que les voitures avaient toutes brûlé, ils étaient obligés de rentrer au village à pied, et au fond, pourquoi pas ? Ça leur laisserait du temps pour parler.

– Maman, tu viens aussi ?

– Bien sûr. J'ai envie de faire plus ample connaissance avec Luka… mais, attention, il ne faut pas prendre cette histoire de quarantaine à la légère, tu sais…

Ils suivirent le bord du lac puis disparurent dans la nuit noire.

Nous voici donc au terme de cette histoire.

Voilà comment Blue a brisé le cœur de son père, mais bon, un cœur, ce n'est pas en verre, s'il se casse, il se répare et devient plus fort qu'avant.

Comment Blue a plongé au fond du lac en tenant la main

d'une personne unique au monde, même si, pendant un long moment, elle n'avait pas pu la voir.

Comment elle s'est envolée sans avoir besoin d'ailes, car quelqu'un était là pour la soutenir.

Comment elle a conquis une île, qui est partie en fumée.

Comment elle a perdu sa meilleure amie, avant d'en trouver d'autres.

Comment elle a changé le monde, ou du moins compris que ça vaut la peine d'essayer.

Mais, surtout, voilà comment Blue a rencontré Luka et comment ils ont marché ensemble sous les étoiles, vers chez elle.

Il s'est passé beaucoup de choses après.

Et ça, nous en parlerons peut-être une autre fois.

Remerciements

Écrire un livre est toujours une aventure, cette fois encore plus que les précédentes.

Tandis que le générique de fin défile, permettez-moi de remercier les personnes qui m'ont permis d'aller jusqu'au bout.

Merci à toute l'équipe de *l'école des loisirs* qui est devenue ma famille parisienne : merci à Véronique Haïtse qui a choisi mon livre et le fait briller ; merci à Marc Lesage, ma voix française ; merci à Laure Chapuis, à Bruno Vandenbroucque, et un merci tout particulier à Guillaume Fabre.

Merci à Alessandro Gelso, qui a cru à cette histoire avant même qu'elle existe. Et merci à Enrico Racca qui a permis de lui donner vie.

Merci à toute l'équipe des éditions Rizzoli – à Stefania Di Mella, à Sarita Segre et Claudia Fachinetti ; à Librofficina ; à Francesca Leoneschi et Mauro De Toffol, de World of Dot.

Merci, comme toujours, à Book on a Tree, mon équipe d'amis, pour leur soutien et leurs conseils. Merci surtout, c'est-à-dire encore plus que d'habitude, à Barbara Gozzi pour son travail sur le texte et son soutien ; à Jacopo Olivieri pour son aide en matière de world-building et de xénobiologie ; à Giordano Poloni pour ses magnifiques illustrations ; à Igor De Amicis pour les questions de procédures ; à Giuseppe Festa pour les questions de chasse et de braconnage ; à Tommaso Percivale et à Andrea Vico ; à Christian Hill, qui a écrit un roman bien plus qu'« assez sympa ».

Merci également à Pierdomenico Baccalario, Lorenzo Rulfo, Davide Calì, Rosamaria Pavan, Guido Sgardoli, Manlio Castagna, Lucia Vaccarino, Azzurra D'Agostino.

Merci à Luca Zambelli de m'avoir accompagné dans le monde de l'escalade. Merci à Francesco Poli pour son expertise en médecine légale.

Un merci tout particulier à Viola Gambarini qui *n'a pas* pu travailler sur ce livre et à sa fille Lucia qui l'en a empêchée. Cette fois, c'était très bien comme ça.

Pour tout ce qui concerne l'univers des barrages et des centrales électriques, j'ai une dette immense envers Enrico Moreno, un vrai gardien (mais nettement plus jeune et sympa que le Vieux), et Gino Corno, qui a travaillé de très nombreuses années dans une centrale.

Puisque nous vivons dans un monde connecté, de nombreuses personnes m'ont apporté leur aide sur les réseaux sociaux. Merci à Chiara Corno, Mariagrazia Giannone, Francesca Flina Flox, Claudia Leante, Elena Corona, Stefano Ferrari, Barbara Ferraro, Lara Alvisi, Simona Luparia, Ilaria Naldi, Alessandro Rulfo, Loretta De Martin, Giorgia Mosna, Sabrina Pallara, Francesca Errera, Elena Garroni, Barbara Reghezza, Sandra Paolucci, Carla Anzile, Fiorella Monachella, Simona Madf Martini, Fabio Rosati, Angela Palumbo et tous les membres du forum Progetto Dighe.

Il m'arrive souvent de rencontrer des lectrices et des lecteurs dans des librairies, des bibliothèques, des salons et des écoles. On finit parfois par parler des histoires en cours, dont on ne connaît pas encore le dénouement. Avant d'être écrit, *Les Vous* a été raconté des dizaines de fois, pendant près d'un an, et j'aimerais remercier tous les enfants, filles et garçons, qui m'ont écouté et donné des idées, tout en me transmettant leur enthousiasme.

Merci également aux libraires, pour leur patience.

J'en ai presque terminé, une chance.

Puisque nous sommes au terme d'un livre qui parle tant de famille, merci à la mienne – à mes parents, à ma sœur, qui vit très loin. Et à Laura, qui est toujours à mes côtés.

Puisque nous sommes au terme d'un livre qui parle tant de la peur de l'inconnu, merci à celles et ceux qui n'ont pas cette peur-là. Et qui ouvrent leurs bras au lieu de fermer leur porte.

Et, pour finir, comme toujours, merci à vous de m'avoir lu jusqu'ici. Si vous êtes d'accord, rendez-vous pour une prochaine histoire.

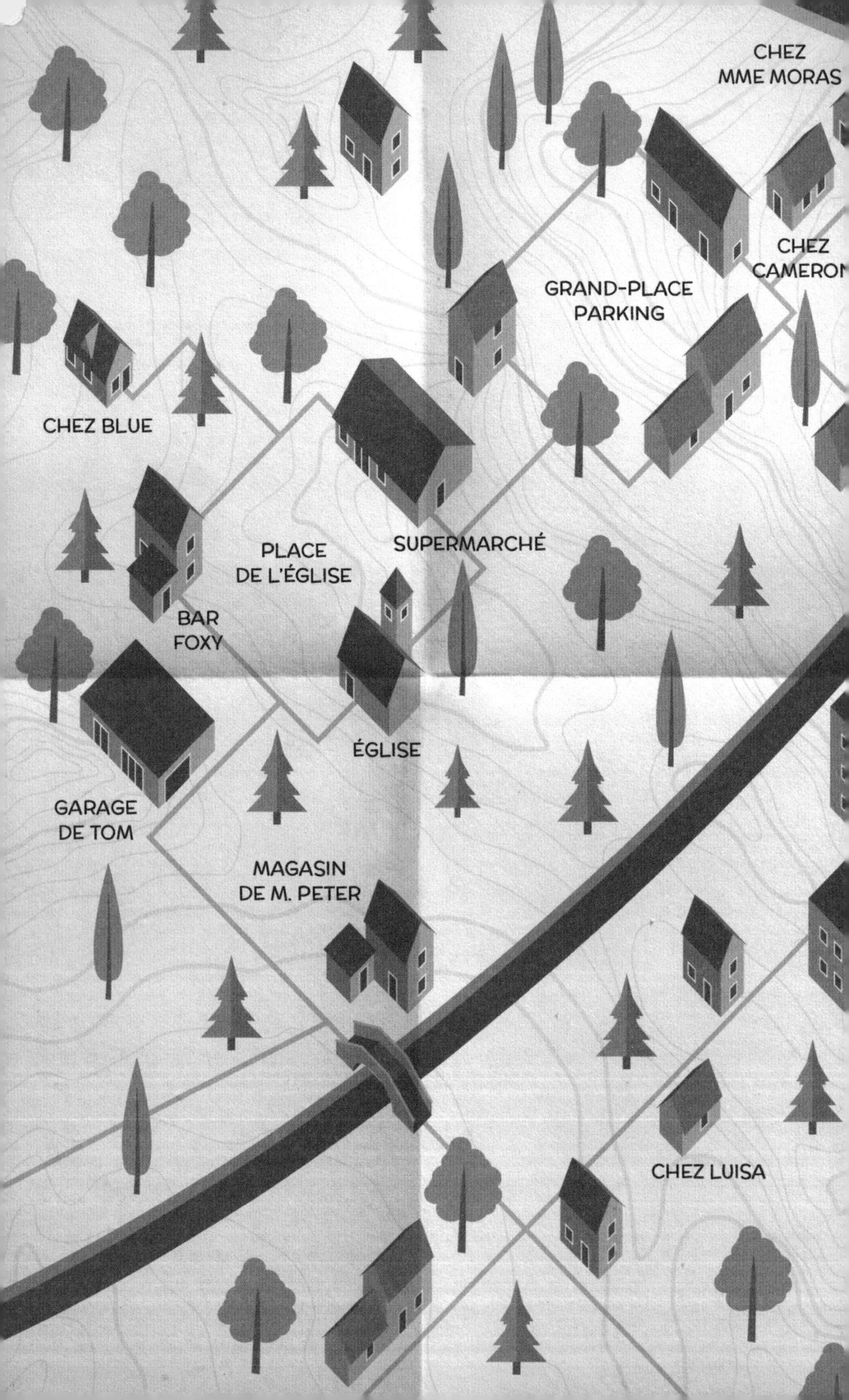
CHEZ MME MORAS
CHEZ CAMERON
GRAND-PLACE PARKING
CHEZ BLUE
SUPERMARCHÉ
PLACE DE L'ÉGLISE
BAR FOXY
ÉGLISE
GARAGE DE TOM
MAGASIN DE M. PETER
CHEZ LUISA